# अधुरी कहानी

विष्णु प्रभाकर

वाणी
प्रकाशन

प्रकाशन के उत्कृष्टतम 63 वर्ष

सजिल्द प्रथम संस्करण : 2007
सजिल्द दूसरा संस्करण : 2010
सजिल्द तीसरा संस्करण : 2026

vaniprakashan.com

**वाणी प्रकाशन**

*4695, 21-ए, दरियागंज, नयी दिल्ली-110 002*

*फ़ोन : + 91 11 23273167, 23275710*

**शाखाएँ**

*अशोक राजपथ, पटना-800 004, बिहार*

*कॉफ़ी हाउस कैम्पस, महात्मा गांधी मार्ग, प्रयागराज-211 001, उत्तर प्रदेश*

*महात्मा गांधी अन्तरराष्ट्रीय हिन्दी विश्वविद्यालय, वर्धा-442 001, महाराष्ट्र*

sales@vaniprakashan.in
vaniprakashan@gmail.com

Adhoori Kahani

*by* Vishnu Prabhakar

ISBN : 978-93-5229-301-8
A Collection of Short Stories



मूल्य : ₹ 475



*जी.एस. ऑफ़सेट, दिल्ली-110 095 में मुद्रित*

*वाणी प्रकाशन का लोगो मक़बूल फ़िदा हुसैन की कूची से*

# अनुक्रम

# अधूरी कहानी

नारों की आवाज धीरे-धीरे धीमी, फिर बहुत धीमी पड़ गई, प्लेटफार्म की भीड़ छटने लगी और सब लोग अपनी-अपनी सीट पर आ बैठे। इसी बीच में एक मुसलिम युवक एक हिंदू सज्जन से उलझ पड़ा था। युवक कह रहा था, 'हम पाकिस्तान नहीं चाहते, लेकिन कांग्रेस ने मजबूर कर दिया है। हम उसे लेकर छोड़ेंगे।'

हिंदू साहब ने तलखी से जवाब दिया, 'पकिस्तान। जो पाकिस्तान आप छै सौ बरस की हकूमत में न बना सके, उसे अब गुलाम रहकर बनाना चाहते हैं? एकदम नामुमकिन।'

एक भारी बदन के मुसलमान, जो सामने की बर्थ पर बैठे हुए थे, बीच में बोल उठे, 'छै सौ नहीं; हमने नौ सौ बरस हुकूमत की है।'

'जी हाँ! नौ सौ वर्ष।'

'और उन नौ सौ बरस में हिंदू बराबर हमसे नफरत करते रहे।'

'जी! क्या कहा आपने?' हिंदू साहब बोले, 'नफरत करते रहे? जो जुल्म करता है, उससे नफरत ही की जाती है, प्यार नहीं।'

उन मुसलमान भाई ने बड़े अदब से कहा, 'जुल्म क्या है, इस पर सबकी अलग-अलग राय है, पर मेरे दोस्त! आप लोगों ने हमें सदा दुरदुराया। हमारी छाया से भी आपको परहेज था। माना कि हम जालिम थे, पर जालिम के पास भी दिल होता है। वह कभी-न-कभी पिघल सकता है, लेकिन परहेज सदा मुहब्बत की जड़ खोदता है। वह नफरत करना सिखाता है। आपने हमसे नफरत की और चाहा कि हम आपसे प्यार करें। यह कैसे हो सकता था? माफ करना, मैं आप लोगों की कद्र करता हूँ। मैं मेल-जोल का पूरा हामी हूँ, पर आप बुरा न मानें तो एक बात पूछूँ?'

हिंदू भाई की तेजी और तलखी अब कुछ घबराहट में बदलती जा रही थी और दूसरे मुसलमान साहब अजीब अदा से मुस्कुराने लगे थे। तो भी उन्होंने कहा, 'जी! जरूर पूछिए।'

वह मुसलमान भाई निहायत नफरत से बोले, 'अछूत हिंदू हैं, पर आप उन्हें ताकत सौंप दीजिए तब, मैं पूछता हूँ वह आपसे प्यार करेंगे या नफरत?'

हिंदू भाई सिटपिटाए। उन्हें एकाएक जवाब न सूझा। मुसलमान साहब उसी संजीदगी से कहते रहे 'मैं जानता हूँ, आज आप उन्हें अपने बराबर मानते हैं।

मेरे ऐसे हिंदू दोस्त हैं, जो इन्सान-इन्सान के बीच के भेद को दुनिया का सबसे बड़ा पाप समझते हैं। पर मेरे दोस्त! भेद की इस लकीर को बराबर गहरी करने में, जाने या अनजाने जो लोग मदद करते आए हैं, उनके पापों का फल तो आपको भुगतना ही पड़ेगा। आप मत समझिए कि मैं आपकी कौम और मजहब पर कोई हमला कर रहा हूँ। मैं आपके धर्म को समझता हूँ। मेरे दिल में उसके लिए जगह है। मैं मुसलमानों की कमियों से भी वाकिफ हूँ, पर दूसरों में कमी है—यह कहकर कोई अपनी कमी को सही साबित करने की कोशिश करे, तो वह महज अपनी जिद और बेवकूफी जाहिर करेगा। जो असलियत है, उसका सामना करना ही इन्सान की इन्सानियत है। मैं आपको एक छोटी सी कहानी सुनाता हूँ। मुझे यह मेरी वाल्दा ने सुनाई थी।'

इतना कहाकर वह पल भर रुके। डब्बे में तब तक सन्नाटा छा गया था। पता नहीं लगा कि गाड़ी कब चल पड़ी और कब 'शड़ाक-छू' की गहरी आवाज करती हुई अगले स्टेशन पर जा खड़ी हुई। सूरज डूबने लगा था। एक भाई ने स्विच दबा दिया। बिजली की हल्की सी रोशनी में डब्बा चमक उठा।

तब उन भारी बदन के मुसलमान भाई ने कहना शुरू किया, 'मेरे दोस्तो! बात आज से तीस बरस पहले की है। हमारे सूबे में एक छोटा सा कस्बा है। उसमें हिंदू, मुसलमान सभी रहते हैं। वह सदा आपस में मुहब्बत करते थे। एक-दूसरे के सुख-दुख के साथ में रहते थे। लड़ते भी थे, पर वह लड़ना प्यार की तड़प को और भी गहरा कर देता था। हिंदुओं के त्योहारों पर मुसलमान उन्हें बधाई देते थे। मौसम की पैदावार का लेना-देना चलता था। होली जलती तो जौ की बालें पहुँचाने का जिम्मा मुसलमानों पर था। ईद के दिन हिंदू अपनी गाय-भैंसों का सारा दूध मुसलमानों में बाँट देते थे। सवेरे ही दूध दुहकर वह अपने-अपने दरवाजों पर खड़े हो जाते और थोड़ा-थोड़ा दूध सब मुसलमानों को देते। उस दिन उनके हारों-अहारों या अँगीठियों से धुआँ नहीं निकलता था, लेकिन उनके दिल की दुनिया खिल उठती थी। मै नहीं जानता कि यह रिवाज कब और कैसे चला। इसकी बुनियाद जुल्म पर भी होती है, पर उन दिनों यह मुहब्बत, इन्सानियत और हमदर्दी का सबूत बन गया था। जो हो, उस साल भी ईद आई। मुसलमानों के घर जन्नत बने। उनके बच्चे फरिश्तों की तरह खिल उठे, लेकिन दुनिया आखिर दुनिया है। यहाँ जिंदगी की बगल में मौत सोती है। रंज हमेशा खुशी का दामन पकड़े रहता है। इसीलिए जब सब लोग हँस रहे थे, एक घर में एक बालक दुःखी मन चुपचाप अपनी अम्मा की चारपाई के पास बैठा था। उसकी अम्मा फातिमा बीमार थी। उसकी साँस फूल रही थी। वह बेचैन हाथ-पाँव फेंक रही थी, लेकिन यह बेचैनी बुखार की इतनी नहीं थी, जितनी खाविंद की याद की। पार साल अहमद का बाप जिंदा था, तो घर में फुलवारी खिली थी। वह अचानक एक दिन खुदा को प्यारा हुआ, घर वीरान हो गया। आज ईद आई, लेकिन...। एकाएक फातिमा को न जाने क्या सूझा, वह उठकर बैठ गई। उसने

हाँफते-हाँफते कहा—मेरे बच्चे! कितना दिन चढ़ गया? तू दूध लेने नहीं गया।'

अहमद ने सिर हिलाकर कहा, 'नहीं अम्मी।'

फातिमा के दिल पर चोट लगी। उसकी आँखें भर आईं। वह अपने को कोसने लगी, 'मैं कैसी कमीनी हूँ। साल का त्योहार आया है और मेरा बच्चा इस तरह मुहताज बेबस बैठा है। नहीं, नहीं, आज ईद मनेगी, जरूर मनेगी।'

और उसने कहा, 'जा अहमद, तू जल्दी जाकर दूध ले आ। मैं तब तक तेरे कपड़े निकालती हूँ। जा, जल्दी कर मेरे बच्चे।'

बच्चे ने एक बार अपनी अम्मी को देखा और फिर चुपचाप बाल्टी उठाकर बाहर चला गया, लेकिन बहुत देर हो चुकी थी। सब लोग दूध बाँटकर अपने-अपने काम में लग गए थे। रास्ते में उसके साथी हँसते-हँसते लौटे और बाल्टी दूध से भरे चले आ रहे थे। उन्होंने देखा और अचरज से कहा, 'अरे। तुमने बहुत देर कर दी! तुम अब तक कहाँ सो रहे थे?' अब तो सब दूध बँट चुका है। मियाँ, अब जाकर क्या करोगे?'

अहमद सुनता और उसका दिल बैठने लगता, लेकिन उनकी बात ठीक थी। वह जिस दरवाजे पर जाता, वहाँ फर्श पर पड़े दूध के छीटों के अलावा उसे कुछ नहीं मिलता। तब सचमुच उसका दिल भर आया। आँखें नम हो उठीं, लेकिन फिर भी उम्मीद की डोर पकड़े वह आगे बढ़ा चला गया। अचानक एक दरवाजे पर किसी ने उसका नाम लेकर पुकारा, 'अहमद। अहमद।'

अहमद ने रुककर देखा, पुकारने वाला उसके स्कूल का साथी दिलीप है। वह उसकी ही जमात में पढ़ता है। उसकी आवाज सुनकर अहमद ठिठक गया। दिलीप दौड़कर आया, बोला, 'तू अब तक कहाँ था? तेरी बाल्टी खाली है।'

अहमद की आवाज भर्रा रही थी। उसने कहा, 'मुझे देर हो गई।'

'तो।'

'दूध बिल्कुल नहीं है?'

'ना।'

फिर कई पल तक वे दोनों उसी दरवाजे पर, जहाँ आधा घंटा पहले दूध लेने वालों की आवाज गूँज रही थी, चुपचाप खड़े रहे। अचानक दिलीप को कुछ सूझा। वह अंदर दौड़ा गया। जाते-जाते उसने कहा, 'तू यहीं ठहर, मैं अभी आया।'

अंदर वह सीधा अपनी माँ के पास पहुँचा और धीरे से बोला, 'भाभी! कुछ दूध है क्या?'

उसकी माँ बोली, 'हाँ है, तेरे और मुन्ने के लिए है। तू पिएगा?'

'नहीं'

अचरज से माँ बोली, 'तो।'

दिलीप नहीं बोला।

'अरे, बात क्या है, बता तो।'

'अहमद को दूध नहीं मिला!'

'कौन अहमद?'

'वह मेरे साथ पढ़ता है। उसकी माँ बीमार है, इसलिए उसे देर हो गई।' कहते-कहते दिलीप ने अपनी माँ को ऐसे देखा, जैसे उसने कोई कसूर किया हो। पर माँ का दिल खुशी से भर आया। वह मुस्कुराई। उसने दूध का भरा लोटा उठाया और कहा, 'चल बता, कहाँ है तेरा दोस्त।'

दिलीप ने तब खुशी की छलाँग लगाई। माँ-बेटे दरवाजे पर आए। अहमद उसी तरह खड़ा था। दिलीप ने हँसते-हँसते कहा, 'अहमद! बाल्टी ला। जल्दी कर।'

दिलीप के लोटे का दूध अहमद की बाल्टी में क्या आया, उसकी मुहब्बत अहमद के दिल में समा गई। माँ ने पूछा, 'तेरी माँ बीमार है?'

'जी।'

'तो सेंवइयाँ कौन बनाएगा?'

'वही बनाएगी।'

'अच्छा, हमें भी खिलाएगा न?'

अहमद ने सिर हिलाकर कहा, 'जरूर।'

माँ हँस पड़ी। बोली, 'भगवान् तेरी माँ को जल्दी अच्छा करेगा। जा, घर जा, जल्दी आता तो और दूध मिलता।'

फिर दिलीप का हाथ पकड़कर उसकी माँ अंदर चली आई। उसका दिल बार-बार यही कह रहा था, 'परमात्मा मेरे बच्चे का दिल सदा इसी तरह खुला रखे।'

उधर अहमद फूला-फूला घर आया। घर में घुसते ही उसने पुकारा, 'अम्मी! मैं दूध ले आया।'

फातिमा खिल उठी, 'ले आया? बहुत अच्छा बेटा। कहाँ से लाया?'

'अहमद खुशी से बोला, अम्मी! दूध थोड़ा तो नहीं है?'

'बहुत है, मेरे बेटे। इतना ही बहुत है।'

'हाँ अम्मी। सब दूध बँट चुका था। यह उसके अपने पीने का दूध था।'

'अपने?'! अपने और छोटे भाई के। जरा सा रखकर सब उसने मुझे दे दिया।'

फातिमा का दिल भर आया। गद्गद होकर बोली, 'खुदा उसका भला करे। उसने गरीब की मदद की है।'

और फिर उन्होंने खुशी-खुशी ईद मनाने की तैयारी की। फातिमा का बुखार हल्का हो चला। उसने अहमद को नहलाया और कपड़े बदले। किसी तरह वह उसके लिए कुरता-पाजामा तो नया बना सकी थी, पर जूता पुराना ही था। उसे तेल से चुपड़कर चमका दिया और टोपी पर नई बेल टाँक दी। अहमद खुश होकर बाहर साथियों के बीच चला गया। नमाज पढ़ने जाना था और उसके बाद मेला भी देखना था। सबकी जेबों में पैसे खनखना रहे थे। सबकी आँखें चमक उठी थीं। सबके मन उछल-उछलकर मिठाई और खिलौनों की दुकान पर जा पहुँचे थे। अगरचे अहमद के पास बहुत कम पैसे थे, पर क्या हुआ, उसका दिल तो कम खुश नहीं था। कम होता

क्यों, अम्मी ने उसे बताया था कि उसके अब्बा दिसावर गए हैं, बहुत रुपए लेने। अगली ईद पर लौटेंगे, जैसे नियाज के अब्बा लौटे थे। यह क्या कम भरोसा था। इसी भरोसे को लेकर वह ईदगाह पहुँचा। वहाँ उसने हजारों इन्सानों को एक साथ नमाज पढ़ते देखा। उसके बाद उसने मेले की सैर की। चाट, मिठाई, फल, खिलौने—सभी तरह की दुकानों की पड़ताल उसने की। उसने अपने साथियों को झूलते देखा, पर वह तो सबकुछ अगले साल के लिए छोड़ चुका था। इसीलिए जो पैसे अम्मी ने उसे दिए थे, उन्हें ठिकाने लगाकर वह घर लौट आया। देखा—सेंवइयाँ बन चुकी हैं। गरम-गरम, लंबी-लंबी सेंवइयाँ उसे बड़ी खूबसूरत लगीं। बीच-बीच में गोले की फाक पड़ी थी। शक्कर की वजह से दूध कुछ पीला हो गया था। उसका दिल बाग-बाग हो उठा। फातिमा ने प्यार से उसे देखा और कहा, 'मेरे बच्चे! जा, कटोरी ले आ और खाला के घर सेंवइयाँ दे आ। फिर मामू के घर जाना और फिर...।'

अहमद बोला, 'सबके घर देते हैं?'

'हाँ बेटा। वे भी तो हमारे पास भेजेंगे।'

'अच्छा अम्मी, मैं अभी दे आता हूँ।'

और फातिमा ने दोनों कटोरों में सेंवइयाँ भरीं और उन पर रूमाल ढक दिया कि कहीं चील झपट्टा न मार ले। अहमद पहले एक कटोरा उठाकर चला, लेकिन जैसे ही दरवाजे के बाहर गया, उसे एक बात याद आ गई। सेंवइयाँ सबसे पहले दिलीप के घर देनी चाहिए। उसने मुझे दूध दिया था, अपने हिस्से का दूध।

बस, उसने अपना रास्ता पलटा। खाला के घर न जाकर वह दिलीप के घर की ओर चला। सोचने लगा, अम्मा सुनेगी तो बड़ी खुश होगी। बेचारी बीमार है। इसलिए दिलीप का नाम भूल गई। नहीं तो...। यही सोचता हुआ वह खुशी-खुशी दिलीप के घर पहुँचा। दरवाजा बंद था। कुछ देर वह असमंजस में सकुचाया हुआ खड़ा रहा। फिर हिम्मत करके आवाज दी, 'दिलीप।'

'कोई नहीं बोला।'

फिर पुकारा, 'दिलीप।'

इस बार किसी ने जवाब दिया, 'कौन है?'

और वह कहने वाला बाहर आ गया। वह दिलीप का बड़ा भाई था। उसने अचरज से अहमद को देखा और पूछा, 'क्या चाहते हो?'

अहमद झिझका, फिर सँभलकर बोला, 'दिलीप है'

'नहीं।'

'उसकी माँ?'

'माँ? माँ से तुम्हारा क्या मतलब?'

अहमद ने कहा, 'मेरा नाम अहमद है। मैं दिलीप के साथ पढ़ता हूँ। सवेरे उसने मुझे अपने हिस्से का दूध दिया था।'

दिलीप का भाई मुस्कुराया। तब तक दिलीप की माँ और चाची भी वहाँ आ गई थीं। भाई ने कहा, 'तो फिर?'

‘जी, सेवइयाँ लाया हूँ। इन्होंने (माँ को बताकर) कहा था कि...।’

अहमद अपना कहना पूरा करे, इससे पहले दिलीप के भाई बड़े जोर से हँस पड़े कहा, ‘भोले बच्चे। जाओ, अपने घर लौट जाओ।’

चाची बोली, ‘हम क्या तुम्हारी सेवइयाँ खा सकते हैं। हमें क्या अपना ईमान बिगाड़ना है।’

माँ ने निहायत नरमी से कहा, ‘बेटे। मैंने तुमसे मजाक किया था। हम तुम्हारे घर की सेवइयाँ नहीं खा सकते।’

अहमद एकदम सकपका गया। उसके छोटे से दिल पर चोट लगी। उसने हिम्मत बाँधकर कहा, ‘क्यों नहीं खा सकते? हमने भी तो आपका दूध लिया था।’

अब भाई ने उसे समझाया, ‘बच्चे! तुम बहुत अच्छे हो। परमात्मा तुम्हें खुश रखे। लेकिन हम हिंदू है, और हिंदू लोग तुम्हारे हाथ का छुआ खाना पाप समझते हैं।’

अहमद पाप-पुण्य नहीं समझता था। उसे हिंदू-मुसलमान के इतने गहरे भेद का अभी तक पता न था। वह सिर्फ दिलीप और उसकी माँ की मुहब्बत की बात सोच रहा था, लेकिन यह बात सुनकर उसका दिमाग चकराने लगा। वह खिसिया गया, और जैसे ही घर जाने को मुड़ा उसका हाथ काँपा। सेंवइयों से भरा कटोरा जोर की आवाज करता हुआ वहीं उसी चौकी पर गिर पड़ा, जिसपर सवेरे-सवेरे दिलीप और दिलीप की माँ ने दूध के रूप में अपनी मुहब्बत अहमद के दिल में उड़ेल दी थी। सेंवइयाँ चारों तरफ फैल गईं और अहमद की मुहब्बत पैरों से रौंदे जाने के लिए वहीं पड़ी रह गई।

सहसा यहीं आकर कहानी को रुक जाना पड़ा। गाड़ी स्टेशन पर आ गई थी और मुझे यहीं उतरना था। डिब्बे की संजीदगी को भंग करता हुआ मैं अपना बैग उठाकर नीचे उतर गया। और नीचे आकर उनकी तरफ देखते हुए मैंने कहा, ‘मैं नहीं जानता कि आपकी कहानी कहाँ खत्म होगी, पर इतना जरूर जान गया हूँ कि आप ही अहमद हैं।’

अहमद साहब मुस्कुराए, उन्होंने कहा, ‘आपने ठीक पहचाना, मैं ही वह लड़का हूँ।’

मैंने पूछा। ‘लेकिन सच कहना, मुहब्बत की वह लकीर क्या आज बिल्कुल ही मिट गई है?’

वह उसी तरह मुस्कुरा रहे थे, बोले, ‘मेरे दोस्त! इस दुनिया में मिटने वाला कुछ भी नहीं है। मुहब्बत तो हरगिज नहीं। सिर्फ हमारी गफलत से कभी-कभी उस पर परदा पड़ जाता है।’

‘तो, मैंने कहा, ‘विश्वास रखिए, उस परदे को फाड़ देने में हम कोई कसर उठा न रखेंगे।’

इतना कहकर मैं चला आया। कहानी शायद आगे बढ़ी होगी, पर मेरे लिए यह अधूरी कहानी ही दिल का दर्द बन बैठी है। रात के सन्नाटे में कभी-कभी मेरे दिल में इतनी टीस उठती है कि क्या बताऊँ...। (सन् 1946)

# धरती अब भी घूम रही है

आयु नीना की दस वर्ष की भी नहीं थी, लेकिन बुद्धि काफी प्रौढ़ हो गई थी। जैसाकि अकसर मातृहीन बालिकाओं के साथ होता है, बुजुर्गों ने उसके लिए आयु का बंधन ढीला कर दिया था। इसलिए जब उसने सुना कि कुछ दूर पर सोया हुआ उसका छोटा सुबक रहा है, तो वह चुपचाप उठी। एक क्षण भयातुर दृष्टि से चारों ओर देखा, फिर उसके पास आकर बैठ गई।

तब रात आधी बीत चुकी थी और चाँद कभी का अस्त हो चुका था, फिर भी कुछ दूर पर सोते हुए उनके मौसा के परिवार के दूध-से धुले कपड़े अंधकार की कालस में चमक रहे थे, जैसे तमसावृत श्मशान में अग्नि के स्फुलिंग। वही चमक नीना के नन्हे से दिल में कसक उठी। किसी तरह रुलाई रोककर उसने धीरे से पुकारा, 'कमल...ओ...कमल।'

कमल आठवें वर्ष में चल रहा था। उसके छोटे से खटोले पर एक फटी सी दरी बिछी थी। उस पर वह लेटा था गुड़ु-गुड़ु, पैर उसने पेट से सटा रखे थे और मुँह को हाथों से ढक रखा था। रह-रहकर उसका पेट सिकुड़ता और सुबकियाँ निकल जातीं। उसने बहन की पुकार का कोई जवाब नहीं दिया। नीना भी इतनी सहमी हुई थी कि दूसरी बार पुकारने का साहस न बटोर पाई। चुपचाप कमर सहलाती रही, देखती रही। कई क्षण बीत गए तो उसे सीधा करके उसका मुँह अपने दोनों हाथों में ले लिया। तब उसकी आँखें डबडबा आईं। आँसू ढुलककर कमल के मुख पर जा गिरे। कमल कुनमुनाया, फिर आँखें बंद किए-किए बोला, 'जीजी!'

नीना ने चौंककर कहा, 'तू जाग रहा था रे?'

'नींद नहीं आती...जीजी, पिताजी कब आएँगे? जीजी, पिताजी के पास चलो।'

पिताजी...।'

'हाँ, जीजी! पिताजी के पास चलो। आज मुझे मौसाजी ने मारा था। जीजी, गिलास तोड़ा तो प्रदीप ने और मारा हमें...जीजी, यहाँ से चलो।'

नीना ने अनुभव किया कि कमल अब रोया, अब रोया। वह विह्वल हो उठी। उसने अपना मुँह उसके मुँह पर रख दिया और दोनों हाथों से उसे अपने वक्ष में समेटकर वह 'शिशु-माँ' वहीं लेट गई। बोली वह कुछ नहीं। बस उस स्तब्ध वातावरण में उसे जोर-जोर से थपथपाती रही और वह सुबकता रहा, बोलता रहा,

'जीजी! आज मौसी ने हमें बासी रोटी दी। सारा हलवा प्रदीप और रंजन को दे दिया और हमें बस, खुरचन दी और जीजी, जब दोपहर को हम मौसाजी के कमरे में गये तो हमें घुड़ककर निकाल दिया। जीजी, वहाँ हमें क्यों नहीं जाने देती? जीजी तुम स्कूल से जल्दी आ जाया करो। जीजी, पिताजी को जेल में क्यों बंद कर दिया? वहाँ पिताजी रोटी कौन खिलाता है? हम वहाँ क्यों नहीं रहते? प्रदीप कहता था तेरे पिताजी चोर हैं...।'

तब एकबारगी अपने को धोखा देती हुई नीना जोर से बोल उठी प्रदीप झूठा है।'

और कहकर अपनी ही आवाज पर वह भय से थर-थर काँप गई। उसने कमल को जोर से भींच लिया। कमल को लगा, जैसे जीजी बड़े जोर से हिल रही है, हिलती जा रही है, हिलती चली जा रही है। हालन आ गया क्या? उसने घबराकर कहा, 'जीजी, जीजी क्या है? तुम्हें बुखार आ गया है?'

'चुप, चुप। मौसी आ रही है।'

सचमुच कोई उठकर जल्दी-जल्दी उनके पास आया और कड़ककर पूछा 'क्या है, क्या है नीना, कमल क्या है रे?... ओ हो! भाई से लाड़ लड़ाया जा रहा है। मैं कहती हूँ नीना। तू यहाँ क्यों आई? अरी, बोलती क्यों नहीं? ओ हो वह बेचारे गहरी नींद में सोए हैं। अभी तो बड़ी गुटर-गुटर मेरी शिकायत हो रही थी जैसे मैं जानती ही नहीं...हाय रे मेरी किस्मत!...ओ बहन! तू खुद तो मर गई पर मुझे इस नरक में छोड़ गई...।'

तभी मौसा हड़बड़ाकर उठ बैठा, पूछा, 'क्या बात है? क्या हुआ?

'हुआ मेरा सिर। दोनों भागने की सलाह कर रहे हैं।'

'कौन भागने की सलाह कर रहा है? नीना-कमल? अरे कुछ लिया तो नहीं? अलमारी की चाबी तो है? रात ही पाँच सौ रुपए लाकर रखे हैं। अरे तुम बोलती क्यों नहीं? क्यों री नीना! कहाँ हैं रुपए?'

बोलते-बोलते मौसा उठकर वहाँ आ गए थे, जहाँ दोनों बच्चे एक-दूसरे में सिमटे, सकपकाए, कबूतर की तरह आँखें बंद किए पड़े थे। मौसी ने तुनककर कहा, 'क्या पता, क्या-क्या निकालकर भागते, वह तो मेरी आँखें खुल गईं।'

और फिर झपटकर नीना को उठाते हुए कहा, 'चल अपनी खाट पर। खबरदार जो पास सोए! बाप तो आराम से जेल में जा बैठा, मुसीबत डाल गया मुझ पर। न लाती तो दुनिया मुँह पर थूकती, बहन के बच्चे थे। शहर-की-शहर में आँखों में लिहाज न आई। लेकिन कहने वाले यह नहीं देखते कि हमारे घर में क्या सोने-चाँदी की खान है? क्या खर्च नहीं होता? पढ़ाई कितनी महँगी हो गई है और फिर बच्चों की खुराक बड़ों से ज्यादा ही है।'

रुपये नहीं निकाले, इस बात से मौसा को बड़ा संतोष हुआ। उन्होंने खाट पर बैठते हुए कहा, 'मैं कहती हूँ, तुम तो...।'

‘अब चुप रहो। भले ही चचेरी बहन हो, हैं तो बहन के बच्चे।’

‘हाँ, बहन के बच्चे हैं। तभी तो बहनोई साहब को रिश्वत लेने की सूझी और रिश्वत भी क्या थी, बीस रुपये की। वह भी लेनी नहीं आई। वहीं पकड़े गए। हूँ मैं रात पाँच सौ लाया हूँ। कोई कह दे, साबित कर दे!’

‘इतनी बुद्धि होती तो क्या अब तक तीसरे दर्जे का क्लर्क बना रहता।’

‘और मजा यह कि जब मैंने कहा कि तीन सौ, चार सौ रूपये का प्रबंध कर दे, तुझे छुड़ाने का जिम्मा मेरा, तो सत्यवादी बन गया—मैं रिश्वत नहीं दूँगा। नहीं दूँगा तो ली क्यों थी? अरे, लेते हो तो दो भी। मैं तो...।’

मौसी ने सहसा धीमे पड़ते हुए कहा ‘चुप भी करो, रात का वक्त है! आवाज बहुत दूर तक जाती है...।’

काफी देर बड़बड़ाने के बाद जब वे फिर सो गए, तो दोनों बालक तब भी जागते पड़े थे। आँखों की नींद आँसू बनकर उनके गालों पर जमती जा रही थी। और उसके धुँधले परदे पर बहुत से चित्र अनायास ही उभरते आ रहे थे। एक चित्र मौसी का था, जो उन्हें रोते-रोते घर लाई थी और वह प्रेम दर्शाया था कि वे भी रो-रोकर पागल हो गए थे, लेकिन जैसे-जैसे दिन बीतते गए, प्यार घटता गया और दया बढ़ती गई। दया ऊँच-नीच और दंभ की जननी है। उसने उन्हें आज पशु से भी तिरस्कृत बना दिया...।

एक चित्र मौसा का था, जो तीसरे-चौथे दिन बहुत से नोट लेकर आते और उन्हें लक्ष्य करके कहते, ‘मैं कहता हूँ कि उसने रिश्वत ली तो दी क्यों नहीं? अरे, तीन सौ देने पड़ते तो पाँच सौ बटोरने का मार्ग भी तो खुलता...।’

एक चित्र पिता का था। पिता जो प्यार करता था, पिता जिसने रिश्वत ली थी, पिता जिसे जेल में बंद हुए दो महीने बीत चुके हैं और अभी सात महीने शेष हैं...।

नीना ने सहसा दोनों हाथों से अपना मुँह भींच लिया। उसकी सुबकी निकलने वाली थी। उसने मन-ही-मन विह्वल-विकल होकर कहा, ‘पिताजी! अब नहीं सहा जाता, अब नहीं सहा जाता। मौसा तुम्हारे कमल को पीटते हैं। पिताजी तुम आ जाओ। अब हम उस स्कूल में नहीं पढ़ेंगे। अब हम बढ़िया कपड़े नहीं पहनेंगे। पिताजी, तुमने रिश्वत ली थी तो देते क्यों नहीं...क्यों...क्यों?’

इस प्रकार सोचते-सोचते उसकी बंद आँखों के अंधकार में पिता की मूर्ति और भी विशाल हो उठी...एक अधेड़ व्यक्ति की मूर्ति, जिसकी आँखों में प्यार था, जिसकी वाणी में मिठास थी, जिसने दोनों बच्चों को नए स्कूल में भरती करवा रखा था। वहाँ उन्हें कोई मारता-झिड़कता नहीं था, वहाँ नाश्ता मिलता था, वहाँ वे तसवीरें काटते थे, खिलौने बनाते थे...।

और घर में पिता उनके लिए खाना बनाता था, अच्छी-अच्छी किताबें लाता था, फल लाता था। उनकी माँ के मरने पर उसने दूसरी शादी तक नहीं की थी।

नीना ने ये सब बातें पड़ोसियों के मुँह से सुनी थीं। वे सब उसके पिता की बड़ी तारीफ करते थे। उसने अपने कानों से पिता को यह कहते सुना था कि रिश्वत लेना पाप है, लेकिन फिर उन्होंने रिश्वत ली...क्यों ली...आखिर क्यों...?

पड़ोसिन कहती, 'उसका खर्च बहुत था, और आमदनी कम। वह बच्चों को अच्छी शिक्षा दिलाना चाहता था, तुम जानो, अच्छी शिक्षा बहुत महँगी है...।'

महँगी...महँगी थी तो उसने रिश्वत ली। महँगी होना क्या होता है...और अब पिता कैसे छूटेंगे? मौसा कहते थे, 'जज को रिश्वत देते तो छूट जाते। एक जज ने तीन हजार रुपये लेकर एक डाकू को छोड़ दिया था। एक आदमी, जिसने एक औरत को मार डाला था, उसे भी जज ने छोड़ दिया था। पाँच हजार लिये थे...।' पाँच हजार कितने होते हैं? सौ...हजार...दस हजार...लाख...ये कितने होते हैं...?

मौसा कहते थे, 'रिश्वत और तरह की भी होती है। एक प्रोफेसर ने एक लड़की को एम.ए. में अव्वल कर दिया था, क्योंकि वह खूबसूरत थी...।'

नीना ने सहसा दृष्टि उठाकर आसमान में देखा। तारे जगमगा रहे थे और आकाशगंगा का स्रोत धवल ज्योत्स्ना में लिपटा पड़ा था। उसने सोचा कि यह सब कितना सुंदर है! क्या यहाँ भी रिश्वत चलती है?

उसकी सुबकियाँ अब बिल्कुल बंद हो चुकी थीं और वह बड़ी गंभीरता से सुनी-सुनाई बातों को याद कर रही थी, पर समझ में उसकी कुछ नहीं आ रहा था... खूबसूरत होना भी क्या रिश्वत है, मौसा कहते हैं कि गंजे हाकिम के पास खूबसूरत लड़की भेज दो और कुछ भी करवा लो...खूबसूरत लड़की का वे क्या करते हैं? काम करवाते होंगे, पर काम तो सभी करते हैं...फिर खूबसूरत लड़की क्यों?... और उसके मौसा बहुत से रुपये लाते हैं, पर लड़की कभी नहीं लाते...।

उसकी समझ में कुछ नहीं आया, लेकिन इसी उधेड़बुन में रात न जाने कहाँ चली गई, यह जाना न जा सका। एकाएक मौसी की पुकार ने उसकी तंद्रा को तोड़ दिया। हड़बड़ाकर आँखें खोलीं तो मौसी कह रही थी, 'नीना, ओ नीना! अरी उठेगी नहीं पाँच बजे हैं।'

पाँच...। अभी तो पहरुआ तीन की आवाज लगा रहा था और आकाशगंगा का मार्ग कैसा चमचम कर रहा था। इसी रास्ते तो स्वर्ग जाते हैं।

मौसी फिर चीखी, 'अरी, सुना नहीं नीना? कब से पुकार रही हूँ। दोनों भाई-बहन कुंभकर्ण से बाजी लगाकर सोते हैं। चल जल्दी। चौका-बासन कर। मैं आती हूँ...।'

नीना ने अब अँगड़ाई लेने का नाट्य किया। फिर कुनमुनाती हुई उठी, 'जा रही हूँ, मौसी!'

जीने तक जाकर न जाने उसे क्या याद आया, वह कमल के पास गई और बड़े प्यारा से कान से मुँह लगाकर उसे पुकारा। फिर उत्तर की प्रतीक्षा न करके उसे कौली में समेटकर नीचे लिये चली गई।

और जब दो घंटे बाद मौसी नीचे उतरी तो स्तब्ध रह जाना पड़ा। रसोईघर जैसे दूध में धोया गया हो लकदक-लकदक, मैल की कहीं छाया तक नहीं। बरतन चाँदी से चमचमा रहे थे। बार-बार अविश्वास से आँखें मलकर ठगी सी मौसी बोली, 'आज क्या बात है, नीना?'

'कुछ नहीं, मौसी!' नीना ने सकपकाकर उत्तर दिया।

'कुछ नहीं कैसे? ऐसा काम क्या तू रोज करती है?'

कमल ने एकदम कहा, 'मौसी! आज पिताजी आएँगे।'

'पिताजी...!'

'हाँ, जीजी कहती थी...।'

मौसी ने अविश्वास और आशंका से ऐसे देखा कि कमल सहमकर पीछे हट गया। कई क्षणों तक उस स्तब्ध वातावरण में प्रस्तर-प्रतिमा बने रहे, फिर जैसे जागकर मौसी बोली, 'तो यह बात है! बाप के स्वागत के लिए रसोईघर सजाया गया है।'

फिर एकबारगी बड़े जोर से हँसी, बोली, 'पर रानीजी, अभी तो पूरे सात महीने बाकी हैं, सात महीने। वाह रे, बाप के लिए दिल में कितना दर्द है! इसका पासंग भी हमारे लिए होता तो...।'

नीना की काया एकाएक पीली पड़ गई। आग्नेय नेत्रों से कमल की ओर देखती हुई वह वहाँ से चली गई। उस दृष्टि से कमल सहम गया, पर उसे अपने अपराध का पता तब लगा, जब यह हो चुका था। स्कूल जाते समय रास्ते में नीना ने इस अपराध के लिए कमल को खूब डाँटा। इतना डाँटा कि वह रो पड़ा। रो पड़ा तो उसे छाती से लगाकर खुद भी रोने लगी।

इसी समय वहाँ से बहुत दूर एक सुसज्जित भवन में मुक्त अट्टहास गूँज रहा था। छोटे जज आज विशेष प्रसन्न थे। उनकी छोटी पुत्री मनमोहिनी को कमीशन ने सांस्कृतिक विभाग में डिप्टी डायरेक्टर के पद के लिए चुन लिया था। मित्र बधाई देने आए हुए थे। उसी हर्ष का यह अट्टहास था। यद्यपि बाकायदा चाय-पार्टी का कोई प्रबंध नहीं था, तो भी मेज पर अच्छी भीड़भाड़ थी। अंग्रेज लोग चाय पीते समय बोलना पसंद नहीं करते थे, पर भारतवासी क्या अब भी उनके गुलाम हैं? वे लोग जोर-जोर से बातें कर रहे थे। मनमोहिनी ने चाय बनाते हुए कहा, 'मुझे तो बिल्कुल आशा नहीं थी, पर सचिव साहब की कृपा को क्या कहूँ...।'

सचिव साहब बोले, 'मेरी कृपा! आपको कोई 'न' तो कर दे! आपकी प्रतिभा...।'

डायरेक्टर कह उठे, 'हाँ, इनकी प्रतिभा! सांस्कृतिक विभाग तो है ही नारी की प्रतिभा का क्षेत्र।'

सचिव साहब के नेत्र जैसे विस्फारित हो आए, प्याले को ठक से मेज पर रखते हुए उन्होंने कहा, 'क्या बात कही आपने! सांस्कृतिक और नारी दोनों एक ही हैं। नाट्य, नृत्य संगीत और कविता...।'

‘और प्रचार?’

‘अरे, नारी से अधिक प्रचार कर पाया है कोई?’

इसी समय बेयरे ने आकर सलाम झुकाई। तार आया था। खोलने पर जाना छोटे जज साहब के बड़े बेटे की नियुक्ति इनकम-टैक्स ऑफिसर के पद हो गई है। उसे मद्रास जाना होगा।

‘क्या, क्या’—कहते हुए सब तार पर झपटे। हर्ष और भी मुखर हो उठा।

छोटे जज ने अट्टहास करते हुए अपनी पत्नी से कहा, ‘देखो निर्मल! मुझे पूरा विश्वास था, शर्मा मेरी बात नहीं टाल सकता। और मेरी बात भी क्या, असल में वह तुम्हारा मुरीद है। कहता था, ‘औरत...।’

बात काटकर सचिव साहब बोले, ‘जी नहीं, यह न आप हैं और न श्रीमती निर्मल। यह तो आपकी कौटुंबिक प्रतिभा है!’

इस पर सबने स्वीकृतिसूचक हर्षध्वनि की। छोटे न्यायमूर्ति इसका प्रतिवाद कर पाते कि बेयरे ने आकर फिर सलाम किया। विस्मित से डायरेक्टर बोले, ‘इस बार किसकी नियुक्ति होने वाली है?’

बेयरे ने कहा, ‘दो बच्चे हुजूर से मिलने आए हैं।’

‘हमसे?’ छोटे न्यायमूर्ति अचकचाकर बोले।

‘किसके बच्चे हैं?’

‘जी, मालूम नहीं। भाई-बहन हैं। गरीब जान पड़ते हैं।’

‘अरे तो बेवकूफ, कुछ दे-दिलवाकर लौटा दिया होता।’

‘बहुत कोशिश की पर वे कुछ माँगते ही नहीं। बस, आपसे मिलना चाहते हैं।’

छोटे न्यायमूर्ति तेजी से उठे। मुख उनका विकृत हो आया, पर न जाने क्या सोचकर वे फिर बैठ गए। कहा, ‘आज खुशी का दिन है। यहीं ले आ।’

दो क्षण बाद, बुरी तरह सहमे-सकपकाए जिन दो बच्चों ने वहाँ प्रवेश किया, वे नीना और कमल थे। आँसुओं के दाग अभी गालों पर शेष थे। दृष्टि से भय झरा पड़ता था। एक साथ सबने उनको देखा जैसे मदिरा के प्याले में मक्खी पड़ गई हो। छोटे न्यायमूर्ति ने पूछा, ‘कहाँ से आए हो?’

‘जी...जी...।’ नीना ने कहना चाहा, पर मुँह से शब्द नहीं निकले और बावजूद सबके आश्वासन के वे कई क्षण हतप्रभ, विमूढ़ अपलक देखते ही रहे, बस देखते ही रहे। आखिर मनमोहिनी उठी। पास आकर बोली, ‘कितने प्यारे, कितने सुंदर बच्चे हैं...!’

इन शब्दों में न जाने क्या था! नीना को जैसे करंट छू गई। एकबारगी दृढ़ कंठ से बोल उठी, ‘आपने हमारे पिताजी को जेल भेजा है। आप उन्हें छोड़ दें...।’

कमल ने उसी दृढ़ता से कहा, ‘हमारे पास पचास रुपये हैं। आपने तीन हजार लेकर एक डाकू को छोड़ा है...।’

नीना बोली, 'लेकिन हमारे पिताजी डाकू नहीं है। महँगाई बढ़ गई थी। उन्होंने बस, बीस रुपये की रिश्वत ली थी।'

कमल ने कहा, 'रुपए थोड़े हों तो...।'

नीना बोली, 'तो मैं एक-दो दिन आपके पास रह सकती हूँ।'

कमल ने कहा, 'मेरी जीजी खूबसूरत है आप खूबसूरत लड़कियों को लेकर काम कर देते हैं...।'

रटे हुए पार्ट की तरह एक के बाद एक जब वे दोनों इस प्रकार बोल रहे थे तो न जाने हमारे कथाकार को क्या हुआ, वह वहाँ से भाग खड़ा हुआ। उसे ऐसा लगा, जैसे धरती सूर्य की चुंबक-शक्ति से अलग हो रही है, लेकिन ऐसा होता तो क्या हम 'पुनश्च' लिखने को बाकी रहते? धरती अब भी उसी तरह घूम रही है।

(सन् 1954)

# अब्दुल्ला

बूढ़ा अब्दुल्ला आमियाँ इकट्ठी करता जा रहा था। और बीच-बीच में गाँव की दिशा में देखतो जा रहा था। उसने पेड़ के नीचे एक छोटी झोंपड़ी डाल रखी थी। उसमें वह रहता भी था और पाल भी लगाता था उसी झोपड़ी के सामने दो-तीन टोकरियाँ रखी थीं, जिनमें वह आमियाँ डाल रहा था। उसके चारों और पत्ते, आमियों के छिलके और गुठलियाँ बिखरी पड़ी थीं और पानी सड़ जाने के कारण उनसे दुर्गंध उठने लगी थी। बीच-बीच में कभी पेड़ से आमी टपकने पर ठक् से आवाज होती, कभी कोयल कूकने लगती, कभी सामने की कच्ची सड़क पर तेजी से दौड़ती हुई बैलगाड़ी के बैलों की घंटी बज उठती। उस सड़क पर उन दिनों जहाँ एक ओर गड्ढों में मेंह के कारण कीचड़ भर जाता था, वहाँ किनारे के पेड़ों से टपक-टपक कर जामुनों ने उसे जामुनी बना दिया था। राह चलते राहगीर अकसर वहाँ जामुन खाने को रुकते और चलते-चलते दो-चार आमियाँ भी उठा ले जाते। अब्दुल्ला अकसर उनपर नाराज हो जाया करता था, पर कभी-कभी आँखें बंद भी कर लेता था। ऐसा तब होता था, जब प्राइमरी स्कूल के विद्यार्थी टोली बनाकर उसके बाग पर हमला बोलते थे।

वह हमला कब होता था, इसका समय लगभग निश्चित था। उसके बाग में अधिकतर आम, जामुन और अमरूद के पेड़ थे। जब ये फल पकने को होते तो इस मानवी टिड्डी दल का आक्रमण शुरू हो जाता। अब्दुल्ला भी अब पूरी तरह से किलेबंदी करके उनसे लोहा लेने को तैयार रहता। यह दूसरी बात है कि उसकी किलेबंदी हमेशा बालू की दीवार साबित होती।

अब्दुल्ला कच्ची सड़क के किनारे वाले इसी बाग में जवान हुआ, इसी में अब बुढ़ापा उसे दबोचता आ रहा है। उसका काला तहमद, बिना बटनों वाली बंडी, जो उसके बदन पर चिपकी रहती थी; छोटी सी दाढ़ी जिसे कभी सँवारने की जरूरत नहीं महसूस हुई; पिचके हुए गाल, जिनमें कभी मांस नहीं भरा; जलती हुई आँखें, जिनमें से सदा परेशानी झाँका करती; यह था अब्दुल्ला का रूप जो तन-मन बिसराए इधर-से-उधर, उधर-से इधर यह कर, वह कर, घूमता रहता था। उसे कोई बच्चा नहीं था। बीवी थी, जो बार-बार माँ बनकर भी माँ नहीं कहला सकी थी। कहने वाले कहते हैं कि अब्दुल्ला अपनी जवानी में दूसरों के बच्चों से बड़ा प्रेम करता था और इसी कारण उसका कोई बच्चा जिंदा नहीं रहा। बीवी और पड़ोसियों के बार-बार जताने

पर, बच्चों के बार-बार मर जाने पर अब जैसे उसे भी यह अंधविश्वास सत्य लगने लगा लगता था।

तो अब्दुल्ला आमियाँ चुन रहा था और गाँव की दिशा में देख रहा था। दूर से थाना, थाने के पासवाला कुआँ, फिर चमारों के कच्चे मकान, पक्की मसजिद की मीनारें और उनसे परे दूर गोवर्धन सेठ के दुमंजिले मकान की बुर्जी—गाँव में आनेवालों को सबसे पहले ये ही दिखाई देते थे, पर अब्दुल्ला इन्हें देख रहा था। वह मन-ही-मन भुनभुना रहा था। उसकी आँखों में लुकाछिपी करते बच्चों का चित्र था। उसके कानों में रह-रहकर शरारत भरी मासूम किलकारियाँ गूँज रही थीं और हर बार जब कोई आमी टपकती या बैलों की घंटी बजती या कोयल कूकती तो उसकी आँखें कंकड़ों के उस ढेर पर जातीं जो उसने झोपड़ी के आगे इकट्ठा कर रखा था।

सहसा वह भेड़िये की तरह चौकन्ना होकर कंकड़ों के ढेर पर लपका और जल्दी-जल्दी काँपते हाथों से उन्हें चारों ओर फेंकने लगा। साथ ही चिल्ला-चिल्लाकर कोसने लगा, 'तुम्हारी ऐसी की तैसी। ठहरो तो, तुम्हारे बाप का बाग है? आ गए नवाबजादे, गए नहीं, एक-एक का सिर फोड़ दूँगा।'

कहीं से हल्की सी किलकारी की आवाज उठी और डूब गई। सामने दो-तीन लड़के दिखाई दिए। वह उधर भागा। लड़के बंदूक से निकली गोली की तरह लपके। आगे-आगे वे और पीछे-पीछे अब्दुल्ला। बाग छूटा, खेत छूटे, ठीक राजवाहे के पुल तक उन्हें खदेड़कर लौटा। क्या देखता है कि बाकी लड़के बड़े आराम से झोंपड़ी में से आम बटोर रहे हैं। उसके शरीर में आग लग गई, पर लड़के भाग निकले। अब्दुल्ला कुछ देर व्यर्थ ही इधर-उधर भागकर चीखता-चिल्लाता झोंपड़ी के पास लौट आया। थकान और गुस्से के कारण उसका दिल टूट रहा था, उसकी आँखें गीली हो आई थीं और उसका चेहरा, जिस पर कभी, कहते हैं मानवीय भावना चमका करती थी, जल्लाद की तरह कठोर हो गया था।

ऐसा सदा होता था, पर इस बार उसकी चीख में सचमुच दर्द था। आम की फसल वैसे ही हर साल अच्छी नहीं होती, फिर इस बार आँधियाँ इतनी आईं कि उन्होंने लगभग सारा मौल झाड़ दिया। फिर कच्ची आमियाँ इतनी झड़ीं कि उसे रुपये में चवन्नी की भी आशा नहीं रही। इसपर अब कोढ़ में खाज की तरह ये स्कूल के लड़के उन्हें बिल्कुल ही खत्म किए दे रहे थे। वह सोचने लगा, पहले भी लड़के हमला करते थे, पर इतने ढीठ नहीं थे, इतना नुकसान नहीं करते थे।

हर साल वह इसी तरह सोचता था। हर साल उसकी राय में लड़के पिछले साल से ज्यादा शैतानी करते थे। उनकी टोली मजबूत होती जा रही थी और वह बूढ़ा होता जा रहा था। आजकल उस टोली का सरदार पंजाबियों का लौंडा था। वह आठ साल का था, ऐसा लगता था, जैसे पंद्रह का हो—उसका रंग चिट्टा था, नक्श तीखे थे, उसके सुनहरे लटूरे बाल माथे पर छाए रहते थे। और वह बड़ी-बड़ी आँखों में शरारत भरी मस्ती लिये घूमा करता था। वह न पंजाबी बोलता था, न पंजाबी कपड़े पहनता

था। न जाने कब किस साल में उसके पुरखा रोजी की तलाश में पंजाब से उत्तर प्रदेश के इस कस्बे में आ बसे थे, फिर भी वह घराना पंजाबियों का कहलाता था और इन्हीं पंजाबियों का आठ वर्ष का लौंडा दीपू बूढ़े अब्दुल्ला के लिए आतंक बन गया था।

काफी देर बाद अब्दुल्ला के मस्तिष्क मे एक विचार पैदा हुआ कि मैं कल स्कूल के हेडमास्टर के पास जाऊँगा और उसकी शिकायत करूँगा, लेकिन दूसरे ही क्षण झिझक गया। उसे याद आया कि सारी उम्र में वह सिर्फ दो बार स्कूल में शिकायत लेकर गया है। एक बार जब लड़कों ने उसका घड़ा फोड़ दिया था, दूसरी बार जब उन्होंने उसकी बीवी को पत्थर फेंककर मारा था। उसे यह भी याद आया कि कभी स्कूल के लड़के उसके नजदीक घिर आते थे और वह उनमें फसल के फल बाँटा करता था। तो क्या वह इस बार हेडमास्टर के पास जाए? क्या कहेगा कि लड़के आमियाँ तोड़ते हैं। वे तो आँधी ने ही तोड़ दी थीं। आँधी की शिकायत वह किससे करे? लड़के आमियाँ तोड़ लें, चुग लें, वह शिकायत नहीं करेगा; पर वे तो आँखों में धूल झोंककर चुगी-चुगाई उठाकर ले जाते हैं, यह वह कैसे सह सकता है? पहले वे कभी ऐसा नहीं करते थे। इस पंजाबी लौंडे ने यह सब सिखाया है। बाकी सब तो भेड़ों की तरह हैं, वह उसी की शिकायत करेगा, जरूर करेगा।

और अगले दिन सचमुच उसने शिकायत कर दी। उसने मुँह से कुछ नहीं कहा, बल्कि डाकखाने के सामने बैठने वाले मुंशी को दो पैसे देकर सब बातें लिखवा दीं।

हेडमास्टर न जानता हो सो बात नहीं, फिर भी उसने लड़कों को बुलाया। बहुत जल्दी उसे पता लग गया कि शिकायत बिल्कुल सच्ची है। उसने चिल्लाकर आज्ञा दी कि सबके सामने दीपू और उसके साथियों को बेंत लगाई जाएँ।

अब्दुल्ला ने सुना कि बेंत खाकर पंजाबियों का लौंडा रोया नहीं। हाँ उसकी आँखें, चेहरा और हथेलियाँ सब आग की तरह दहकने लगे। वह भुनभुनाया—अच्छा हुआ, बच्चू भी क्या याद रक्खेगा। बड़ा तंग करै था। अब देक्खूँगा कैसे आता है।

दूसरे दिन उसने किलेबंदी में कोई कमी नहीं की। ठीक समय पर उसकी आँखें आप-ही-आप निश्चित दिशा की ओर उठती चली गईं। दूर कुछ लड़के वैसे ही ही एक ओर चले जा रहे थे, चलते चले गए और वह देखता चला गया। उसके हाथ में कंकड़ थे। वह सोच रहा था—क्या आज नई चाल है? सहसा एक ओर कुछ आहट हुई। वह मुड़ा, देखा—पंजाबी का लौंडा उसकी ओर आ रहा है।

अब्दुल्ला ने आँखें मलीं। वह ठगा सा खड़ा-खड़ा उसे देखता रहा, देखता रहा, और दीपू—निर्भीक, शांत, दृढ़ पास आता गया—दीपू जो शैतानों का सरदार था, जिसे कल बेंतों की सजा मिली थी और जो बेंत खाकर लाल अंगार की तरह दहक उठा था। अब्दुल्ला से कुछ दूरी पर वह रुका और कड़ककर बोला, 'पकड़ो!'

अब्दुल्ला उसी तरह हाथ में कंकड़ लिये देखता रहा, न हिला, न डुला।

दीपू फिर बोला, 'नहीं पकड़ते, पकड़ो! ले चलो हेडमास्टर के पास।'

अब्दुल्ला फिर भी खड़ा रहा पत्थर की मूरत की तरह। और विद्रोही दीपू फिर उसी कड़क से बोला, 'नही पकड़ते, पकड़ो, बेंत लगवाओ!'

अब्दुल्ला सहसा हँस पड़ा, जोर से हँस पड़ा। हँसते-हँसते बोला, 'आओ यहाँ आओ!'

और वह आगे बढ़ा, दीपू पीछे हटा। और आगे बढ़ा, दीपू और पीछे हटा और मुड़कर तेजी से भाग चला, पर उससे पूर्व हाथ में जो पत्थर था, उसे जोर से अब्दुल्ला पर फेंका अब्दुल्ला उसकी मंशा नही भाँप सका था। इसलिए बचते-बचते भी वह पत्थर जोर से उसके घुटने में लगा। उसकी चीख निकल गई। वह वहीं बैठ गया और जोर-जोर से गालियाँ देने लगा।

अगले दिन स्कूल में छुट्टी थी। फिर दो दिन बादल गरजे और मूसलाधार पानी पड़ा। चौथे दिन कहीं साफ हुआ। टपके की आमियों से सारा बाग भर गया। इतना आम था कि अब्दुल्ला सबको उठा भी नहीं सका और जब कुछ लड़के सड़क के किनारे-किनारे उसे बटोर ले गए तो उसने उन्हें कुछ भी नहीं कहा। कहने का अवकाश भी नहीं मिला, पर उसने यह अवश्य देख लिया था कि उनमें पंजाबियों का वह लौंडा दीपू और उसकी टोली नहीं है।

अगले दिन बाजार जाते हुए वह स्कूल के आगे से निकला। उधर गया, जिधर नीम के नीचे दीपू का बाबा तेज-तेज बोलकर आटा-दाल और चावल बेचा करता था और उसके बाप की ऊँचे तख्तोंवाली कपड़े की दुकान थी; पर कहीं भी उसने दीपू को नहीं देखा। उसने सोचा—कहीं चला गया होगा। अच्छा है, नहीं तो इन दिनों जितना आम गिरा, उसका चौथाई भी पल्ले न पड़ता।

लेकिन जब तीन-चार दिन और बीत गए तो अब्दुल्ला को एक अजीब सी उदासी ने जकड़ लिया। उसने बीवी से कहा, 'आजकल बाग में काम कम है।'

बीवी बोली, 'हाँ, फसल बस खत्म समझो।'

अगले दिन जब कल्लू बैलवान बैलों को राजबहाये पर ले जा रहा था तब अब्दुल्ला बाग के बाहर ही खड़ा था। कल्लू ने रामरमी करके पूछा, 'कैसे खड़े हो, चाच्चा!'

'काम बड़ा हल्का है, कल्लू। पहले तो दिके आँधी ने मौल गिरा दिया था। अब्जा पानी ने रही-सही आमियाँ झाड़ दीं।'

'हाँ चाच्चा। सच कहो हो, इस साल आम कम हुआ है।'

'बहोत कम। खाली बैट्ठा रहू हूँ।'

कल्लू के बैल आगे निकल गए थे। वह उन्हें पुकारता हुआ आगे बढ़ गया, पर अब्दुल्ला अँधेरा पड़ने तक वहीं घूमता रहा। उसका मन बेचैन था। उदासी की पकड़ गहरी हो रही थी। वह कहता कुछ नहीं था, पर जैसे वह बिल्कुल थक गया हो। जैसा वह पहले किया करता था, एक दिन उसने कंकड़ों का ढेर इकट्ठा किया और फिर ठीक समय उन्हें चारों ओर फेंकने लगा। तब न कहीं कोयल कूक रही

थी, न बैलों की घंटी बज रही थी, न कहीं उसे किलकारी सुनाई दी, पर वह कंकड़ियाँ फेंकता गया, फेंकता गया, जैसे उन्हीं की आवाज में वह अपने दिल की आवाज डुबो देना चाहता हो।

जब उसकी बीवी रोटी लेकर आई, तो वह तब भी कंकड़ियाँ फेंक रहा था। उसने पूछा, 'मका वे लौंडे फिर आ गए?'

वह तेजी से चौंका, 'आ गए, किन्धे?'

मैं तो पुच्छुँ थी, आ गए क्या?'

वह हताश होकर भुनभुनाया, 'अब क्या आएँगे। मार क्या कम पड़ी थी?'

तीसरे दिन उसने चुपचाप एक बड़ी खोज की। उसने टोली के एक लड़के को ढूँढ़ निकाला और उससे दोस्ती करने को खूब आम दिए। उससे पता लगा कि दीपू कई दिनों से बुखार के कारण स्कूल नहीं आता। इस खोज पर उसे हर्ष भी हुआ और दर्द भी। वह एक नई चिंता में घुलने लगा। आखिर एक शाम उसके पैर उधर मुड़ गए, जिधर दीपू का घर था। वह एक पक्की हवेली थी, जिसका दरवाजा हमेशा नहीं खुलता था। वह बेचैन सा बहुत देर तक इधर-उधर मँडराता रहा। आखिर जब दीपू के पिता को दरवाजा खोलकर बाहर आते देखा तो वह चौकन्ना हो गया, लेकिन जब उनके गंभीर शोकाच्छन्न चेहरे को देखा तो उसका दिल तेजी से धड़कने लगा। उसने जल्दी-जल्दी आगे बढ़कर कुछ पूछना चाहा, पर स्कूल की घटना के कारण वह सामने आने का साहस न कर सका। वह बेचैनी से तिलमिला ही रहा था कि एक सज्जन उधर आ निकले। उन्होंने सामना होते ही दीपू के पिता से पूछा, 'क्यों भइया! दीपू कैसा है?'

'अभी तो वैसा ही है।' दीपू के पिता ने जवाब दिया और तेजी से आगे बढ़ गए। अब्दुल्ला के दिल की धड़कन जैसे रुक गई हो। कई क्षण भौंचक सा वहीं खड़ा रहा, फिर लड़खड़ाता हुआ अपनी झोंपड़ी में लौटा और देर तक सिजदे में झुका रहा। कई बार उसकी आँखों से बड़ी-बड़ी बूँदे टपकीं।

वह कई दिनों तक लगातार वहाँ आता रहा और उस बंद मकान से निकलने वाले प्रत्येक प्राणी के चेहरे का अध्ययन करता रहा। वह जान-बूझकर किसी के सामने नहीं पड़ा, पर एक दिन वह भाँप गया कि अब अच्छा हो रहा है। तब उसका दिल रोशनी से भर उठा। अगले दिन उसने चुन-चुनकर बढ़िया आमियाँ टोकरी में भरीं और सीधे उस बंद दरवाजे पर जाकर दस्तक दी। दीपू के एक बाबा, जो अब्दुल्ला को अच्छी तरह जानते थे, वहाँ मौजूद थे। इसलिए उसे दीपू के पास तक पहुँचने कोई कठिनाई नहीं हुई, पर जब उसने दीपू को देखा तो उसके हृदय को बड़ी चोट पहुँची। देखा, वह गले तक चादर से ढका पड़ा है, उसका अंगार सा दहकता मुख पीला पड़ गया है, आँखें अंदर धँस गई हैं और उसके सुनहरे लटूरे बाल रूखे-सूखे हो रहे हैं। दीपू ने देखा, देखता ही रहा। सहसा उसकी मानसिक प्रतिक्रिया का किसी को पता नहीं लगा, पर अब्दुल्ला भाँप गया और बड़ी कठिनता से वह आँसुओं को

रोक पाया। उसने हँसते हुए कहा, हैं, हैं, लल्लू, अब ठीक हो। जल्दी ठीक हो जाओ, मैं तुम्हारे लिए आम लाया हूँ, तुम टपके के आम खाते थे न? ठीक होकर जल्दी आना! हैं, हैं जल्दी आना!'

डर के मारे उसने उसे छुआ तक नहीं, पर जब वह मुड़ा तो उसके आँसू नहीं रुके। रुँधे हुए कंठ से उसने दीपू के बाबा से कहा, 'कई दिनों से नहीं देखा। सोच्चूँ था, क्या हुआ लल्लू को। मालिक बड़ा मेहरबान है, वह रहीम है। बस ठीक हुआ समझो।'

इतना कहकर उसी चिर दिन के साथी काले तहमद से आँखें पोंछ डालीं। वह वहाँ कुछ क्षण ही रुका। उन क्षणों में उसका दिल बराबर एक तेज रोशनी से रौशन होता रहा और जब घर लौटा तो उसके चेहरे पर पुरानी मानवी भावना पूरे उभार के साथ फैल गई।

उसे लगा, वह फिर जवान हो चला है।

(सन् 1953)

# तलाश

धुंध, धुंध और धुंध।

कुछ भी तो नहीं सूझ रहा...प्रभात ने पैड उठाकर रख दिया। तीन-चार दिनों तक उस कहानी को वह अपने अंतर में घुमड़ने देगा।

यह निश्चय करके उसे बड़ा सुख मिला। उसने पैरों में चट्टी डाली और जीना उतरकर गली पार करता हुआ सामने की बगड़ी में दाखिल हो गया। इस बार फरवरी बीत जाने पर भी शीत का प्रकोप बहुत तेज रहा। दिन भर तेज बर्फीली हवाएँ चलती रहीं। कभी-कभी गरज के साथ ओले भी पड़े। अब मार्च के दूसरे सप्ताह में जाकर कहीं धूप में निवास का अनुभव हुआ है। प्रकृति भी कैसी अप्राकृतिक ही रहती है कभी-कभी। तभी तो गौरा ने अभी तक खिलौने बनाने का काम पूरे जोर से शुरू नहीं किया था। फिर भी कागज की लुगदी तैयार की। साँचे भरे। उसके बाद लड़कियों को बुलाया। जब प्रभात वहाँ पहुँचा तो गौरा तन्मय होकर साँचों से बबुओं को निकाल रही थी। एक लड़की अंगों को जोड़-जोड़कर सुखाने के लिए रख रही थी। दूसरी कल के धूप में रखे बबुओं के कोने खुरच रही थी। तीसरी खड़िया मिट्टी का घोल तैयार कर रही थी।

उसे देखकर गौरा ने कहा, 'आओ बाबूजी, बैठो।'

फिर ऊपर देखकर हँसी, बोली, 'आप बार-बार खिलौने बनते देखने आते हैं। हमारे साथ बैठकर बनाइए तो। दे न विमला बाबूजी को मिट्टी। देखें, कैसे जोड़ते हैं बबुए।'

प्रभात भी हँस पड़ा, 'बनाना तो मैं भी चाहता हूँ, पर मुझमें एक फर्क है। मैं साँचोंवाले खिलौने नहीं बनाना चाहता।'

'तो?'

'अपने हाथों से मनचाही मूरत बनाना चाहता हूँ।'

यह क्या कह दिया प्रभात ने? तीनों लड़कियाँ एकटक उसे देखने लगीं—भला साँचे के मूरत बनी है कभी? गौरा ने प्रभात के चेहरे पर दृष्टि गड़ाकर कहा, 'एक था हम लोगन में भी ऐसा ही पगला, धुन सवार हो गई कि अपने हाथन से बनाऊँगा।'

'बनाए फिर?'

'दस दिन में जाकर कहीं एक बन पाया था मन के माफिक।'

'सच! बना पाया मन के माफिक, सुंदर?'

'बाबूजी! क्या बताऊँ, खूबसूरत सा खूबसूरत। बस, जान पड़ने की देर थी।'

'मैं भी ऐसे ही बनाऊँगा।'

'भूखों मरोगे।'

धक् से रह गया प्रभात। यह भूख कहाँ से आ गई इसमें? लेकिन गौरा सच कह रही थी। हर चीज का अपना एक अर्थशास्त्र होता है और वही निर्णायक होता है। फिर भी उत्तर नहीं दिया, वहीं बैठ गया। अच्छा लगता है उसे वहाँ बैठना, देखना। सृजन की उस प्रक्रिया को। फिर उसने एक बबुआ उठाकर उसे गौर से देखा, दूसरा उठाकर देखा, तीसरा उठाया, चौथा उठाया, पंद्रहवाँ भी उठाया। सब एक जैसे। उसने छुरी उठाकर उन्हें ठीक करना चाहा। किसी में कहीं कुछ अलग करने की गुंजाइश नहीं थी। वही आँख, कान, नाक, वही घुँघराले बाल, वही मुस्कान, बैठे तो एक तरह से बैठे, खड़े तो सब एक तरह से खड़े...।

पूछ लिया, 'रंग कब करोगी?'

'अभी तो ये सूखे नहीं हैं। कल सबको खड़िया मिट्टी में डुबोना है। फिर सूखेंगे, उसके बाद होगा रंग।'

'तभी आऊँगा।'

प्रभात कई दिनों से एक कहानी लिख रहा था। उसका आरंभ उसने कुछ इस प्रकार किया था—

वासंती शृंगार मेज के सामने खड़ी दर्पण में अपने को निहार रही है। वह सुंदर है, साधारण से कुछ अधिक सुंदर... इसलिए अपने रूप पर स्वयं मुग्ध हो रही है। वह अपने बालों को धीरे-धीरे सहलाती है और वहीं वक्ष पर बिखरे रहने देती है। फिर गालों पर हलका पाउडर लगाकर होंठों पर लिपस्टिक की अंतिम परत उकेरती है। माथे की बिंदिया को एक बार फिर सहेजती है। गरदन को इधर-उधर करके अपने को बार-बार निरखती है। वक्ष पर लॉकेट को घुमाती है और फिर एकाएक चौंक पड़ती है। दर्पण में से ही देखती है कि पीछे के द्वार से आकर उसका पति प्रशांत वहाँ खड़ा हो गया है—श्याम वर्ण, असंतुलित नाक-नक्श, शराब में धुत्त...।

दो क्षण दोनों दर्पण में ही एक-दूसरे को परखते हैं। युग बीत जाते हैं। वासंती देखे को अनदेखा करना चाहती है, कर नहीं पाती, सबकुछ निरावरण है वहाँ। इसलिए वह उसे मुस्कुराते देखती है। श्याम वर्ण में धँसी लाल आँखें और मोटी नाक और उनपर फिसलती जहरीली मुस्कान। दूसरे ही क्षण सबकुछ बदरूप घृणा में बदल जाता है। वह तेजी से झपटता है, वह तेजी से मुड़ता है। काँच की दीवार किरच-किरच होकर बिखर जाती...।

प्रशांत झपटकर वासंती को कंधों से पकड़ता है और चारपाई पर पटक देता है—देखता हूँ, हरामजादी हर वक्त यारों को रिझाने के लिए शृंगार करती रहती है। हर वक्त शीशे के सामने खड़ी रहती है...।

इस आकस्मिकता से हतप्रभ एक बार तो वासंती तड़प उठती है, पर दूसरे ही क्षण अपने को प्रशांत के चंगुल से छुड़ाने के प्रयत्न में चीख उठती है, 'तू फिर शराब पीकर आया। तू होश में नहीं है...मुझे छोड़ दे, छोड़ दे...वरना।'

वह जितना छटपटाती है, जकड़न उतनी ही तेज होती है, 'मैं तुझे नहीं छोड़ूँगा, मै तुझे बताऊँगा कि मुझमें कितनी ताकत है। मैं जानता हूँ तेरी जैसी हरजाई औरतें वहशियों को पसंद करती हैं...।'

छाती से उबककर सबकुछ बाहर आने को होता है। चीख उठती है वह, 'तेरी ताकत शराब की ताकत है बुजदिल। तू जानता है कि तू मुझसे डरता है। तू शराब पीना छोड़ दे।'

'हरामजादी नसीहत देती है...।' प्रशांत तड़ाक से थप्पड़ दे मारता है उसके गाल पर। मारता रहता है एक-दो, पाँच-दस, पता नहीं कितने। फिर...।

फिर उसे कुछ याद नहीं रहता। पैशाचिक बलात्कार के बाद प्रशांत आहत संज्ञाहीन वासंती पर मिट्टी का तेल छिड़ककर आग लगा देता है। तब कहीं वासंती की संज्ञा लौटती है। पीड़ा और भय से चीख उठती है...।

'चीख-चीखकर यारों को कितना ही इकट्ठा कर ले, तू बच नहीं सकती। और सुन ले। मेरा नाम लिया तो तेरे बेटे का गला घोंट दूँगा।'

और वह पीछे के जीने से गायब हो जाता है और वासंती की चीख-पुकार सुनकर जब तक पड़ोसी वहाँ पहुँचते हैं वह सब दुःखों के पार पहुँच चुकी होती है।

× × ×

गौरा के पास से लौटा तो धुंध और भी गहरी हो आई थी। उसकी आँखों में बार-बार उभरते साँचों में ढले बबुए और छाती में बज उठते उसके अपने शब्द, 'अपने हाथों से मनचाही मूरत बनाना चाहता हूँ।'

भीतर बैठे सृजक ने सुझाया, 'इस घटना के साथ कोई सामजिक उद्देश्य नहीं जोड़ सकते क्या?'

वह भी क्या एक साँचा ही नहीं बन गया है? सब वासंतियाँ दहेज न दे सकनेवाले बाप की बेटियाँ बन जाती हैं या जमींदारों द्वारा सताई जानेवाली पिछड़े वर्ग की बहू-बेटियाँ। या...।

रुको, रुको! वासंती नारी-मुक्ति की उग्र पक्षधर रूपगर्विता भी हो सकती है। स्वतंत्रचेता वासंती किसी विजातीय व्यक्ति से सचमुच प्रेम कर सकती है। प्रतिभाशाली वासंती निरंतर प्रगति के पथ पर बढ़ती हुई पति की हीन भावना का शिकार हो सकती है...।

कितनी बार, कितने लेखक इनका उपयोग कर चुके हैं।

भीतर के सृजक ने इस बार कुछ उत्तेजित होकर कहा, 'कहानी मात्र कथानक नहीं है। भाषा और शैली भी जुड़े हैं उसके साथ। नई शैली और नई भाषा में तुम

नारी स्वातंत्र्य को नया अर्थ दे सकते हो; नर-नारी के सही संबंधों की तलाश कर सकते हो...।'

अपने भीतर उभरे इस तुमुलनाद पर प्रभात को अचरज नहीं हुआ। यहीं तो वह गौरा से अलग है। गौरा के अंतर में सृजन की आग नहीं है। वह आग पैदा नहीं की जा सकती। वह पैबस्त रहती है रेशे-रेशे में। इसलिए तो वह कुछ नए की तलाश में है, कुछ लीक से हटकर, कुछ उत्तेजक, गौरा से उसने यही तो कहा था... लेकिन गौरा के पास सृजन की वह दृष्टि कहाँ है? एक रुटीन है बस, अर्थ से जुड़ी कारीगरी, बना-बनाया साँचा, उसी को सँवारकर वह जीवन-यापन का साधन बनाती है। उसका लक्ष्य सृजन नहीं है। सृजन का मूल्य है। उसने कहा था, 'साँचे से अलग अपने हाथ से बनाओगे, भूखों मरोगे...।'

सब कुछ गड्डमड्ड हो गया। प्रश्न-ही-प्रश्न लटक गए हवा में, सृजन की आग पेट की आग। ज्यामिति की कौन सी थ्योरम इन्हें एक कोण पर ला सकती है?

कौन-सी...?

तभी किसी ने द्वार पर आहट की। मुक्ति मिली। उल्लास से पुकार उठा 'द्वार खुला है, आ जाओ।'

वह एक युवती थी—सलोना वर्ण, नाक-नक्श साँचे में ढले, मुख पर दृढ़ता और मुक्ति के मिल-जुले भाव। नमस्कार के उपरांत बोली, 'मैं उषा हूँ, आपके मकान से चार मकान छोड़कर रहती हूँ। इंद्रप्रस्थ कॉलेज में पढ़ाती हूँ।'

'जानता हूँ, तुम्हारे पिताजी ठेकेदार हैं न...।'

'आप जानते हैं उन्हें?'

'जानता हूँ बस, पहचान नहीं है। आपसे भी नहीं है।'

मुस्कुरा पड़ी उषा, 'लेकिन मैं आपको कुछ-कुछ पहचानती हूँ, बी.ए. में आपका नाटक पढ़ा था चार-पाँच वर्ष पहले। बहुत प्रभावित हुई थी। नई किरण के साथ नये युग के आने के संकेत पर वह नाटक समाप्त होता है। आपकी कुछ रचनाएँ मिलीं, पढ़ी, लगा कि आप मेरे मानस के बहुत पास हैं।'

'क्या और पहचान की जरूरत है अभी? वह जोर से हँस पड़ा, इसलिए कि हँसना चाहता था। उषा भी हँसती सी बोली 'पहचान की जरूरत क्या कभी समाप्त होती है? एक कहानी लिखी है मैंने। नर-नारी के संबंधों की पहचान को लेकर। मेरे शोध-प्रबंध का विषय भी यही है– 'आधुनिक साहित्य में नर-नारी के संबंधों की पहचान।'

आश्चर्य और प्रशंसा के मिले-जुले भाव प्रभात के चेहरे पर उभर आए। बोला, 'इसी विषय पर मैं भी काम कर रहा हूँ।'

उषा ने मानो सुना नहीं, कहती रही, 'आज आप गौरा भाभी के घर गए थे न! और कुछ नया साँचों से बाहर करने की बात कह रहे थे? उससे मैं बहुत प्रभावित हुई।'

प्रभात फिर विस्मित हुआ, 'आपसे किसने कहा?'

'मेरी बहन थी वहाँ विमला। अवकाश होने पर वहाँ काम करती है। कुछ मिल जाता है आत्मविश्वास जगाने को। पिताजी की ठेकेदारी तो हर समय चलती नहीं।'

प्रभात ने अब गहरी आत्मीयता से उषा की ओर देखा और अपरिचय की गंध से मुक्त स्वर में धीरे-धीरे बोला, 'क्या यह मात्र संयोग है कि तुमने उसी विषय पर कहानी लिखी, जिसपर मैं लिखना चाह रहा हूँ?'

'संयोग कभी अकारण नहीं होता। कुछ-न-कुछ होता है उसके पीछे, जिसे हम पहचान नहीं पाते।'

'सच! उत्फुल्ल हो उठा वह।'

'ऐसे ही लगता है मुझे तो।'

सिर चकरा गया प्रभात का। उसने दृष्टि उठाई। उषा उसी की ओर देख रही थी। उसे लगा कि एक प्रकाश किरण हर गई है उन दोनों की आँखों के बीच एक अदृश्य पुल की तरह।

× × ×

उषा फिर कई बार आई। हर बार लगता, जैसे स्वच्छ वायु का एक ताजा झोंका उसके साथ चला आया है। उस दिन बहुत देर तक बातें करते रहे तन्मय-विभोर, एक-दूसरे में खोए-खोए, सब ओर से बेखबर। सहसा प्रभात ने उषा को आलिंगन में बाँध लिया। उस क्षण उषा का सलोना मुख जैसे किसी दिव्य आभा से आलोकित हो उठा हो। पलक झपकने लगी उसकी...।

तभी जिस आकस्मिकता से बाँधा था उसी आकस्मिकता से उसे मुक्त कर दिया, लेकिन उस शब्दहीन क्षण में मौन ने कितना कुछ कहा। बहुत देर बाद प्रभात ने उस जादू को तोड़ा, 'मैं अपने को रोक नहीं सका, उषा।'

'नहीं, तुम अपने को रोक सके, यही मुझे अच्छा लगा। जब तुमने मुझे बाँहों में लिया तो मुझे लगा, जैसे यह स्पर्श मेरा पहचाना है। जैसे वह गुंजल मेरी अपनी है। यहाँ का वातावरण, यहाँ की हवा—सच, मुझे नींद आने लगी थी।'

'तुम्हारी पलकें झपकने लगी थीं।'

'और तुमने मुझे छोड़ दिया।'

'तब मुझे ऐसा ही लगा था।'

'और मैंने ऐसा ही चाहा था।'

'संयोग कहेंगे इसे।'

'संयोग कभी अकारण नहीं होता। आपने कहा था न कि कहानी फिर से लिखूँ। अभी नहीं लिख पाई थी। आज लिखने का प्रयत्न कर सकूँगी।'

सहसा प्रभात ने पूछा, 'सुना है कि तुमने अपने पति को छोड़ दिया है।'

उषा शायद इस प्रश्न की कल्पना नहीं कर सकी थी। स्तब्ध रह गई दो क्षण।

प्रभात ने जैसे उसकी वेदना को अनुभव किया हो। बोला, 'उत्तर न देना चाहो तो...।'

उषा उसी क्षण बोल उठी सहज रूप में 'छोड़ा नहीं है, मुक्त किया है। मेरे पति बहुत अच्छे हैं। विज्ञान के उपासक। बड़ा प्यार था हम दोनों में, ऊँची जाति के हैं वे। उन्होंने ही प्रस्ताव रखा था विवाह का पिता का। विरोध सहकर ही मैं उनकी पत्नी बनी, लेकिन न जाने क्यों सहचर न हो सके हम। दोनों ही अकेलापन अनुभव करते रहे सदा। उससे बचने के लिए वे अपने प्रयोगों में डूबे रहते, मैं साहित्य में। तभी मैंने पाया कि विज्ञान की एक विद्यार्थिनी उनके नजदीक आ रही है। अपने प्रयोगों में डूबे या विचार-विनिमय करते उन्हें घंटों बीत जाते और इसी प्रक्रिया में वे कभी-कभी एक-दूसरे के आलिंगन में खो जाते, खोए रहते। मेरी चेतना ने मुझसे कहा, ये दोनों एक-दूसरे के लिए हैं।'

'ऐसा लगा तुम्हें? सच!'

'हाँ।'

'फिर?'

हँस पड़ी उषा, 'जानते तो हैं आप कि वे एक-दूसरे के साथ रहते हैं और मैं अलग।'

'वे शादी कर लेंगे?'

'शादी मात्र एक सामाजिक प्रक्रिया है। बाँधता प्रेम है। और...।'

'रुको उषा, प्रभात ने सहसा विषय बदल दिया, 'गौरा को मैंने अनेक बार खिलौने बनाते देखा है। सारी प्रक्रिया का साक्षी हूँ। और मैं कहानी लिखता हूँ। हर प्रक्रिया का भोक्ता हूँ मैं। दोनों रचते हैं, पर...।'

बीच में बोल उठी उषा, 'मैंने भी खिलौने बनाए हैं।'

'तुमने खिलौने बनाए हैं!'

'हाँ, वही तो हमारा पुश्तैनी पेशा रहा है। बड़े शौक से उनमें डूबकर बनाए हैं मैंने खिलौने, सुंदर से सुंदर; पर मैंने सदा अनुभव किया कि मेरे चारों ओर एक लक्ष्मण रेखा खिंची है। उस रेखा को लाँघने का अर्थ था साँचे तोड़ना। नहीं तोड़ पाई। तभी कहानी लिखने लगी। शायद यह मेरी प्राकृतिक वृत्ति है। यहाँ साँचे नहीं हैं। हैं भी तो उनसे मुक्त हुआ जा सकता है।'

'मुक्ति की चाह तुम्हारे भीतर शुरू से ही रही है।'

'ठीक-ठीक व्याख्या नहीं कर सकती उसकी। हर खिलौना बनाने के बाद मुझे लगता था कि मैं नहीं हूँ उसमें, पर अब कहानी लिखती हूँ तो लगता है कि मेरा समग्र अस्तित्व जुड़ा है उससे, मैं हूँ उसमें...।'

'यानी तुम कहना चाहती हो कि सृजन का सुख 'मैं' की अभिव्यक्ति है?'

'अभिव्यक्ति' न कहकर 'मैं' का सृजन में विसर्जन कहना अधिक अनुरूप नहीं होगा क्या?'

'विसर्जन या सम्मिलन? एकरूप होने के लिए दोनों की स्वतंत्र सत्ता आवश्यक नहीं है क्या?'

चकित सी उषा बोल उठी, 'इसी शब्द की तलाश थी मुझे। यही तो स्त्री-पुरुष के संबंधों की कुंजी है। यही कहना चाहा था मैंने अपनी कहानी में। अद्वैत की स्थिति

में पहुँच जाने पर तो प्रेम और सुख का प्रश्न अप्रासंगिक हो रहता है। अच्छा, उठो। मेरे साथ चलो।'

'कहाँ?'

'जहाँ मैं ले चलूँ।'

और वह उठ खड़ी हुई। वह भी जैसे बैठा था, वैसे ही उतर गया पीछे-पीछे। द्वार पर आते ही गौरा जीजी दिखाई पड़ गई। अपनी सदाबहार मुस्कान को थोड़ा गहरा करके बोली, 'आपकी एक चोरी पकड़ ली है हमने।'

'मेरी चोरी? मैंने किसका क्या चुराया है?'

'क्यों, उस दिन मुझसे क्या-क्या नहीं पूछा था? मन्नो जलकर मर गई थी, उसकी कहानी नहीं लिखी आपने?'

हतप्रभ रह गया प्रभात। फिर भी हँसकर बोला, 'वह कहानी किसी एक मन्नो की नहीं है। वह औरत पर होने वाले जुल्म की कहानी है।'

'बाबूजी, वह कहानी सुनकर लगा कि जो आपने लिखा, वह सब सच है। उस सच को हम भी भुगतते हैं, पर कह नहीं पाते। आपने हमारे दिल की आवाज को दूर-दूर तक पहुँचा दिया।'

प्रभात का अंतर खिल आया। उसने उषा की ओर देखा। उसी क्षण उसकी दृष्टि उठी, गर्वीली प्रशंसा से भरी-भरी। गौरा उसी तरह कहती रही, 'पता नहीं, मन्नो कैसे चिपकी रही उस जालिम से। मैं होती तो छोड़ देती, कभी का। हम लोगन में ऐसी बंदिश नहीं है। मैं तो घरवाले को छोड़ के चली गई थी।'

'क्यों?'

'शराब पी के मारपीट करे था। हाथ-पैर जोड़ के और पंचायत में वचन देके लाया दोबारा। हम बराबर खटे हैं। बराबर का कमावे हैं। हम पै नहीं चलेगी धौंसपट्टी। हम ना सहते किसी की चौधराहट।'

फिर एकदम बोली, आओ मेरे साथ, जगरानी से मिलवाऊँ। उसकी कहानी लिखना। पढ़नेवालों को कुछ अक्कल भी आवे।'

और वह आगे बढ़ गई। विस्मित-चकित उषा प्रभात की ओर देखकर बोली, 'एक और संयोग। मैं भी आपको उसी के पास ले जा रही थी। वह देखो उसका घर।'

जगरानी का घर क्या, बस, एक बड़ा सा कमरा था। औरों से इस अर्थ में अलग कि पक्का था। उसी में खाना-पीना, सोना रहना, उसी में खिलौने बनाती। सामान कम पर सब करीने से लगा-सजा। शऊर था हर बात में। आगे चली थी। उसके दूसरी ओर बड़े मार्केट की ऊँची दीवार थी। उसी के सहारे टीन डालकर और तख्ते जोड़कर दुक़ान बना ली थी। सब ओर से बेखबर खुद भी रँगी-पुती, वहीं बैठी, ब्रुश से धीरे-ध ीरे खिलौनों के नाक-नक्श ठीक कर रही थी। उसके खिलौने अपेक्षाकृत सुंदर और सुरुचि के परिचायक थे। गौरा ने पुकार लिया, 'ए जागरानी। क्या हाल हैं तेरे?'

जगरानी ने चौंककर सिर उठाया 'अरे जीजी! आओ, आओ।'

'बड़े सुंदर खिलौने हैं री तेरे तो। तेरे हाथ में बड़ी सुघराई है।'

'बस जीजी, तुम तो जाने हो उनको, कैसी मदद करे हैं मेरी। स्कूल से पढ़ा के आवे और इनमें लग जावे हैं। मुझे रंग करना सिखावें, दुकानों में जाके भाव-ताव करें। एक दिन टेलीविजनवालों को ले आए। फिल्म बना के ले गए। खुद भी रंग करें। ड्राइंग जाने हैं। ये देखो राधा-कृष्ण उन्होंने ही रंगे हैं।'

दो क्षण देखते रहे सब उस मूरत को। साँचा वही था, पर कुछ नया कुछ और सा करने की आकांक्षा ने रूप ही बदल दिया था। उसका अंतर उभर आया था बाहरी रूप में। गौरा ने ही उस जादू को तोड़ा, बोली, 'दौरे-वौरे तो नहीं पड़ते अब तुझे?'

'अब क्यों पड़ेंगे जीजी' कहते-कहते गर्व और लज्जा के मिश्रित भाव उभर आए उसकी आँखों में। प्रभात को उस क्षण लगा कि जगरानी स्वयं एक खिलौना है। अंतर के प्रकाश से जगमग-जगमग करता शिशु जैसा उसका रूप।

'अच्छा जगरानी, जैसा तुझे मिला, सबको मिले। ये बाबू जी हमारे पड़ोसी हैं। खिलौने बनाना सीख रहे हैं और यह उषा इनसे कहानी लिखना सीख रही है। तेरी कहानी लिखेगी।'

और कहकर वह तेजी से आगे बढ़ गई। जगरानी उषा की ओर देखकर व्यंग्य से मुस्कुराई, 'बीबी रानी! ऐसा न हो कि मेरी कहानी लिखते-लिखते खुद कहानी बन जाओ।'

उषा बोली, 'मैं कहानी बनूँ या न बनूँ पर भाभी, तुम्हारी कहानी मैं लिख चुकी हूँ।'

और वह खिलखिलाती हुई आगे बढ़ने ही वाली थी कि जगरानी ने पुकार लिया, 'रुको बीबी रानी, मेरे साथ आओ, आप भी बाबूजी।'

उसके पीछे उसके एकमात्र कमरे में जाकर उन दोनों ने जो कुछ देखा तो देखते ही रह गए—एक कोने में परदे के पीछे स्टैंड पर एक मृण्मयमूर्ति, अनगढ़-अधूरी, पर आँखों से उमड़ता सहज उल्लास पूरे अस्तित्व को उजास से भरता, आंतरिक भावों को अभिव्यक्त करती अद्‌भुत भंगिमा, अद्‌भुत...!! उषा फुसफुसाई, 'तुम्हारी अंगुलियों ने जड़ मिट्‌टी में चेतना जगा दी है भाभी।'

'तुमने बनाया है इसे,' प्रभात ने मुग्ध मन से पूछा।

अंगुलियाँ तो उसी की हैं, पर सहयोग मेरा भी है।'

उषा ने अब जगरानी की आँखों में झाँका, बोली, उच्छ्‌वसित स्वर में, 'भाभी मेरी! अब तक जो लिखा था, वह सब झूठा पड़ गया, फिर से लिखना होगा।'

मार्ग में उसने प्रभात से इतना ही कहा, 'साँचे तोड़ने की चाह हर किसी के मन में होती है। यही तो तलाश है।'

प्रभात तब सोच रहा था, साँचे खिलौने के ही नहीं, रिश्तों के भी होते हैं।

× × ×

अगले दिन उषा ने बताया, 'जगरानी एक गरीब गधे वाले कुम्हार की बेटी है। बचपन में अपने पड़ोसी बाबूलाल के घर जाकर खिलौने बनाने में मदद करती थी। बाबूलाल स्कूल में पढ़ता था। जब-तब उसके पास जा बैठती। कुछ सुनती रहती। दोनों अनजाने एक-दूसरे की ओर खिंचने लगे। एक दिन बता रही थी—जब मैं उसके पास बैठती थी तो मुझे लगता था, चारों तरफ प्यारी-प्यारी हवा बह रही है।'

प्रभात ने पूछा, 'दोनों की शादी नहीं हो सकती थी?'

कैसे होती? बाबूलाल प्रजापतियों का बेटा। पढ़कर अध्यापक बन गया। जगरानी गधेवालों की बेटी। बेहद गरीब। चुपचाप एक मकान-मजदूर के घर बैठा दिया उसके बापू ने। वह शराबी चाहता था कि यह भी मजदूरी करे। यह चाहती थी खिलौने बनाना। इसी बात पर वह इसे खूब मारता। यह अंदर-ही-अंदर सुलगती रहती। धीरे-धीरे दौरे पड़ने लगे। हाथ-पैर ठंडे हो जाते। इस पर एक दिन उसने उसे मारा ही नहीं, घर से भी निकाल दिया।'

'बाबूलाल ने उसकी मदद नहीं की?'

'करता था तो वह और भी पिटती थी, लेकिन उस दिन लहूलुहान वह बाबूलाल के घर जाकर बोली, अब मैं कहीं नहीं जाऊँगी।'

बाबूलाल ने एक क्षण उसे देखा और दृढ़ स्वर में कहा—नहीं, अब तुझे कहीं जाने की जरूरत नहीं।

पहले पति ने समझा था—कहाँ जाएगी। दो-चार दिनों में झक मारकर लौट आएगी। जब एक महीना बीत गया तो उसने पंचायत में गुहार की। कई दिनों तक बयान होते रहे। अंत में पंचों ने फैसला दिया—जगरानी को पूरा अधिकार है कि पहले मालिक के घर जाए या न जाए, लेकिन अगर वह नहीं जाती तो उसे दंड देना होगा।

प्रभात अनायास बोल उठा, 'और बाबूलाल ने दंड भर दिया।'

उसके बाद उषा कई क्षण मौन बैठी प्रभात की ओर देखती रही, तरल होती रही। फिर धीर-गंभीर स्वर में उसने कहा, 'मन का सुर मिलना क्या यही नहीं है?'

'मन का सुर!' प्रभात जैसे फुसफुसा उठा हो, 'यही तो वह पारस पत्थर है जो लोहे को सोना बना देता है। जब सृजक के मन का सुर शब्द के सुर से मिल जाता है तो रचना कालजयी हो जाती है और जब नारी के मन का सुर नर के मन के सुर से मिल जाता है तो मिलना धन्य हो जाता है। इसी भाव को किसी भाषाविद् ने कभी 'प्रेम' शब्द दिया होगा।

'क्या सबकुछ इतना सरल है, इस सीमा तक सरल है तो जिंदगी भर साथ रहने पर भी एक-दूसरे को क्यों नहीं जानते? और क्यों दो क्षण में सब जाना-पहचाना लगने लगता है?'

न जाने कब, किस क्षण में, अनायास या सायास उषा ने अपना हाथ प्रभात के हाथ पर रख दिया था। उसी स्थिति में प्रभात ने उसे दबा दिया। दोनों की दृष्टि मिली। दूसरे ही क्षण उषा खड़ी हुई, 'मैं चलती हूँ, प्रभात।'

प्रभात इस आकस्मिकता के लिए तैयार नहीं था, सकपकाकर बोला, 'नहीं, नहीं, रुकों, मुझे तुमसे...।'

'फिर कभी।' उषा का स्वर सुनाई दिया। वह जीना उतर चुकी थी।

× × ×

उषा कई दिनों तक नहीं आई। प्रभात इन दिनों कई महत्त्वपूर्ण बैठकों में व्यस्त रहा। फिर भी सही संबंधों की तलाश उसके अनजाने, उसके मस्तिष्क में चलती रही। व्यस्तता से मुक्ति पाते ही उसे उषा की याद आई। उसने अनुभव किया कि जब वह आती है, सारा वातावरण एक विचित्र प्रकाश से आलोकित हो उठता है, प्रकाश जो उसके अंतर और बाह्य—दोनों को उजास से भर देता है। वह नहीं आई तो लगा कि कुछ है, जिसका न होना अर्थ रखता है।

एक दिन वह फिर गौरा के पास पहुँचा। वह अकेली बैठी छोटे-छोटे खिलौनों पर शीशे जड़ रही थी। कई क्षण उन्हें देखता-परखता रहा, कल्पना करता रहा कि किसी सजग कलाकार के हाथों में इनका क्या रूप होता। सीमाओं में रहकर भी जगरानी कितना रूप दे पाती है साँचों से निकले खिलौनों को भी...।

'मै भी कहानी पर ऐसा ही परिश्रम करता हूँ। जब तक मन का सुर नहीं मिलता शब्द के सुर से, तक तक काटता रहता हूँ।' लेकिन हठात् वह चिहुँक पड़ा, 'मै भी तो लिखता हूँ, आकाशवाणी या ऐसे ही माध्यमों के लिए। तब क्या सुर की चिंता करता हूँ, अर्थ जुड़ा है न मेरे उस लेखन से...।'

गौरा बोल उठी, 'किस सोच में पड़ गए बाबूजी।'

उत्तर में प्रभात ने पूछा, 'शीशे जड़ने पर कीमत बढ़ जाती है खिलौनों की?'

'क्यों नहीं बढ़ेगी, अधिक मेहनत, अधिक माल, अधिक कीमत। क्या ये आपको अधिक सुंदर नहीं लगते हैं?'

'लगते हैं, पर...।'

'आप हर बार एक ही बात करते हैं 'पर'...जो कला पेट नहीं भर सकती, उसका हम क्या करें? एक बार फिर सिरफिरा हमें एक नुमाइश दिखाने ले गया था। मिट्टी के बरतन थे, पर इतने सुंदर कि छूते डर लगता था। खिलौने तो बस, बात करते मालूम पड़ते थे, पर बाबूजी, ऐसी चीजें बड़े लोगन के ड्राइंग रूम में सजाई जा सके हैं। हमें तो वह कला चाहिए, जो रोज प्यास बुझा जा सके...।'

अनुभव किया कि जीने से कोई आ रहा है। मुड़ता, तब तक गौरा ने सिर का पल्ला आगे सरकाकर कहा, 'आओ, आओ, ठेकेदारजी। ऊपर चलें, बैठक में।'

फिर पुकारा, 'ऐ किसनी, जरा चाय तो बना। ठेकेदार आए हैं।'

फिर प्रभात की ओर मुड़ी, 'आप जानते हैं न इन्हें, उषा के पिता हैं ठेकेदार निरंजन सिंह।'

प्रभात ने उन्हें नमस्कार किया, 'आपको देखा है बहुत बार, पर कभी बात नहीं कर पाया।'

इतना कहते-कहते तीन पैड़ियाँ चढ़कर जिस छोटे से कमरे में प्रवेश किया, उसे देखकर चकित रह गया प्रभात। कभी यहाँ लकड़ी का खोखा था। अब वह पक्का है। एक अलमारी में चमचमाते बरतन सजे हैं। दूसरी तरफ वैसी ही अलमारी में अपने बनाए खिलौने हैं। और सबसे अधिक अचरज की बात यह कि टेलीविजन भी है। दीवान तो ही, छोटा सा सोफा भी है। गौरा ने कहा, 'बैठो।'

प्रभात बोला, 'इसके आगे कभी नीम का पेड़ था?'

'था बाबूजी, पर अब दुनिया ही बदल गई है। नीम नहीं, टेलीविजन चाहिए हमारे बच्चों को।'

निरंजन ठेकेदार वृद्ध हो चले थे, चेहरे पर गहरी उदासी थी। ऐसी कि सामने वाले के अस्तित्व को ग्रस ले। बोले, 'सबकुछ बदल गया, बदलता है जमाने के साथ पर साले ये हमारे बच्चे, ये कहाँ जा रहे है...?'

हँस आई गौरा, 'आसमान में जा रहे हैं। चाँद पर घूम आया है आदमी।'

तलखी भर आई ठेकेदार की जुबान में, देखो जी, हम तो एक बात जाने हैं। जिस धरती माँ की गोद में हम लोट न सके, जिसकी धूल हमारे माथे की शोभा न बने, वह कैसे हमारी? वहाँ तो उड़े फिरे थे वे। वहाँ की धरती और उनके बदन के बीच में न जाने कितने परदे हैं। उस जमीन से हमारा क्या नाता?'

'वही तो कह रही थी, हमारे बच्चे धरती पर टिके ही नहीं और आप भी तो बाबूजी, हमेशा वह क्या 'कला-कला' की बात करो हो।'

प्रभात बोल उठा, 'तुम्हारे इस छोटे से कमरे में बड़ी कला है गौरा जीजी।'

गौरा खिलखिला पड़ी, 'बाबूजी, बात बदलना कोई आपसे सीखे। अभी नीम के पेड़ की बात कर रहे थे। उसके आसपास का रंग देखा है आपने? कला वहाँ थी। रेडियो वाले कई बार आए। एक बार तो डिरामा बना दिया। सुना तो बड़ा अच्छा लगा, अपने पर गरव हुआ।'

ठेकेदार ने कुछ नहीं सुना, बोला, 'मैं तो अपनी धरती की बात कर रहा था। हमारी उषा को देखो, आपको तो सब बताया होगा। मैं तो कुछ समझ नहीं पाता, तलाक का मुकदमा कर दिया है। पहले तो जी कोर्ट-कचहरी कौन जाने था?' पंचायत में फैसला कर लेते थे, पर अब हमने तहजीब सीख ली है। आसमान पर नजर है। एक यह गौरा है और एक हमारी उषा...।'

प्रभात ने धीरे से कहा, 'आपकी बेटी उषा बहुत समझदार है। वह अपनी जिम्मेदारी समझती है। आप उसकी ओर से निश्चिंत रहें। वह कभी कोई बुरा काम नहीं करेगी।'

'वह तो समझूँ हूँ, 'ठेकेदार ने कहा, 'पर मुझसे उसकी यह उदासी नहीं देखी जाती। सबकुछ करती है पर अनमने भाव से। कभी-कभी तो मुझे बड़ी अजनबी, बड़ी पराई सी लगती है। कभी लगे है, कोई देवी उतर आई है मेरे घर में मुझे तो दोनों से ही डर लगे है। आप समझाओ न उसे। आपके पास ही आती है बस, और जब लौटती है तो बड़ी खुश नजर आती है।'

प्रभात न जाने कहाँ पहुँच गया था। सहसा उत्तर न दे सका, पर अंतिम वाक्य सुनकर वह वर्तमान में लौटा, बोला, 'मुझे तो ऐसा लगता है कि मैं उससे बहुत कुछ सीख सकता हूँ...।'

गौरा हँस आई, 'बाबूजी, आप खुशामद करना भी जानते हैं, लेकिन आपने इस बार 'पर' नहीं लगाया।'

प्रभात खिलखिला पड़ा, 'लगाने ही वाला था कि तुमने टोक दिया।'

'मैंने या उषा ने?'

'सच तो यही है, गौरा जीजी। मैंने उषा से यही सीखा है कि 'पर' का इस्तेमाल बहुत सोच-समझकर करना चाहिए।''

गौरा बोली, 'तब तो वह जरूर जादू जानती है।'

ठेकेदार के चेहरे की गहरी उदासी हलके गर्व में बदल चुकी थी। चाय की अंतिम घूँट भरते हुए वह बोले, 'ठीक है, मैं चला। आप इतना जानते है तों मुझे कोई डर नहीं। कोई तो है उसका।'

और वह चले गए। गौरा और प्रभात एक क्षण मौन बैठे रहे। फिर गौरा बोली, 'बाबूजी! सुना है, आपकी शादी हुई थी।'

एक क्षण मौन रहकर उत्तर दिया उसने, 'हुई थी, पर फेरे लेने के बाद मैं तुरंत किसान आंदोलन से जुड़ गया। जुड़ा तो पहले ही था। अब तो जेल जाना पड़ा। डेढ़ वर्ष बाद लौटा तो वह एक दुर्घटना में बुरी तरह घायल हो गई। बस, दो हफ्ते सेवा कर सका उसकी। मेरी ओर देखते हुए जब उसने आखिरी साँस ली तो मैं समझ नहीं पाया कि उसकी दृष्टि में क्या था, प्यार-हसरत या...।'

'या...।'

'पता नहीं गौरा जीजी, पर वह दृष्टि पैबस्त हो गई है मेरे रेशे-रेशे में...। कई क्षण मौन छाया रहा, फिर गौरा ने पूछा, दूसरी शादी नहीं की?'

'मन नहीं हुआ।'

'अब करोगे?'

'क्यों, कोई लड़की साँचे में ढली है क्या?'

'ढालना चाहा था, पर उसने साँचा तोड़ दिया...।'

आपाद-मस्तक सिहर उठा प्रभात। क्या कह गई गौरा जीजी? सृजक पात्र को साँचे में ढालना चाहे ओर पात्र उसे तोड़ दे, तभी कृति प्राणवंत होती है...।

'मेरी बात का जवाब नहीं दिया, बाबूजी।'

प्रभात उठ खड़ा हुआ, बोला, तुमने मुझे अपना समझा, तभी मन की बात कही। बहुत अच्छा लगा, पर...।'

फिर स्वयं ही खिलखिला पड़ा 'लो, फिर 'पर' आ गया। उषा की शिक्षा अधूरी है।'

गौरा भी खिलखिलाई, 'समझ गई, सब समझ गई, पर जाने से पहले एक चीज देखते जाओ।'

'क्या?' प्रभात ने चकित स्वर में पूछा।

'उधर छत पर तोते देखे थे न तुमने? हरा रंग होता है उनका, लेकिन मैंने क्या किया है, देखो।'

अंदर जाकर वह एक तोता उठा लाई। आश्चर्य! उसका रंग लाल था, चोंच और मुख सफेद। बोली, 'मैंने सोचा कि आप साँचे तोड़ने की बात बहुत करते हैं,

पर साँचों में ढले खिलौने में भी तो बदलाव लाया जा सकता है। जगरानी के खिलौने देखे हैं आपने। मैंने भी रंग बदल दिया है। अच्छा लगता है न।'

प्रभात ने देखा कि गौरा की आँखों में चमक है। बोला, 'गौरा जीजी, तुम्हें मालूम नहीं शायद, तोते लाल रंग के भी होते हैं। कम होते हैं, पर होते हैं।'

उस शाम प्रभात के अंतर में साँचे और कला को लेकर तुमुलनाद उठता रहा। रात में सोचते-सोचते पता नहीं कब पलकें झपक गईं। सपने में सामने उषा थी। वह उससे बहस कर रहा था—'क्या यह सच नहीं है कि हर साँचा कभी कला का रूप रहा होगा और कि हर कला एक दिन साँचा बनकर रह जाती है।'

उषा ने जैसे निर्णय दे दिया है। 'मैं आज की बात कहती हूँ। हमें साँचे तोड़ने ही होंगे, तोड़ने ही होंगे। तुम मेरी सहायता नहीं करोगे क्या? तुम्हारे साथ होती हूँ तो मैं भयमुक्त हो जाती हूँ। कितनी शक्ति देता है भयमुक्त होना।'

इसी क्षण आँखें खुल गईं। दूधवाला द्वार पर दस्तक दे रहा था। वह काँप उठा—क्या यह उसकी अपनी आवाज नहीं थी...।

तीसरे दिन उषा आई। प्रभात ने कुछ नहीं छिपाया उससे। उषा मुस्कुराई 'मुझे आपसे अधिक मालूम है। मैंने सुना है कि तलाक होते ही हम दानों शादी कर लेंगे।'

'सच!'

'मैं सुनी हुई बात कर रही हूँ, सच या झूठ, मुझे क्या मालूम।'

'सच...!' इस बार प्रभात कुछ भावुक हो आया था, जैसे हृदय धड़कने लगा हो। यह भी कैसा भ्रम है। वैज्ञानिक कहते हैं कि हृदय मात्र रक्त प्रवाहित करनेवाला यंत्र है, पर कवि ने बना दिया उसे मनुष्य की सारी संवेदनाओं का केन्द्र...।

पूछ लिया, 'सपने के बारे में क्या कहती हो?'

उषा तब तक उसके पास आ गई थी। कंधे पर हाथ रखकर बोली गहरे आत्मीय स्वर में, 'प्रभात, मेरे दोस्त बनोगे?'

प्रभात इस आकस्मिक स्थिति के लिए तैयार नहीं था, उत्तर न दे सका। उषा उसी सहज स्वर में कहती रही, 'बहुत दिनों से मैं दोस्त की तलाश में थी। ऐसा दोस्त जो एक-दूसरे के लिए पारदर्शी होकर भी एक-दूसरे के लिए अनिवार्य न हो। जो अपने-अपने सामाजिक असितत्व को सुरक्षित रखते हुए भी एक-दूसरे के लिए हों। फिर भी एक-दूसरे पर निंभर न हों। एक दिन तुमने ही कहा था न—विसर्जन नहीं, सम्मिलन।'

उत्तर में प्रभात ने उषा को आलिंगन में सहेज लिया और ललाट को हल्के से चूम लिया। दोनों की दृष्टि मिल गई और मिली ही रह गई, जैसे उस क्षण सृष्टि में कहीं, बस वे युगल नयन हैं। अपने में समग्र विराट् को समेटे हैं। तरल होकर भी अग्निपुंज, मौन होकर भी वाचाल, अनेक होकर भी एक।'

न जाने वह क्षण कब तक कालातीत बना रहता। तभी कहीं से आकर एक मुक्त खिलखिलाहट की उल्लसित ध्वनि वहाँ बिखर गई। एक साथ उन्हें पवित्र और

विभोर करती। दोनों एक साथ यंत्रवत् मुड़े। ध्वनि की दिशा में खिड़की के उस पार देखा—सामने की छत पर एक श्यामवर्ण अर्द्धनग्न मजदूर औरत वैसे ही श्यामवर्ण, वैसे ही अर्द्धनग्न शिशु को हाथों में लिये उछाल रही है। बार-बार उछालती है। बार-बार मुँह से पेट में गुदगुदाती है और शिशु बार-बार खिलखिला उठता है। उन्मुक्त उल्लसित। माँ भी उतने ही उल्लास से खिलखिलाती है और फिर उछालती है। उन दोनों की सम्मिलित खिलखिलाहट सबकुछ को आवृत कर लेती है...।

उस पारदर्शी आवरण में कितने मोहक, कितने सुंदर लग रहे हैं माँ और बेटे, कृतिकार और कृति...जगरानी और बाबूलाल, उषा और प्रभात, एक-दूसरे के पास आते हुए, एक-दूसरे की आँखों में झाँकते हुए...गूँगे, गिरा अनयन नयन बिनु बानी...।

विजय-गर्व से प्रभात लगभग चीख उठा, 'यही है वह उल्लास उषा, जिसकी तलाश में मैं भटक रहा था।'

चिहुँक उठी उषा, 'तुमने क्या कहा?' 'उल्लास'। उस दिन तुमने 'सुख' कहा था। मैं आश्वस्त नहीं हो सकी थी, क्योंकि सुख पाने से जुड़ा है। आसक्ति है उसमें। उल्लास देने से जुड़ा है, आनंद हैं उसमें। वही तो कुंजी है सृजन और सहचारिता की मुझे मंत्र मिल गया। अब मैं अपनी कहानी पूरी कर सकूँगी।'

और शिशुवत् खिलखिलाती वह तेजी से पैड़ियाँ उतरने लगी। कहती हुई, पूरी हो जाने पर लाऊँगी, तुम्हें सुनाने।'

प्रभात ने यंत्रवत् कहा, 'क्या दोनों मिलकर पूरा नहीं' कर सकते उसे?'

उषा ठिठकी, मुड़ी, प्रभात की आँखों में झाँका, झाँकती रही, चेतना के स्वर खुलते रहे। उसी मुद्रा में बोली, 'नहीं, ठीक मिलकर नहीं, एक-दसूरे की अक्षुण्णता को स्वीकार करके, एक-दूसरे की दासता से मुक्त होकर...।'

उसी तरह आँखों में झाँकते हुए प्रभात ने स्वीकृति में गरदन हिला दी। उसे लगा, जैसे एक अनिर्वचनीय उल्लास उसे सराबोर कर रहा है, लेकिन जब वह कहानी लिखने बैठी तो वासंती और प्रकाश—दोनों ने उसकी राह चलने से इनकार कर दिया।

मध्य वर्ग के पात्र इतनी आसानी से साँचे नहीं तोड़ पाते।

# चैना की पत्नी

चैना छप्पर बाँधता था। जब होश खोया, तब तक छप्पर बाँधता रहा। इस पाने और खोने के बीच में उसकी लोकप्रियता किसी नेता से कम नहीं थी और लोकप्रियता के दो आधार थे—ईमानदारी और पत्नी।

ईमानदारी दुर्लभ गुण नहीं है। पत्नी प्रायः हर पुरुष को प्राप्त है, फिर भी चैना की पत्नी का वर्णन चाहूँ तो भी नहीं कर सकता—पहाड़ जैसी विपुल देहयष्टि, तपे कुंदन सा रंग, रक्त जैसे चुआ पड़ता हो। गदराए सेब से उसके मुख पर सदा गंभीरता का आवरण पड़ा रहता, पर घूँघट की ओट में से जब दो मदमाते से नयन किसी की ओर उठ जाते तो उसके सिहरते तन-मन में एक ज्योति सी कौंध जाती। स्वर बहुत शांत, पर जिसके कानों में एक बार पड़ जाता, वह उसे सुनने के लिए सदा आकुल-व्याकुल रहता।

फार्म पर हर वर्ष छप्पर बाँधने का ठेका नीलाम होता और हर वर्ष चैना अँगूठा लगाकर काम पर हाजिर हो जाता। अँगूठा लग जाने तक उसकी पत्नी के दोनों नयन यहाँ-वहाँ बिजली गिराते रहते थे। फिर एक दिन सवेरे क्या देखता हूँ कि मौसम के बहुत से फल लिये चैना मेरे दरवाजे पर हाजिर है—कभी अनार, कभी चकोतरे तो कभी भुट्टे या सिट्टे।

तब मैं खीज उठता और वह मुस्कुरा देता, 'ना, ना, बाबूजी, मैं नहीं खाता।'

'तो...?'

'मैं तो घरवाली के हुक्म का ताबेदार हूँ, न लाऊँ तो सीधे मुँह बोलती नहीं। अब तुम जानो बाबूजी, घर की सुख-शांति किसे प्यारी नहीं और हाँ बाबूजी, घी का कनस्तर भर गया है। खालिस गाय का है, कब लाऊँ?'

'मुझे नहीं चाहिए।'

'अच्छा जी, कल आ जाएगा। और आपके किसी दोस्त को गाय-भैंस चाहिए तो...।'

'चैना, तुम चले जाओ।'

'अच्छा जी, अच्छा जी। वही आकर पैसे ले जाएगी। मुझसे यह काम नहीं होता वह औरत है, बाबूजी। दूध दुहेगी, बिलोएगी, रोटी बनाएगी, ढोर-डंगरों की देखभाल करेगी, मोल-तोल करेगी, फिर...।'

'तेरी देखभाल शायद नहीं करती।'

चैना हँस पड़ता। फिर एक दीर्घ निःश्वास खींचकर कहता, 'क्यों पूछो हो बाबूजी, कभी का मर-मरा गया होता। उसके सिवा कौन है मेरा? वह मूरत देखकर ही तो जी रहा हूँ।'

लेकिन यह सब आज मुझे क्यों याद आ रहा है? क्यों रह-रहकर वे दो नयन मेरे वज्र-वक्ष में टीसें पैदा कर रहे हैं? क्यों वह धीमा शांत स्वर क्रुद्ध कंपित सागर की उत्ताल तूफानी तरंगों की तरह मुझे मथ रहा है...क्यों...क्यों?

एक दिन सवेरे-सवेरे क्या देखता हूँ कि रामसुख दरवाजे पर खड़ा है—विवर्ण मुख, आरक्त नयन, शिथिल गात। मैं सहम-सहम उठा। रामसुख है यह? वह रामसुख, जो रूप-रंग, स्वभाव में माँ के ऊपर पड़ा था, जिसके गदराए मुख की ललाई और बदन की मांसलता सबको चुंबक की तरह खींच लेती थी?

अचकचाकर पूछा, 'क्या हुआ रे?'

'बाबा नहीं रहे।'

बाबा नहीं रहे यानी चैना? अभी छह दिन भी नहीं बीते, जब भुगताने ले गया था वह। ना, ना यह सत्य नहीं है। न बीमारी की सूचना, न काम में शिथिलता। कई क्षण स्तब्ध रहने के बाद बोल सका, 'क्या हुआ था?'

उतनी देर रामसुख रोता रहा। अब रुँधे कंठ से बोला, 'डॉक्टर नमूनिया कहता था। बस, पाँचवें दिन चले गए।'

और दरवाजे से सिर टिकाकर वह फिर सिसकियों में फूट पड़ा। बहुत समझाने पर उसका मन तनिक शांत हुआ तो मैंने पूछा, 'घर में कौन-कौन हैं?'

'माँ, बहू और दो छोटी बहनें।'

'कुछ जमीन है?'

'बहुत थोड़ी है और उसपर विरानी।'

'तो क्या हुआ, ठेका तो है। तुम्हारे नाम कर दिया जाएगा। इस तरह कच्चे मत पड़ो। आखिर मर्द बच्चे हो।'

कृतज्ञता से वह गद्गद हो आया। देर तक सुख-दुःख की बातें करता रहा। उसीने बताया, 'माँ तो जैसे पत्थर हो गई है। बोलती ही नहीं।'

'बोलेगी रामसुख, बोलेगी। बिना बोले काम कैसे चलेगा? समय बीतने दो।'

और समय सचमुच बीतता गया।

ठेके में संशोधन कराने वह स्वयं आई। वही देहयष्टि, वही घूँघट की ओट से झाँकते दीप्त नयन, वही गहन गंभीरता, लेकिन बोली एक शब्द भी नहीं। बस जाते समय जरा सा घूँघट उठाकर मेरी ओर देख भर लिया। मैं जैसे सकपका उठा। जैसे दो ज्वलंत चितापुंज व्यथा के सागर में तैर रहे हों। दोनों हाथ जोड़कर उसने माथे से लगाए और चली गई।

चैना छप्पर बाँधता था।

अब रामसुख छप्पर बाँध रहा है। वर्ष बीत चला है, लेकिन उसके मुख की प्रफुल्लता नहीं लौट पा रही। उसकी ललाई में दीप्ति नहीं उभरती। मांसल मुख पीला पड़ता जा रहा है। बाबा का वियोग क्या उसके जीवन-रस को चूस लेगा? काम नहीं करेगा तो ठेका मंसूख हो जाएगा। बरसात आने वाली है। 'हेस्टैक्स' अभी तक तैयार नहीं हुए। घास और भूसे का क्या होगा? मैंने उससे बातें करने का निश्चय किया। एक दिन 'रामसुख, बाबा क्या अब लौट सकते हैं?'

'जाकर कौन लौटा है, बाबूजी।'

'तो फिर तुम अपनी कुंदन सी काया को क्यों सुखा रहे हो? काम क्यों नहीं करते? कोई कष्ट है तुम्हें? कोई खास बात है?'

कई क्षण वह मेरी ओर देखता रहा। फिर होंठों पर जीभ फेरी, जैसे कुछ भयंकर उमड़-घुमड़ रहा हो उसके भीतर। एक क्षण ठिठककर गंभीर स्वर में बोला, 'आपसे कहने की हिम्मत नहीं कर सका, बात ऐसी ही है।'

'क्या बात है?'

'सुनेंगे?' वह सहसा और भी विवर्ण हो आया।

चकित यंत्रवत् मैं बोला, 'हाँ, हाँ, कहो।'

'माँ हमें छोड़कर जा रही है।'

'क्या? बीमार है? कब से? बताया नहीं तुमने।'

रामसुख सहसा एक अज्ञात दर्द से छटपटा उठा, 'काश, वह बीमार होती और मर जाती।'

जैसे मैं आकाश से गिरा। स्वप्न में भी ऐसा सुनने की आशा नहीं थी। हतप्रभ देखता ही रहा।

वह मेरे पास आया। बहुत पास और क्रुद्ध कंपित स्वर में बोला, 'माँ भाग जाना चाहती है।'

'क्या...?'

'जी हाँ। पास के गाँव में है वह, पर...पर...मैं बाबा की सौंह खाकर कहता हूँ, मैं उसे मार डालूँगा।'

वह क्रोध से काँप रहा था, लेकिन उसके स्वर में अद्‌भुत दृढ़ता थी। कुछ समझने को शेष नहीं रहा। फिर भी जैसे विश्वास न आ रहा हो।

पूछ बैठा, 'किसी ने समझाया नहीं?'

वह हँस आया। निराश दार्शनिक की सी वह धूमिल हँसी। बोला, 'ऐसे समय समझ रहती है क्या, बाबूजी।'

जैसे किसी ने घन का प्रहार किया हो। बेटा माँ के बारे में यह क्या कह रहा है, लेकिन वह बेटा होने के अतिरिक्त पुरुष भी तो है। पुरुष वह पहले है। वह पहले पुरुष है तो क्या उसकी माँ नारी पहले नहीं है?...लेकिन माँ बन जाने के बाद नारी क्या मात्र नारी रह जाती है?

ओह, यह तर्क...।

मैंने गरदन को झटका दिया और कहा, 'कुछ भी हो, वह तुम्हारी माँ है। तुम्हें...।'

वह तड़प उठा, घृणा से उसकी आँखें मिचमिची हो आईं 'वह मेरी माँ है, मेरी माँ—यह आप कहते हैं?'

और फिर एक झटके के साथ जैसे भूकंप ने सबकुछ तोड़ दिया हो, वह वहाँ से गायब हो गया। मेरा मन फिर तर्कजाल में उलझ गया—रामसुख माँ के बारे में क्या कह गया। वह माँ, जो कर्म की जीवंत प्रतिमा है, जो परिवार के लिए अपने को खपाती रही, जो अपने पति और पुत्र पर जान देती रही, उसी माँ के बारे में रामसुख क्या कह गया? क्या यह सच है? क्या वह केवल औरत ही है? है, तो क्यों उसे यह अधिकार न हो कि वह, वह रह सके, जो वह है...नहीं-नहीं, वह माँ भी है, वह सबसे पहले माँ है। उसे अपने नारीत्व को...नहीं-नहीं, माँ...नारी...नारी...माँ...।

इस तर्कजाल में उलझे-उलझे कई दिन बीत गए। मेरी उत्सुकता पूर्णिमा के ज्वार की तरह उमड़ती रही, पर रामसुख काम पर नहीं लौटा मैं पूछताछ करूँ इससे पहले एक दिन गोपी चपरासी ने आकर कहा, 'अब तो घोर कलियुग आ गया है, बाबूजी।'

'क्यों रे। कलियुग को आए तो हजारों वर्ष बीत गए।'

उसने मेरी बात अनसुनी कर दी। बोला, 'रामसुख छप्परबंद गिरफ्तार हो गया।'

क्षण के सहस्रवें भाग में मेरे मस्तिष्क में घटनाओं का एक तुमुलनाद गूँज उठा। मैं चीखकर बोला, 'क्या उसने अपनी माँ को मार डाला?'

'नहीं बाबूजी, उसकी माँ ने ही उसे मारना चाहा था।'

'क्या कहता है?'

'बाबूजी, आपको यकीन नहीं आ रहा। वही बूढ़ी लुगाई दूसरे गाँव के एक आदमी से फँसी थी। बहुत समझाया, पर लगी में किसने किसकी सुनी है। एक दिन चुपचाप जवान बेटे-बेटियों को छोड़कर भाग गई यार के साथ। बहू की गोद आजकल में भरने वाली है, पर किसी की ममता उसे बाँध नहीं सकी। चैना के मरते ही उसकी अपनी औलाद उसकी दुश्मन हो गई।'

मैंने धीरे से कहा, 'तुम लोगों में तो करेवा बुरा नहीं माना जाता।'

'पर उमर तो देखी जा है। चालीस की बुढ़िया, दो-दो बेटी ब्याहने को बैठी हैं। कुछ तो देखती। नहीं तो रामसुख को क्या पड़ी थी कि उसके गाँव चढ़ दौड़ता। बाबूजी, उसने ऐसे खांडे लड़काए कि देखते ही बनता था। उसके नए मर्द को मार ही डालता, लेकिन...।'

'लेकिन क्या?'

'वह राक्षसी एकदम दौड़ती हुई आई और निशाना बाँधकर अपने बेटे पर छुरा फेंक मारा।'

‘क्या कहता है?’

‘सच कहूँ हूँ। वह तो रामसुख ने देख लिया। वह एकदम कूदकर पेड़ के पीछे हो लिया और वह छुरा आधे से ज्यादा उस पेड़ में धँस गया। सच बाबूजी, आधे से भी ज्यादा। अब छाती होती तो...’

एकबारगी सिहर-सिहर आया। ठीक कहता है गोपी, कहीं छाती होती तो...तब...?

जैसे मैंने रक्त के ज्वार को उबलते-उफनते देखा। चीख उठा, ‘उस दुष्टा को फाँसी होनी चाहिए।’

गोपी हँस पड़ा, ‘कानून बड़ा कारसाज है बाबूजी। फाँसी अगर होगी तो रामसुख को। उसी ने तो उसके मर्द को घायल किया है।’

हतप्रभ उत्तर न दे सका। सच तो यह है कि इस समय की अपनी मानसिक स्थिति को मैं स्वयं नहीं समझ पा रहा था। बार-बार वह तपे कुंदन सी काया, वह पहाड़ सी मांसल देह मेरे मस्तिष्क में उभर आती और मैं अपने को चकित करता हुआ कुलबुला उठता। देह को उसका प्राप्य मिलना ही चाहिए, लेकिन वह माँ भी तो है। दो-दो अबोध बेटियाँ हैं उसकी उनके रहते शरीर का ताप कैसे पागल कर सका उसे? मात्र शरीर-सुख सत्य हो रहा उसके लिए?

मैं स्वीकार करूँगा कि मैं उसके प्रति कठोर-से-कठोर होता चला गया।

जितना उसके प्रति कठोर होता, उतना ही रामसुख के प्रति सदय भी, पर कानून का करुणा से कोई संबंध नहीं होता। गोपी ने ठीक कहा था, रामसुख को तुरंत गिरफ्तार कर लिया गया। बहुत दिनों तक उसकी जमानत की अरजी मंजूर नहीं हुई। बहू उसकी आसन्नप्रसवा थी और बहनें थीं छोटी-छोटी। जो कुछ कर सकता था, मैंने किया, लेकिन मेरा-उनका संबंध क्या था? सरकारी ठेके को लेकर वे मेरे संपर्क में आए थे। उसी ठेके के लिए अरजी-पर-अरजी आ रही है। रामसुख का ठेका मंसूख होना चाहिए। वह नए सिरे से नीलाम होना चाहिए। एक दिन बड़े साहब ने मुझे बुलाकर कहा, ‘अब रामसुख ठेके की शर्तें पूरी नहीं कर सकता।’

‘जी, नहीं कर सकता, पर...।’

हाथ से मुझे रोककर साहब बोले, ‘वह सब मैं जानता हूँ, लेकिन ठेका नए सिरे से नीलाम होना चाहिए। नोटिस निकाल दो।’

‘जी...जी।’

फिर भी कई दिन बीत जाने दिए मैंने। उसकी बहू की ओर से एक अरजी मिली थी मुझे कि रामसुख का ठेका मंसूख न किया जाए। कुछ मोहलत मिलने पर काम पूरा कर दिया जाएगा। आज मैं स्वीकार कर सकता हूँ कि अरजी मेरे इशारे पर दी गई थी, लेकिन वह नीलामी को न टाल सकी। ठीक मौके पर देखता क्या हूँ कि अरजीदारों में जो सबसे प्रमुख है, वह है रामसुख की माँ का नया मर्द। दृष्टि उठाकर दूसरी ओर देखा—न रामसुख, न उसकी पत्नी, न और कोई। काश, कोई

आ सकता। मैंने सरकारी भाषा में घोषणा की, 'साल में जितना काम बाकी है, वह तुम सबने देख लिया है। अब...।'

वाक्य पूरा होता, इससे पूर्व ही अघटित घट गया। सहसा कोई चिल्ला उठा, 'ठेका मंसूख नहीं होगा।'

स्वर नारी का था। और इतना दृढ़ था कि सबने एक साथ उसकी दिशा में देखा। पाया कि सामने चैना की पत्नी खड़ी है, वही पहाड़ जैसी मांसल देह। वही घूँघट से झाँकते दो दीप्त नयन। किंकर्तव्यविमूढ़ क्षण भर किसी को कुछ नहीं सूझा। दूसरे क्षण उसके नए पति ने आगे बढ़कर तलखी से कहा, 'मैंने तुझे मना किया था, फिर तू यहाँ किसलिए आई?'

'जिसलिए तू आया।'

'मैं यह ठेका लूँगा।'

'और मैं यह ठेका तुझे नही लेने दूँगी।'

'मैं कहता हूँ, तू चली, जा, नहीं तो...।'

'मैं भी कहती हूँ, तू इस झगड़े में न पड़ नहीं तो...।'

'यह झगड़ा नहीं ठेका है। तू चली जा। मेरा मुँह न खुलवा।'

मुझे लगा, जैसे मेरे चारों ओर प्रकाश और अंधकार की परतें घिरती जा रही हैं। इतनी तेजी से घेर रही हैं वे मुझे कि मैं न स्पष्ट देख पाता हूँ, न विश्वास ही कर पाता हूँ। बस, चीख उठता हूँ, 'बोली बोलो, बोली।'

चैना की पत्नी पुकार उठती है, 'बोली नहीं बुलेगी। मेरी ओर देखों, बाबूजी। काम मैं करूँगी। मुझे आप जानते हैं। दस साल से काम में कोई चूक हुई है?'

'नहीं, नहीं, मैं किसी को नहीं जानता।'

'नहीं, नहीं...आप मुझे जानते हैं, आप...।'

उसके स्वर में कातरता-विह्वलता जैसे साकार हो उठी थी, लेकिन मैं यंत्रवत् चीखे जा रहा था, 'बोली बोलो, बोली। मैं किसी को नहीं जानता। यह ठेका हैं, 'बोली बोलो।'

वह भी चीखी, बोली नहीं बुलेगी, नहीं बुलेगी। और बुलेगी तो मैं बोलूँगी। ठेका मैं लूँगी।'

उसका नया मर्द पागल हो उठा। तेजी से उसकी ओर झपटा। उसकी आँखों में क्रोध, घृणा और आवेश का महासागर उफन आया था, 'मैं तुझे अभी बताता हूँ।'

वह तड़प उठी, 'वहीं खड़ रह, वहीं।'

हतबुद्धि मैं फिर यंत्रवत् चीखा, 'बोली बोलो, बोली।'

घृणा का महासागर फिर उफना। वह तेजी से उसकी ओर झपटता हुआ बोला, 'इतना दर्द था तो...।'

भय-विह्वल वह पूरी ताकत से एक बार फिर चीखी, 'पीछे हट जा। मुझे छू मत। ना, ना। यह ठीक है, मैंने तुझसे करेवा किया है। मैं तेरी हूँ। इस वक्त भी तेरी हूँ,

लेकिन इसका यह मतलब नहीं हो जाता कि तू मेरे बेटे के मुँह का कौर छीन ले। मैं कहीं भी रहूँ, मेरे बेटे को मुझसे कोई नहीं छीन सकेगा...।'

मैंने अब भरपूर दृष्टि से उस पहाड़ की काया को देखा। उसकी ऐंठती भुजाओं को देखा, अग्निपुंज नेत्रों को देखा। दूसरी ओर बढ़ते तूफान को भी देखा। मैं कुछ निर्णय कर पाऊँ कि उसका मर्द चीख उठा, 'मैं तेरे प्राण ले लूँगा। बेशवा कहीं...।'

सहसा बिजली कौंध गई। वह वाक्य पूरा भी न हुआ था कि विद्युत् की गति से एक छुरा उसके कंधे में धँस गया।

क्षण भर में क्या से क्या घट गया। जैसे हृदय की गति रुक गई है। जैसे मेरे चारों ओर एक शोर, एक अँधेरे का ज्वार उमड़ता आ रहा हो। उस ज्वार में मैं किसी को नहीं पहचान पा रहा, किसी को नहीं। बस, दूर से आता एक स्वर कानों में गूँज रहा है—कैसी भयानक बात है, पर कैसी स्वाभाविक।

(सन् 1960)

# आश्रिता

सिरोही गाँव के मिडिल स्कूल में जो नए मास्टर आए, उनका नाम था अजीत कुमार। संसार में वे अकेले थे, स्वदेश से दूर इस स्कूल में आने के लिए उन्हें नाम-मात्र भी क्लेश नहीं हुआ। यों तो स्कूल-मास्टर गाँव के सार्वजनिक जीवन का नेता होता है, पर परिवार के मोह-बंधन से मुक्त अजीत मास्टर ने उस गाँव को कुटुंब करके माना। तब दूसरे मास्टरों के प्रति उन ग्रामीण जनों का जो परम कौतूहल का रुख होता था, वह उनके प्रति न टिक सका। अजीत मास्टर शीघ्र ही सबके लिए सारगम्य हो गए। स्कूल के उपरांत जो जीवन बचा था, उसे उन्होंने किसी नियम से न बाँधा था, सो उस बाधा-बंधनहीन जीवन को सार्वजनिक बनाकर वह निर्भय थे।

उसी गाँव के मनोहर ठाकुर की कन्या थी सोना, जो विधवा होकर बाप के घर रहती थी। अपना कहने के लिए उसका एक भाई था। वह स्कूल के चौथे दरजे में शहर में पढ़ता था। ससुरालवाले गरीब थे, पर बाप के पास घर का घर था और कुछ नहरी जमीन भी। उसी को लगान पर उठाकर वह भाई का पालन-पोषण किए जा रही थी। गाँव का जो घरेलू जीवन था, उसमें काफी पहुँच थी। जरूरत के वक्त वह पीछे न हटती। जिनका और कोई न था, उनकी वह थी। उनके दुःख में आठों पहर बनी रहती और उन्हें अपना ही समझती।

उसके छोटे भाई का नाम था किसुन। माँ-बाप के लाड़-प्यार की बात उसने जानी न थी, पर भाग्य से था सुंदर। सबसे नम्र और दरजे में सबसे आगे रहता। अजीत ने उसे देखा और जाना, बालक प्रतिभासंपन्न है। स्वभाव से वे उसकी ओर खिंचे। उसके रूप और गुण पर तो सब लोग मुग्ध थे, लेकिन अजीत उससे भी आगे बढ़े। उन्होंने किसुन और सोना की निराश्रयता को मिटाकर उनके भार को सहज ही स्वीकार कर लिया। मानो अजीत जो पुरुष था, उसे शासन करने को मिला और सोना जो नारी थी, उसका कोमल हृदय सदा किसी नवीन स्नेह से परिपूर्ण रहने लगा। लेकिन गाँववालों ने इस बढ़ती हुई घनिष्ठता को उत्साहहीन नेत्रों से देखा। यदि उनकी भावना को शब्दों का रूप दिया जाए तो उसका यह अर्थ होगा कि हमें यह जरा भी युक्तिसंगत नहीं जान पड़ा, अपितु लगता है, जैसे गाँव में पाप की छाया आ घुसी है।

संध्या की गोदी में लेटा हुआ सिरोही गाँव उनींदी आँखों से आकाश की ओर ताक रहा था और बादलों के पीछे छिपे हुए तारागण कभी-कभी उस मुग्ध और निस्तब्ध ग्राम-श्री की ओर झाँक भर लेते थे। बादल थे, सो सर्दी कम थी, गाँव में सन्नाटा था। द्वार बंद किए सब सोच रहे थे, आज पानी बरसेगा।

उसी समय ऊपर के कमरे में बैंठे हुए अजीत मास्टर अपनी मानसिक विचारा धारा पर विजय प्राप्त करने की विफल सी चेष्टा कर रहे थे। चाहते थे आज जो विचार मेरे मानसिक जीवन में आ चुके है, उन्हें कहीं दूर देश में निर्वासित कर दूँ, पर रास्ता नहीं पा रहे थे। कमरे की दीवार पर जो छोटा सा लैंप लटका दिया गया था, उसकी चिमनी नीले रंग की थी। इसी से कमरे में धुँधला सा नीला प्रकाश फैल रहा था और जब कभी सामने की खुली हुई खिड़की से आकर बिजली का प्रकाश क्षण भर के लिए वहाँ बिखर जाता, तो समूचा कमरा जैसे लज्जा से मुखरित हो उठता।

अजीत उसी तरह बैठा था। उसकी दुःखी, परंतु गंभीर मुखमुद्रा स्वाभाविक असंयमता से परे अकेले-धकेले अद्‌भुत रूप से संयमित हो उठी थी, मानो उसका अनुत्तप्त विशाल हृदय किसी अनहोनी भावना के पंजे में फँसकर तड़फड़ा उठा हो। सहसा उसे सुन पड़ा, 'आप कब तक और बैठे रहेंगे, मास्टर साहब?'

चौंककर देखा, दरवाजे के पास आकर सोना खड़ी हो गई है। स्वाभाविक स्नेह से बोले, 'क्या देर हो गई सोना? आता हूँ।'

सोना गई नहीं, खड़ी ही रही।

अजीत अब किसी अज्ञात भावना से भर से आए। बोले, 'क्या अभी चलूँ?'

सोना कमरे के अंदर आ गई, 'जब आप चाहें, पर क्या आप बता सकेंगे, इतनी देर से आप क्या सोच रहे थे?'

अजीत इस आकस्मिक प्रश्न के लिए तैयार नहीं थे, मानो वज्रनिपात हुआ। निस्तब्ध-से बैठे रहे, बोले नहीं।

सोना कहती रही, 'जितना आप उस बात को छिपाने की चेष्टा करेंगे, उतनी ही वह उलझती जाएगी। तब आप उसे स्पष्ट क्यों न कर दे...?'

और कहकर वह अद्‌भुत रूप से मुस्कुरा उठी। उसकी मुस्कुराहट में जो तीव्र व्यंग्य था, उसकी चोट से अजीत तड़फड़ा उठे, पर कुछ कहने का साहस फिर भी नहीं हुआ। उधर सोना की मुस्कुराहट धीरे-धीरे पिघलने लगी, आँखों में आँसू भर आए। खड़ी थी, अब बैठ गई। बोली, तुम्हारे पैरों पड़ती हूँ, मास्टर साहब! क्यों ये लोग मेरे पीछे पड़े है?'

अजीत अनुत्तप्त-हृदय सोना की यह दशा देखकर व्याकुल हो उठे। उनसे अब चुप न रहा गया। बोल, 'दुनिया की बात कहती हो, सोना! उसने तो इसे पाप करके माना है, सो कैसे जानें कि जो वे कहते हैं, वो झूठ भी हो सकता है?'

'आखिर वे क्या चाहते हैं?'

'यही कि हम एक-दूसरे के पास न फटकें।'

कमरे में फिर सन्नाटा छा गया। बाहर वर्षा होने लगी थी। हवा के झोंके के साथ कुछ बूँदें अंदर भी घुस आईं। सामने के टीन पर पानी पड़ने से जो आवाज पैदा हुई, उससे बाहर का सन्नाटा भंग हो चला; पर अजीत और सोना के हृदय में उमड़-घुमड़कर जो सन्नाटा छाया, वह न टूटा। दोनों ने एक-दूसरे को देखा। सोना ही फिर बोली, 'और मास्टर साहब!'

'और,' इतना कहकर अजीत काँप से उठे। देखा, सोना सब सुनने-सहने को तैयार होकर आई है, लेकिन...। उन्होंने अपने को खूब संयत बनाकर कहा, 'और सोना। क्या हम लोग विवाह कर लें?'

इतना कहकर अजीत भयंकर वेग से हिल उठे। उन्हें लगा जैसे समूचा कमरा, कमरे के सामने की टीन की छत और दीवार पर लगा हुआ लैंप, यह सब हिल उठे पर सोना नहीं हिली। केवल चेहरे पर लाली भर आई। संयत स्वर में बोली, 'जानती हूँ कि नारी के लिए वे इससे अधिक नहीं सोच सकते, परंतु मास्टर साहब! क्या किसी विधवा के प्रति जरा भी सहानुभूति दिखाना उससे विवाह करने के लिए होता है? क्या प्रेम का अंत प्रेयसी की वासना में ही है? दुनिया ने माना है, विवाह की इच्छा के बिना विधवा युवती कभी किसी के साथ रह नहीं सकती...।'

कहते-कहते उसकी वाणी कठोर हो उठी। आवेश के मारे उससे बोला भी न गया। अजीत चित्र-लिखित से सोना को देखते रहे। क्या है, जिसने इस भोली-भाली ग्रामीण बालिका को इतना तर्कशील बना दिया है। भीगी हुई रात्रि के अंधकार में कितनी असहाय है यह विधवा नारी, पर इतनी निर्मम होकर पूछती क्या है, दुनिया को चुनौती देती है। क्यों यह पुरुष प्रत्येक नारी को पत्नी के रूप में देखने को लालायित हो उठता है?

अजीत इसका जवाब सोचकर भी न पा सके। क्षण भर के लिए उन्होंने आँखें मूँदकर उस चित्र को अपने मानस-पट पर देखा और फिर सोना के अनुत्तप्त चेहरे पर । तो भी मानो जिन विचारों को वे परे नहीं हटा सकेते थे, वे अब स्वयं ही मिट चले। उस समय अजीत अपने प्रति किसी निदारुण क्रोध की ज्वाला से भर उठे। उन्हें लगा कि सोना के प्रति उन विचारों को हृदय में लाकर जो पाप उनसे बन पड़ा था, उसका निवारण वे अनंत काल तक जन्म-मरण के बंधन में आकर उसकी चरण-वंदना करने से भी नहीं कर सकेंगे। तब अंदर-ही-अंदर जैसे वे रो उठे।

सोना की ओर देखकर बोले, 'जाता हूँ सोना!'

'नहीं-नहीं, ' सोना जैसे चौंककर उठ बैठी, 'क्या भोजन नहीं करेंगे आप?'

अजीत ने जो लालटेन जलाई थी, उसे उठाकर कहा, 'आज जी नहीं करता, सोना! जाने दो।'

सोना बोली, 'रोकने वाली मैं कौन होती हूँ, मास्टर साहब! पर एक बात कहती हूँ, उसे सुन जाइए।'

अजीत काँपकर इतना ही बोले, 'सोना!'

'डरो नहीं मास्टर साहब, वह बात आपको हलका ही करेगी। कहती हूँ, दुनिया का क्या देष है इसमें? उसने सदा से ही ऐसा किया और जाना है।'

अजीत ने फिर भी कहा, 'अब कुछ न कहो, सोना!'

'सो कैसे होगा? आप यह बात सुने बिना तो न जा सकेंगे आज।'

अजीत एक साथ गंभीर और विचलित होते गए। उन्होंने सोना के बदलते हुए भावों को देखा और एक असहाय बंदी की भाँति तड़पकर रह गए।

सोना बोली, 'बात जब जी में उठी है, तो उसे क्यों न कहूँ? जानती हूँ, मैं विधवा हूँ और विधवा जब हुई थी तो मेरे हृदय पर बहुत चोट पहुँची थी, मानो विश्व का सारा दुःख साकार होकर मेरी छाती पर आ तना है, पर क्या मैं मर सकी? इसी से फिर दुनिया का झमेला हुआ। मैं अकेली थी और था मेरा भरा हुआ यौवन, जिसे लेकर मुझे जीने की चिंता करनी थी...

...आपको क्या होने लगा, मास्टर साहब! जी घबराता है तो बैठ जाइए या लेट जाइए।' पर अजीत हिले भी नहीं। सोना कहती रही,'और तब मास्टर साहब! पड़ोस के एक दयालु युवक मेरी ओर झुके। शहर था वह। मैं उन्हें रोक भी न सकी थी। रोकती कैसे? मैंने बचपन में ही सीखा था, मैं स्त्री हूँ। मास्टर साहब! जब मै कुँआरी थी, तो स्वयं मेरे पितृकुल के एक संबंधी ने...?

ओह!' सोना सिर से पैर तक काँप गई।

'अजीत ने चिल्लाकर कहा, 'सोना, सोना! क्या है यह?'

'घबराइए नहीं, सोना ने अपने को सँभाला। 'सच ही कहती हूँ, मास्टर साहब! पर वे आगे नहीं बढ़ सके थे, तो भी अंदर-ही-अंदर जो भावना मुझमें भरी, वही आगे फूली-फली। पर कब तक? मेरी नींद भी जागी, लेकिन तब मेरा जो अपना था, वह मैं लुटा चुकी थी...।'

अजीत ने करुण पागल की भाँति कहा, 'जी भरा आ रहा है, सोना! मुझे जाने दो।'

सोना हँसकर बोली, 'जानती हूँ, आपके जी में क्या भरा आ रहा है, भय और घृणा? उनसे क्या होगा, मास्टर साहब! जी में तो साहस और विश्वास भरना होगा। जाइए, साहस हो तो चले जाइए। कब रोक सकती हूँ, अबला हूँ मैं!'

'सोना, सोना!'

'सो तो मैं आपके पास ही बैठी हूँ।'

और फिर कहने लगी, 'उनमें कई कवि भी थे, जो तारों को देख कविता किया करते थे। कई माया में विचरने वाले युवक थे, पर एक वकील का लड़का भी उनमें था। उसने कहा था—मुझसे विवाह कर लो सोना! रानी बनाकर रखूँगा। पर विवाह का नाम सुनकर मैं काँप उठी। दूसरी बार भी स्त्री का विवाह हो सकता है, यह बात

मैं न जानती थी। ऊँची जाति की हिंदू-विधवा विवाह नहीं कर सकती यही मैंने सुना था, सो माना था। तभी भागकर मैं यहाँ आ गई। जानती हूँ कि वह पाप नहीं था, पर नियम में जो श्रद्धा मैंने पाई थी, उसने मुझे भरमा लिया, मैं फिर वहाँ नहीं गई।'

यहाँ आकर सोना चुप हो गई।

अजीत ने इतना ही कहा, 'जाऊँ?'

सोना नहीं बोली। लालटेन उठा ली और जीने के पास आकर खड़ी हो गई।

मानो उसने कहा, 'सब सुन लिया तो जाइए।'

अजीत खूब संयत होकर सीढ़ियों पर उतरने लगे। पैर नीचे रखते ही उन्हें लगता, अब गिरे! अब गिरे! तब वह एकदम दौड़कर नीचे आ गए। सोना लालटेन थामे ऊपर ही खड़ी रही।

अजीत ने कहा, 'किवाड़ बंद न करोगी, सोना?'

सोना हँसकर बोली, 'आज खुले ही रहने दीजिए। क्या है मेरा, जो कोई मुझसे माँगेगा?'

'सोना,' नीचे खड़े-खड़े अजीत ने गंभीर, परंतु धीमी वाणी से कहा।

'जाइए मास्टर साहब! साहस न खोइए, निर्बल का बल राम है, उसे भूलकर तो आप रास्ता भी न पाँवेंगे।'

सोना मुड़ चली। अजीत ने कहा, 'नमस्कार सोना!'

सोना स्थिर होकर बोली, 'नमस्कार मास्टर साहब!'

और फिर लौट पड़ी, नीचे वह गई नहीं। बिस्तर पर किसुन सोया था, मुग्ध होकर उसे देखने लगी। निद्रा देवी की गोदी में दुनिया के इस दुर्गम और कठोर मार्ग को भूलकर वह खेल रहा था, चिर-कल्याण-सुंदरी कल्पना के साथ। उस बालक के मुख पर उसने मानो देखा, भय तो कहीं भी नहीं है, है केवल भावना की सूझ, तो उनसे यह परे है। अंधता के इस आवरण में अभी यह घिर नहीं सका है। मैं जो हूँ...।'

तभी किसुन जागकर बोला, 'जी-जी-ई...।'

सोना करुण स्वर में बोली, भैया मेरे!'

किसुन फिर सो गया। सोना भी उससे लिपटकर सोने के लिए लेट गई, मानो उस अथाह और अगाध सागर में यही बालक उसका अवलंब था, लेकिन दीवार पर लटका लैंप और देहली पर रखी हुई लालटेन उसके साहस रूपी चंद्रमा में कलंक बनकर वहीं उसी तरह पड़ी रही।

× × ×

अगले दिन अजीत जब स्कूल गए तो किसुन नहीं आया था। उन्होंने सोचा, क्यों नहीं आया वह? फिर उनके भीतर कुछ उमड़-घुमड़ आया, पर छाती चरीकर देख न सके। काम करते रहे। बीच-बीच में ध्यान आ जाता, पर साहस न होता, कहें किसी से, जाकर देखना, भैया किसुन कहाँ रहा?

अपनी इस निर्बलता को जानकर उन्हें क्रोध भी हो आया और शायद तभी लड़कों ने जाना भी कि आज मास्टर साहब हँसते-हँसते खीज उठते हैं।

इसी बीच आधी छुट्टी की घंटी बज उठी। लड़कों ने मानो जीवन पाया, मानो बछड़े को गैया के थन मिले। सबके-सब खोमचे पर टूट पड़े। खोमचे वालों ने भी संतोष का फल खूब मीठा करके लिया, एक के तीन उन्होंने पाए।

जो गरीब थे, वे धूप में बैठकर समय को खाने लगे। कुछ ऐसे भी थे, जिन्होंने किताबों से सिर भी न उठाया। किसुन भी उन्हीं में से था, पर आज वह दीख नहीं रहा था। अजीत मास्टर इसी विचार में डूबे-डूबे अखबार के पन्ने पलट रहे थे। हरेक पन्ने पर वे यही लिखा पाते थे—ओह! कैसी है यह जड़ता, जिसने मुझे बाँधा है। इसे तो लांघना होगा, नहीं तो जो मार्ग है, वह अवरुद्ध रहेगा और तब जीते-जी मरना होगा। सोच रहे थे, पर आ गए हरसुख चौधरी। देखकर बोले, 'आप हैं। बैठिए, बैठिए!' चौधरी हें-हें कहते बैठ बए। फिर स्कूल की बात छेड़ी। अंत में बोले, 'तो मास्टर साहब। सोना फिर ससुराल चली गई?'

अजीत समझे नहीं, क्या कह रहे हैं आप?'

'कुछ भी नहीं।'

'आज सवेरे मैंने देखा, किसुन को लेकर सोना स्टेशन की ओर जा रही थी। पूछा, बिटिया, किधर को? तो बोली, ताऊ। जहाँ मुझे रहना था, वहीं जा रही हूँ। सो तुम समझे कि उसका क्या मतलब था?'

अजीत के मन ने क्या समझा से कैसे बतावें? उनके लिए आसमान गिरा या धरती फटी, उन्हें कैसे रोकें? चेतना-शक्ति नष्ट हो चली। कुरसी पर बैठे-बैठे आसमान में उड़ चले।

चौधरी ने फिर काह, 'पर उसका वहाँ है कौन?'

अजीत ने सुना और दोहरा दिया, 'हाँ, उसका वहाँ है कौन?' पर दूसरे ही क्षण सँभलकर बोले, 'है क्यों नहीं, चौधरी साहब! पति की देहली क्या उसके लिए सबकुछ नहीं है? माना कि आकारवाली कोई वस्तु वहाँ नहीं है, पर नाम को कौन मिटा सकता है?'

चौधरी को यह सदुपदेश बहुत रूचा। जो कहने आए, वे उसे भूलकर श्रद्धा से भर चले, 'ठीक कहते हैं आप, यही बातें हैं, जा आज दुनिया भूल चली है।'

और वे उठकर चले गए। अजीत सोचते ही रहे, कैसी है यह सोना? उसने अपने को रोका नहीं और छिपाया भी नहीं, जो मन में आया, कह चली। आवरण के नीचे हम सब ही नंगे है, पर इस तरह आवरण उठाकर फेंकने का साहस किसने किया? तो भी मार्ग अवरुद्धता जिसे छू भी नहीं सकी थी, वही सोना आज छिपकर क्यों भागी? वह मुझसे कहती तो क्या मैं रोक सकता? यही गुत्थी अजीत सुलझा न सके।

× × ×

उसके तीसरे दिन की बात है। अजीत स्कूल जाने के लिए सोच रहे थे। तभी किसुन सामने आ खड़ा हुआ।

अचरज से अजीत भर आए, 'तुम आ गए, किसुन?'

'जी हाँ, जीजी ने कहा है, स्कूल की पढ़ाई है, उसे क्या छोड़ना होगा?'

'और तेरी जीजी नहीं आई?'

'जी नहीं, वे अब नहीं आएँगी।' हाथ जोड़कर कहा, 'कृपाकर जमीन का काम मास्टर साहब ही देखें।'

अजीत श्रद्धा से जैसे भर से आए। मानो वह जो अजीत मास्टर है, यही कच्चा था। करुणा और ममता के दो शब्द उसका जो कुछ कोमल है, उसे पाने के लिए बस है।

× × ×

और इन बातों को तीन महीने बीत गए।

अजीत सोच रहा था कि अबकी बार बाड़ी अच्छी होने से जो लाभ हुआ था, उसमें से सोना को भी कुछ भेजना चाहिए, किंतु उसने सुना, आर्यसमाज मंदिर में जाकर सोना ने एक वकील के लड़के के साथ पुनर्विवाह कर लिया है।

शीत की ठिठुरती हुई वायु के समान यह समाचार गाँव भर में फैल गया।

गाँव के चिरपरिचित मार्ग से होकर वह घर-घर में बे-रोक-टोक घुसा। चौपाल के कोने-कोने में उसने धूनी रमाई और फिर पनघट पर पानी पीता हुआ पिछवाड़े के तालाब में अनंत काल के लिए समा गया।

कल्याणी ने अचरज को साकार बनाकर कहा, 'सुना तुमने, जीवन की भाभी! सोना ने पुनर्विवाह किया है।'

'हाँ-आँ!' भाभी चौंक पड़ीं, मानो उनके सामने पानी नहीं, रक्त था।

घड़े को घाट पर रखते-रखते पीतांबरी बोल उठी, 'क्या आज जाना है तुमने? न जाने कब से मास्टर के पीछे पड़ी थी। वह नहीं फँसा तो वहाँ जाकर छापा मारा।'

कल्याणी श्रद्धा से भर उठी, 'मास्टर खरा सोना है।'

दुलारी से भी न रहा गया। बोली, 'दया तो उसमें भी बहुत थी। जीवन के बेटे को हाथों पर रखा था।'

कल्याणी चूकी नहीं, 'सो तुम ठीक कहती हो, दुलारी! एक जीवन के बेटे को क्या? न जाने कितनों को उसने जीवन दिया, पर बुरा काम तो बुरा ही है।'

'बुरा क्या है, जीजी!' दुलारी ने कहा, 'जी नहीं माना तो धर्म से एक की हो गई। घर-घर पाप जगाती तो न फिरी।'

कुछ भी हो। अजीत मास्टर ने उस गाँव में पुनर्जन्म पाया। सोना के पुनर्विवाह से मानो गाँव की श्रद्धा को भोजन मिला, फिर पनप उठी। लोग उन्हें देखते और कहते, आदमी क्या है, हीरा है। लेकिन अजीत के जी की किसने जानी। ऐसा लगता था, जैसे वे अपना सब आनंद-उल्लास खो चुके हैं, जैसे जीवन में अब अपना कुछ भी नहीं रहा। मानो उनकी सारी सद्‌भावनाएँ पछाड़ खाकर छाती पर टूट पड़ीं। सारे विश्व को उन्होंने भूकंप से हिलते देखा। विश्वास और श्रद्धा जैसे उन्हें ढूँढे भी न मिली। वे सचमुच सोना के प्रति कठोर हो उठे, क्या हुंकार थी उसमें, मानो चंडी

का रूप हो; पर मुँह लगा खून क्या छोड़े बनता है? इसी सिलसिले में चौधरी से कहा भी, 'जिसे लाल समझा था, वह पत्थर निकला!'

चौधरी ने मानो मुराद पाई, 'सच कहता हूँ, आप ही थे जो बच निकले, नहीं तो नारी का मंत्र किसने कीला है?'

अजीत खुश होकर भी आप ही काँप से गए।

चौधरी फिर बोले, 'कहता हूँ, आप झगड़े में क्यों पड़ें? पड़ी रहने दीजिए जमीन।'

नशे में भरे अजीत बोले, 'ठीक कहते हैं आप। दूसरे के झगड़े में क्यों पड़ूँ? परंतु जब घर लौटे तो किसुन मन मारे खाट पर लेटा था। अजीत ने कहा, 'तू कब जाएगा?'

किसुन जो बालक था, बोला, 'कहाँ?'

'अपनी जीजी के पास।'

'नहीं जाऊँगा।'

अचरज से अजीत बोले 'क्यों?'

किसुन ने कहा, 'जब आया था तो जीजी ने कहा था, तु मास्टर साहब के पास ही रहना।'

'हाँ... ।' अजीत इतना ही स्पष्ट बोल सके ओर इस 'हाँ' ने तीव्र हुंकार द्वारा उन्हें सिर से पैर तक हिला डाला। वे इतने उत्तेजित हुए कि आँखों में आँसू भर आए। दस बरस का बालक क्या आप ही ऐसी बात कह सकेगा? यह तो मानने को वे तैयार नहीं थे! कितना भोला है किसुन, उफ! उनका हृदय अत्यंत व्याकुल हो आया। संध्या के उस बढ़ते हुए अंधकार में वे चुपचाप किसुन के पास बैठकर सोचने लग क्या करूँ तो?

और उसी रात को अजीत ने देखा, अनेक बार भय से कातर होकर बालक पुकार उठा था, 'मास्टर साहब! मास्टर साहब!'

अजीत ने भी मानों स्नेह में भरकर कहा था, 'किसुन!'

लेकिन जागकर किसुन बोला नहीं, चुपचाप पड़ा सोता रहा। अजीत अपनी खाट से उठे और उसके पास आकर बैठ गए, फिर धीरे-घीरे उस मातृ-पितृविहीन बालक को छाती से चिपटाकर अपनी शय्या पर ले आए। बालक उनकी छाती पर हाथ धरे-धरे सोता ही रहा, मानो जो उसका अवलंब शेष रहा था, वह भी न खो जाए, पर तब भी अजीत का मन यही कह रहा था, 'उसने मुझसे कुछ भी न छिपाया, पर वह दूसरे की क्यों हुई?'

और यूँ ही चलते-चलते एक समूचा वर्ष और बीत गया। बाड़ी इस साल भी खूब फूली-फली, पर सोना को भेजने की बात न उठ पाई। अजीत के मन ने सोना को पकड़ा था, सो छोड़ा तो नहीं, पर देखने-सुनने से आग्रह जैसी बात कोई जान न पड़ी। सोना ने भी अपने को घर-गिरस्ती की चिंताओं में इतना फँसा लिया कि सिरोही की सुध लेने का विचार कभी सामने आया ही नहीं!

किसुन चौथे दरजे से निकलकर पाँचवे में आ गया। उसने जीजी की बात को पकड़ा तो, पर बालक का मन एक दिन उलझ ही पड़ा 'जीजी के पास जाऊँगा।'

अजीत ने चपरासी के साथ उसे सोना के पास भेज दिया। एक हफ्ता रहकर वह लौट आया। जब आया तो अजीत ने पूछा, 'तेरी जीजी अच्छी तो है?'

जी हाँ मास्टर जी! और वहाँ एक छोटी सी मुन्नी भी थी।'

अजीत सुनकर न जाने कैसे हो गए। उन्होंने जाना कि सोना को लड़की भी हुई। फिर सोचा, सोना सुखी है, सो अच्छा है।

और किसुन कहता रहा, 'बड़ी सुंदर है और हँसती रहती है...।'

अजीत हँसते रहे, 'और कुछ भी कहा था?'

'जी हाँ, जीजी ने कहा है—सुन, अब तू यहाँ मत आना। पढ़ाई का हर्ज होगा।'

सुनकर अजीत सन्न से हो गए। अपने एकमात्र भाई को भी भूल जाना चाहती है वह। ऐसी निर्मम कठोरता को कैसे पाया जा सकता है? गाँव के बालकों पर जो जी-जान से मरती थी, वही सोना अपने भाई को देखना भी नहीं चाहती? मानो अपने अजीत को वह पूर्ण रूप से इस जगती से मिटा डालना चाहती है, पर जानती नहीं, एक दिन उसे भी मिटाकर अजीत की पुस्तक में एक पृष्ठ और जोड़ देना होगा।'

सोचते-सोचते वह अपने-आप ही समर्थ से हो गए। तभी आ गए हरसुख चौधरी

'आइए-आइए!' अजीत बोले।

चौधरी आए थे, सो बैठ गए और बोले, 'एक बात कहने आया था। सुनेंगे आप?'

'हाँ-हाँ, कहिए!'

'आप बनारस ही तो रहते हैं?'

'हाँ, किसी दिन रहता था। अब सिरोही में हूँ।'

चौधरी खिलखिला पड़े, 'सो तो है ही, पर सोचता था कि आप भी क्यों न चलें।'

'कहाँ?'

'बनारस। हमारा तीर्थ होगा और आप देश हो आएँगे।'

अजीत कुछ सोचने लगे। चौधरी के प्रति वह किसी विशेष श्रद्धा से तो नहीं भरे थे, पर चौधरी अवश्य अजीत को देवता मानकर चलते थे। इसी से कहना पड़ा, 'मैं चलूँगा और किसुन भी।'

'हाँ, हाँ, वह भी क्या कहने की बात है।' चौधरी मानो कृतज्ञता से दब से गए।

इन्हीं दिनों अचानक एक पत्र अजीत को मिला। वह सोना के शहर से आया था। लिखा था—'परसों सोना के पति का स्वर्गवास हो गया!'

न भजनेवाले का नाम था, न कुछ दूसरी बात उसमें थी। सोना का और था भी कौन, जो पत्र लिखता? पति उसका अपना था, सो उसे गँवाकर वह फिर अकेली थी। पत्र में सोना का नाम था, सो अजीत ने जान लिया और जानकर खत फाड़कर फेंक दिया। जो होना था, सो हो गया। वह अजीत के लिए बाधा-बंधन क्यों बने?

किसुन को भी उन्होंने कुछ नहीं कहा। वैसे ही बनारस जाने की तैयारी करते रहे।

हाँ, तो कल वह जाएँगे और जाकर उधर ही कहीं लगने की चेष्टा भी करेंगे। यहाँ लौटकर आने को उनका मन नहीं मान रहा है। उस 'क्यों' को वह स्पष्ट तो नहीं कर पाते, पर न लौटने को जी जमता ही जाता है। मार्ग में रुकावट है तो 'सोना' है, पर वह यथाशक्ति उसे अपने से दूर ही रखते हैं। और फिर उसके प्रति अजीत ने ऐसी अश्रद्धा पाई है कि मन करने पर भी बुद्धि रास्ता रोक लेती है। किसुन है, वह उसे साथ ले जाएँगे और साथ ही रखेंगे। स्नेह से भर कर उन्होंने पूछा, 'किसुन, तुम बनारस में पढ़ सकोगे न?'

'हाँ-हाँ।'

'तब मैं भी रहूँगा।'

अजीत मानो भर से गए। अतृप्ति जैसे कहीं छिपी बैठी थी, सो मिट चली। और तभी किसुन चिल्ला उठा, 'जीजी!'

चौंककर अजीत लौट पड़े। सोना ही थी वह, सचमुच वही थी। वही स्नेह से परिपूर्ण आँखें, दृढ़ और संयत चेहरा, पर कुछ-कुछ दुबली, कुछ-कुछ अपने को भूली सी, जैसे झंझावाती वायु के थपेड़े की चोट से दबी-दबी। मानो रूप में जो रस था, उससे कुछ-कुछ रीती पर वेदना से भरी-भरी। ऐसी ही सोना बालिका को कंधे से चिपटाए हुए उसी निर्भीकता से वहाँ आकर खड़ी थी। और अजीत? जैसे स्थान, भाव, भाषा—सबकुछ भूलकर अनंत धारा में बह चले। वहाँ ही चले जाते तो क्या था, पर वह तो बार-बार रुककर कह उठते हैं, 'क्या करूँ मैं? अरे, क्या करूँ?

वहीं खड़ी-खड़ी सोना इतना ही बोली, 'आज फिर मैं आश्रय माँगती हूँ, क्या दोगे?'

रग-रग में तिरस्कार जैसे भर चला था। कठोर होकर बोले, 'तुम यहाँ आने का साहस कैसे कर सकीं?'

सोना वैसे ही खड़ी रही। बोली, 'साहस? उसी के सहारे तो आज तक जी रही हूँ। तो भी आप डरे क्यों? दुनिया सूनी नहीं है, पर...'

गला जैसे रुँधने लगा था।

अजीत बोले नहीं, वह सोचते हैं, ऐसे आदमी बोलना खूब जानते हैं। फिर भी 'पर' जो था, वह स्पष्ट होना ही चाहिए! इसी से उन्होंने सप्रश्न सोना की ओर देखा।

सोना सँभलकर बोली, 'पर आज मार्ग अवरुद्ध है, मास्टर साहब! रास्ते में मातृत्व की पुकार लिये यह बालिका पड़ी है। सो क्या अनसुनी की जा सकेगी?'

अजीत की छाती में मानों भूकंप उठा, 'सोना! सोना!'

'जा रही हूँ मैं!' उसने कहा और लौट चली।

'नहीं! नहीं!'

'क्या कहते हो और?'

अजीत ने व्यग्र होकर कहा, 'अब नहीं जा सकेगी तुम...।'

उस समय डूबते हुए सूरज की किरणें मानों उनके मुख पर अपने जीवन की कहानी का अंतिम पृष्ठ लिख रही थीं। उनकी छाती के भीतर ही कुछ विदाई जैसा करुण दृश्य चित्रित हो आया था। वह फिर बोले, 'पर सोना, क्या तुम बताओगी, उस दिन तुम चली क्यों गई थीं?' सोना के कंधे से चिपकी हुई बालिका हिल उठी। स्तब्ध उसने कहा, 'मास्टर साहब...'

'कहो सोना।'

सोना ने कहा, 'आप चाहते हैं तो कहूँगी। मैं जान गई थी, अप भी मुझे अपनी बनाना चाहते थे। जानकर मैं दुःखी हुई, पर सोचा, पुरुष होकर आप अपने स्वभाव को कैसे भूलते? स्वभाव की प्रबलता मुझपर उसी दिन प्रकट हुई। आप चाहते थे कि मैं आपकी हाती, यह अच्छा ही था, पर मास्टर साहब! जिसके आश्रय के आवरण के नीचे आकर मैंने अनाथों की भाँति लाड़-दुलार पाया; जिसकी ओर देखकर मैंने अपने हृदय को ममता से उमड़ते देखा, उसी के...ओह! उसी के सामने अपना आवरण कैसे हटाती? और फिर मैं...।'

सोना फूट-फूटकर रोने लगी।

'सोना! सोना!' अजीत जैसे पृथ्वी में गड़ चले।

'अब जाऊँ, मास्टर साहब! आप डरें नहीं, आत्महत्या नहीं करूँगी। मरना-जीना क्या कभी आप होता है? वह तो विधाता की बात है। आत्महत्या करना उसकी बात में दखल देना है, सो पाप है।'

और वह मुड़ चली।

उसी समय नीचे से चौधरी ने पुकारा, 'मास्टर साहब! ओ जी मास्टर साहब!'

अजीत के रुँधे प्राण मानो मुक्त हुए। उन्होंने लपककर सोना की लड़की को उठा लिया और दौड़कर नीचे आ गए। 'आप मुझे क्षमा करें। मैं न जा सकूँगा। यह देखिए, यह सोना की लड़की है और सोना भी आई है। बेचारी का सुहाग सिंदूर फिर मिट गया, सो बाप के घर रहने को लौटी है। देखिए, चौधरी साहब! कैसी सुंदर है यह कन्या? क्या इसे छोड़ते बनेगा?'

(सन् 1937)

# पाषाणी

निरंतर घंटियाँ बजे जा रही थीं।

उस निर्जन पर्वत प्रदेश में वह नितांत अकेली थीं। सामने सीधी भयंकर चढ़ाई थी, जो ऊपर, और ऊपर उठती चली जा रही थी आकाश की सीमा को छूने को आतुर...वह बेहद थक गई थीं, पर इस बात को वह प्रकट करना नहीं चाहती थीं। वह पर्यटन विभाग की डायरेक्टर थीं। उन्हें सब सुविधा उपलब्ध हो सकती थी। उनके आसपास बहुत से व्यक्ति भी हो सकते थे, पर उन्होंने किसी को भी अपने पास नहीं आने दिया। वह अकेली ही उस चढ़ाई को पूरा करना चाहती थीं। धूप और साँय-साँय करता वह डरावना सन्नाटा—यही बस उनके एकमात्र साथी थे।

शायद मार्ग भूल गई थीं वह। शायद उन्हें पीछे लौटना होगा। शायद आगे कोई...।

ये असंबद्ध और अटपटे विचार उनके मन में इसीलिए उभर आए थे कि वह बेहद मगरूर और उतनी ही जिद्दी भी थीं।

सहसा किसी टट्टू के पदचाप उनके कानों में बज उठे। वह ठिठक गईं। पीछे से आते पदचाप निरंतर पास आते जा रहे थे। तभी एकाएक वह तेजी से आगे बढ़ीं। उन्होंने पीछे मुड़कर भी नहीं देखा, पर पदचाप तो उनकी खटखट की सम पर तेजी से उनका पीछा करते हुए उनके दृष्टि पथ में आ गए थे। अचानक उन्होंने सुना, एक पुरुष स्वर पुकार रहा था, मैडम, जरा रुकिए, आप अकेली इतनी आगे कैसे चली आईं? बड़ी जानलेवा चढ़ाई है आगे। मैं टट्टू लेकर आया हूँ आपके लिए। रुकिए।'

एकाएक वे पीछे मुड़ीं और कर्कश स्वर में बोलीं, मुझे टट्टू नहीं चाहिए। मैं...।'

उस भद्र पुरुष ने कहा, 'मैडम, आगे और भी कठिन चढ़ाई है, आप...।'

'मुझे मालूम है,' स्वर और भी तीखा हो आया था, 'मैं कठिन से कठिन मार्ग पार कर सकती हूँ।'

'मैडम, आपको पथ की कठिनाई का अभास नहीं है। आप निश्चय ही थक जाएँगी। मेरी बात मानिए, टट्टू पर सवार हो जाइए।' भद्र पुरुष ने विनम्र स्वर से फिर प्रार्थना की।

लेकिन वह तो चीख उठी, 'आपको यह कहने का साहस कैसे हुआ कि मैं थक जाऊँगी? मैं नारी हूँ, इसलिए? क्या समझ रखा है आपने नारी को? जाइए, जाइए, आप अपने टट्टू पर सवार होकर जाइए। आप मेरी इच्छा शक्ति को कमजोर करना चाहते हैं, यह नहीं होगा, जाइए, जाइए।'

बेचारे भद्र पुरुष ने एक निरीह दृष्टि अपनी डायरेक्टर साहिबा पर डाली और विवश हो आगे बढ़ गए।

अब एकाएक डॉ. ऋता वर्मा ने देखा कि ये तो मेरे ही विभाग के डिप्टी डायरेक्टर हैं। 'होंगे,' उन्होंने उपेक्षा से कहा,' 'उसे क्या अधिकार है शेखी बघारने का, मेरी सहायता करने के बहाने...।'

सहसा घंटियाँ फिर बज उठीं और दूसरे ही क्षण उन्होंने पाया कि वह ट्रेन में बैठी कहीं जा रही हैं। उनकी दाहिनी ओर सबसे तेज गति से दौड़ने वाली शताब्दी एक्सप्रेस तूफान मचाती उनके विपरीत दिशा में उड़ी जा रही है। दूसरी ओर, उनकी दिशा में एक बहुत लंबी मालगाड़ी अपनी मंद-मंथर गति से खड्डखड्-खड्डखड् करती हुई चली जा रही है। वह आश्चर्य से दोनों ओर देखती हैं। उसी क्षण जैसे भूकंप आ जाता है। शताब्दी एक्सप्रेस पटरी से उतरकर उनकी ट्रेन पर गिर पड़ती है। गति की तीव्रता के कारण कर्णभेदी हाहाकर, चीत्कार वातावरण को लील जाता है। उन्हें इतना ही स्मरण है कि जब उनकी संज्ञा लौटी तो वह अपनी टूटी हुई बोगी के नीचे दबी हुई थीं। कई क्षण लगे उस स्थिति को समझने में। उन्होंने यंत्रवत् अपने बदन को टटोला और पाया कि उनके पैर ऊपर की बर्थ के नीचे फँसे हुए हैं। एक क्षण के लिए उन्हें संतोष हुआ कि वह आहत होकर भी जीवित हैं। उन्होंने आँखें मलीं। चीत्कार अब भी उठ रहा था और बहुत से लोग इधर-उधर भाग रहे थे। बहुत से लोग स्ट्रेचर पर घायलों और मुरदों को ले जा रहे थे।

अब तक उनके मस्तिष्क में सबकुछ स्पष्ट हो चुका था और एक गहरे दर्द ने उनके अस्तित्व को जकड़ लिया था। वह किसी भी तरह अपने पैर बाहर नहीं निकाल पा रही थीं। उन्हें विश्वास था कि कोई तो उनके पास आकर रुकेगा। लेकिन वे सब उन्हें देखते और आगे बढ़ जाते। सहसा वह चीख उठीं, 'मैं यहाँ हूँ।' सुनो, मैं यहाँ हूँ। मेरे पैर फँस गए हैं, उन्हें निकालो, नहीं तो मैं मर जाऊँगी।'

किसी ने उनकी आवाज नहीं सुनी। उनके पास बुरी तरह से घायल कई व्यक्ति पड़े थे। दो व्यक्तियों ने उन्हें स्ट्रेचर पर रखा और जाने लगें उन्होंने कहा 'मुझे भी उठाओ, मुझे भी उठाओ।'

मानो किसी ने उनकी आवाज नहीं सुनी, पर तभी सहसा उन्होंने देखा कि उन लोगों में उनके विभाग के उप निदेशक डॉ. भारद्वाज भी हैं। वे बड़ी तत्परता से घायलों की मदद कर रहे हैं। उनका साहस जैसे लौट आया और एकाएक तेजी से जैसे आदेश देतीं हों, बोलीं, 'डॉ. भारद्वाज मैं, डॉ. ऋता, मैं, यहाँ हूँ। मुझे तुरंत निकालो।'

मि. भारद्वाज ने उनकी ओर देखा और शांत स्वर में उत्तर दिया, 'मैंने आपको देख लिया है। अपने प्रभु को धन्यवाद दो। इस भयंकर दुर्घटना में आप जीवित बच गई हैं। हम तो अभी उन मरणासन्न घायलों को ले जा रहे हैं, जो देर हो जाने पर जीवित नहीं रह पाएँगे। हम फिर लौटकर आएँगे। आप थोड़ी देर और पीड़ा सह लीजिए। आपको यहीं प्राथमिक सहायता दी जाएगी।'

ट्रिंग-ट्रिंग की घंटियाँ तेजी से बजीं।

डॉ. ऋता वर्मा क्रोध और पीड़ा से चीख उठीं, 'आपने मुझे देख लिया है। फिर भी ये सब बातें कह रहे हैं? आपको पहले मेरी मदद करनी चाहिए थी।'

दृढ़ स्वर में डॉ. भारद्वाज ने उत्तर दिया, 'नहीं, सबसे पहले मदद की आवश्यकता उन्हें है, जो आपसे कहीं अधिक घायल हैं। वे किसी भी क्षण दम तोड़ सकते हैं। उन्हें अस्पताल पहुँचाना हमारा पहला कर्तव्य है।'

डॉ. ऋता वर्मा ने कुछ नहीं सुना। क्रोध और पीड़ा में वह और तमतमा उठीं, 'मैं कहती हूँ, मुझे निकालो।'

'नहीं अभी नहीं,' उसी आवेश में जैसे आदेश देते हों, डॉ. भारद्वाज ने कहा और आगे बढ़ गए।

डॉ. ऋता वर्मा और भी जोर से क्रुद्ध स्वर में चिल्लाई, 'यह मेरा आदेश है।'

डॉ. भारद्वाज मुड़े और वहीं से उत्तर दिया, 'जो काम नहीं हो सकता, वह नहीं ही हो सकता और न ही होगा।'

और वह क्षण भर में आँखों से ओझल हो गए।

घंटियाँ बहुत धीरे-धीरे बज रही थीं। चीत्कार निरंतर अंतर को चीर रहा था। क्रोध, पीड़ा और अपमान से आहत डॉ. ऋता ने पूरा जोर लगाकर उठना चाहा, लेकिन दूसरे ही क्षण वह असह्य पीड़ा से फिर संज्ञाहीन हो गईं।

आश्चर्य, जब उनकी संज्ञा लौटी तो पाया कि घंटियाँ बड़ी तेजी से बज रही हैं और गरजते तूफानी समुद्र की सर्वग्रासी लहरें उन्हें कभी आकाश में उछाल देती हैं, कभी अपने साथ अंदर खींच ले जाती हैं और कभी तेजी से किनारे की रेत पर पटक देती हैं। उन्हें लगा कि वह मर चुकी हैं और असंख्य शवों के बीच उनका शव भी पड़ा हैं। क्षण-क्षण वे तूफानी, गरजती, समुद्री हवाओं की ताल पर नृत्य करती हुई लहरें उन शवों को उलट-पुलट देती हैं।

उसी कर्णभेदी हाहाकार में दूर से आती कुछ आवाजें सुनाई देती हैं। उनके पास खड़ा कोई कह रहा है, 'यह तो शव है; पहले देखो, काई जीवित तो नहीं है।'

वे आगे बढ़ जाते हैं तो वह चीख उठती हैं, 'मैं जिंदा हूँ, मुझे यहाँ से ले चलो।'

उत्तर आता है, 'चुप रहो, तुम लाश हो, पहले हमें जीवित व्यक्तियों को ढूँढना है।'

'मैं जीवित हूँ, मैं जीवित हूँ। आप मानते क्यों नहीं?'

'तुम जीवित नहीं हो तुम मर चुकी हो, प्रेत हो, तुम्हें हम नहीं ले जाएँगे।'

आवाजें दूर, और दूर होती जाती हैं। घंटियाँ भी धीमी पड़ जाती हैं।

चीत्कार भी कम होने लगा है। वह अनुभव करती हैं—मुझे प्रेत कहनेवाली आवाज डॉक्टर भारद्वाज की आवाज थी।

वह सहसा कठोर हो उठीं। दूसरे ही क्षण वह कठोरता गिड़गिड़ाहट में बदल गई, 'डॉ. भारद्वाज, डॉ. भारद्वाज...।'

घंटियाँ बड़ी तेजी से बजीं मंदिर की आरती की तरह।

आश्चर्य, उसी क्षण उनकी आँखें खुल गईं और उन्होंने पाया कि कहीं कुछ नहीं है। वह दक्षिण दिल्ली के पॉश इलाके में अपने शयनकक्ष की सुकोमल शय्या पर लेटी हैं। वह विस्मय से देखती हैं—वहाँ पर तो कोई नहीं है, पर उसी क्षण दरवाजा खुलता है। उनकी छोटी बहन ऋचा और सेविका वासंती दोनों एक साथ तेजी से अंदर आती हैं। ऋचा उनके ऊपर झुककर कहती है, 'दीदी, दीदी, तुम बड़ी देर से डर रही थीं, क्या बात है, कोई भयानक सपना देखा है क्या?'

डॉ. ऋता जैसे आश्वस्त हुईं। उन्होंने अपनी छोटी बहन की ओर देखा और धीरे से कहा, 'मैं सचमुच डर गई थी। मेरा दिल अब भी तेजी से धड़क रहा है।

कैसे भयानक थे वे सपने, लेकिन अब कोई बात नहीं, तुम जाओ, सोओ।'

'नहीं, दीदी, मैं आपके पास ही सोऊँगी।'

'अरी नहीं,' ऋता ने हँसने की कोशिश की, 'सपने से क्या डरना? वह तो जीवन का प्रतिबिंब होता है।'

ऋचा ने कुछ पूछना चाहा, लेकिन वासंती ने धीरे-धीरे उसकी बाँह दबा दी, मानों कह रही हो, 'छोटी दीदी, तुम तो जानती हो, बड़ी दीदी मन से स्नेहिल होकर भी व्यवहार में कितनी कठोर और जिद्दी हैं। अफसर हैं न, वह क्या कहते हैं गजेटेड अफसर।'

और वे दोनों बाहर चली गईं। ऋता फिर अकेली थीं। उनके अंतर में तुमुलनाद उठ रहा था। प्रतिक्षण वह सबकुछ भूलती जा रहीं थीं, जो उन्होंने देखा था। वह अब केवल अनुभव कर सकती थीं कि वह तब बार-बार किसी भयंकर दुर्घटना में फँस जाती थी। उन्हें केवल तूफानी समुद्र की उफनती-उमड़ती लहरों की धुँधली सी याद याद थी और कभी-कभी उन लहरों पर नाचते दो परिचित चेहरे भी उनके दृष्टिपथ में आ जाते थे।

उन्होंने तेजी से आँखों मींचकर करवट बदली। वे लहरें और वे चेहरे, वे तो हर बार जैसे तांडव नृत्य करते हुए उनके दृष्टिपथ में आ जाते । एक चेहरा भयातुर था और दूसरे के चेहरे पर कुटिल मुस्कान खेल रही थी।

वह तेजी से उठकर बैठ गईं, पर वे चेहरे...।

उफ! उन्होंने पास के लैंप को जला दिया। उस उजास में सबकुछ तिरोहित हो उठा, उन्होंने स्वस्ति की साँस ली और तकिये से कमर टिकाकर शून्य में खो गईं। घंटियाँ अब धीरे-धीरे मादक स्वर में बज रही थीं। कितना अच्छा लगता कभी इस तरह खो जाना।

पर्यटन विभाग की डायरेक्टर डॉक्टर ऋता का कार्यालय चौथी मंजिल पर था। उनके आने की सूचना देने वाले उनके सैंडिल की खट्-खट् का स्वर बड़ी तेजी से छाती में बज उठता। ऐसा लगता, जैसे महामौन में रह-रहकर उठता एकाएक नगाड़े का कर्णभेदी स्वर शिराओं में कंपन पैदा करने लगा है।'

उन्होंने अपने कमरे में प्रवेश किया। वह कुरसी पर बैठने ही वाली थीं कि सदा की तरह उनकी दृष्टि चारों ओर घूम गई और दूसरे ही क्षण भृकुटि तन गई। उनके सामने एक बहुत ही सुंदर बुके रखा हुआ था और उसकी सुगंध से समूचा वातावरण महक उठा था। उन्होंने एकदम कठोर स्वर में पुकारा, 'रामसिंह।'

रामसिंह दौड़ा हुआ आया, 'जी मैडम।'

'मेरे कमरे में कोई आया था?'

'जी।'

'कौन?'

'वह वाक्य पूरा कर पाता, इससे पहले वह चीख उठीं, 'क्या तुम्हें मालूम नहीं कि मेरे पीछे कमरे में किसी को आने की इजाजत नहीं है?'

'जी, मैं तब बाहर था।'

'लेकिन तुमने उनको आते हुए तो देखा ही था, तुमने उनसे कहा नहीं?'

'जी कहा था, पर वह तो यह बुके रखकर तुरंत चले गए।'

जैसे वह अपने पर से अधिकार खोती जा रही हों। स्वर में कठोरता और बढ़ गई, बोली, 'रामसिंह, सबकुछ जानते हुए भी तुमने मना नहीं किया।'

'जी, नहीं किया।'

'क्यों नहीं किया?'

'जी, वह आज ही तो यहाँ आए हैं और आपके लिए बुके भी लाए थे।'

'रामसिंह, तुम्हें मालूम है कि मै यही बातें पसंद नहीं करती। फिर भी तुमने सोचा...जाओ, तुरंत बुलाकर लाओ उन्हें।'

जब तक वह आ पाते, डॉ. ऋता एकटक उस बुके को देखती हुई न जाने कहाँ खो गईं। उनका क्षण भर पहले का वह उग्र रूप उन क्षणों में जैसे फाइलों के पन्नों में कहीं खो गया हो। एक घमासान मचा था उनके अंतर में, जिसे वह स्वयं भी नहीं जानती थीं। उनकी निद्रा तभी टूटी तब नए उपनिदेशक की पदचाप बहुत पास आ गई। वह सिहरीं और फिर एकाएक कठोर हो आईं, बोली, 'मिस्टर भटनागर, मेरी अनुपस्थिति में आपको मेरे कमरे में आने का साहस कैसे हुआ?'

मि. भटनागर को रामसिंह सबकुछ बता चुका था, इसलिए वह शांत स्वर में बोले, 'आई ऐम वैरी सॉरी मैम, मैने आज ही चार्ज लिया हैं। इसलिए मैं आपको प्रणाम करने के लिए आया था और यह बुके भी आपको देना चाहता था, लेकिन आप यहाँ नहीं थीं।

डॉ. ऋता एक-एक शब्द पर जोर देते हुए बोलीं, 'मि.भटनागर आप मुझसे पहले भी मिल चुके हैं। फिर मेरे पीछे मेरे कमरे में आने की क्या आवश्यकता थी?'

अटकते हुए मि. भटनागर ने कहा, 'जी, यह बुके भेंट करना चाहता था।'

'यही तो मैं पूछती हूँ' आप यह बुके यहाँ रखने का साहस कैसे कर सके? ले जाइए इसे...।'

'नहीं, नहीं यह तो मेरी ओर से...।'

'मै कहती हूँ ले जाइए इसे, अभी ले जाइए। मुझे यह सब पसंद नहीं।'

और उन्होंने बुके उठाकर मि. भटनागर के सामने रख दिया। डॉ. भटनागर को काटो तो खून नहीं। वह एक ओर तो अपने को अपमानित महसूस कर रहे थे, दूसरी ओर वह पहली बार अपने अफसर के सामने खड़े थे, जो नारी थीं। वह एक शब्द नहीं बोले। उन्होंने काँपते हाथों से बुके उठाया और तेजी से बाहर निकले चले गए।

डॉ. ऋता कुछ क्षण उस तनाव से ग्रस्त रहीं, पर उनकी भंगिमा वैसी ही रोबीली थी। उन्होंने कुछ फाइलों को देखा, फोन आया कि वह आधा घंटे में मंत्री महोदय के विशेष कक्ष में पहुँच जाएँ, एक बहुत आवश्यक मीटिंग है।

'ठीक है, मैं अभी पहुँच रही हूँ।' उन्होंने फोन रख दिया और बुदबुदाईं, 'मीटिंग, मीटिंग। कोई कुछ करता क्यों नहीं।' फिर उन्होंने रामसिंह को पुकारा 'रामसिंह, मैं मंत्री महोदय के पास जा रही हूँ। बहुत आवश्यक मीटिंग है। पता नहीं, कितनी देर लगे। जब तक मैं न आऊँ, मेरे कमरे में किसी को भी नहीं आने देना।'

एक सदा होने वाला रुटीन की तरह रामसिंह ने उत्तर दिया, 'जी मैडम।'

'और हाँ। सह-निदेशक डॉ.भारद्वाज से कहना कि वह लोकसभा के सभी प्रश्नों के उत्तर तैयार रखें, पूरक प्रश्नों के उत्तर भी, और उनके हिंदी अनुवाद भी।'

यह कहती हुई वे खट्-खट् करती लिफ्ट की ओर चली गईं, लेकिन बीच में एक क्षण रुकीं, 'रामसिंह, ड्राइवर को फोन करो गाड़ी तैयार रखे।'

मंत्रालय की मीटिंग से जब वह लौटी तो चार बज चुके थे। वही खट्-खट्, वही तनी हुई भृकुटि। सीधे कमरे में चली गईं। लंच हो चला था। वह थकान महसूस कर रही थीं। फिर भी फाइलों के नए ढेर को उन्होंने इधर-उधर से देखा और उसी रोबीले स्वर में बोलीं, 'रामसिंह, डॉ. भारद्वाज से कहो कि मुझे उनसे बहुत आवश्यक बात करनी है। मैंने फोन किया था, पर वह सीट पर नहीं थे।'

'जी, वह अभी भी सीट पर नहीं हैं। यह नहीं जानता कि वह कब आएँगे।'

सुनकर डॉ. ऋता का चेहरा तमतमा उठा। वह फिर फाइल देखने लगीं, पर न जाने क्या सोचकर फाइल बदं कर दीं और कुरसी पर पीठ लगाकर कहीं खो गईं।

बार-बार शून्य में खो जाना उनका स्वभाव था। वह अपने को पहचानना चाहती थीं, लेकिन अभी तक वह न अपने को पहचान पाई थीं और न अपने साथियों को। इसलिए तिलमिला उठती थीं और तब न जाने कौन उनके अंतर में कुटिलता से मंद-मंद हँस पड़ता, पर दूसरे ही क्षण वे और खीज उठतीं।

वह इसी स्थिति में थीं कि डॉक्टर भारद्वाज ने कमरे में प्रवेश किया, 'आपने मुझे बुलाया, मैडम?'

सहसा सिहर उठीं डॉ. ऋता, लेकिन दूसरे ही क्षण अपने पूर्वपरिचित शासकीय स्वर में बोलीं, 'हाँ, लोकसभा में पूछे गए प्रश्नों के उत्तर मुझे चाहिएँ।'

'वे तैयार हो रहे हैं?'

'अभी तक क्यों नहीं हुए? मंत्री महोदय बहुत क्रुद्ध हो रहे थे।'

डॉ. भारद्वाज ने शांत स्वर में उत्तर दिया, 'मंत्री महोदय तो नाराज होते ही रहते हैं। हम सब पूरा प्रयत्न कर रहे हैं, लेकिन जितना समय लगता है वह तो लगेगा, फिर भी हम...।'

'मैं कुछ नहीं सुनना चाहती। मुझे सब सामग्री आज ही चाहिए।'

'मैडम, यह तो संभव नहीं है। फिर भी हम कोशिश करेंगे कि शीघ्र से शीघ्र...।'

'शीघ्र से शीघ्र की कोई सीमा नहीं होती। मुझे तुरंत चाहिएँ।'

बात काट दी डॉ. भारद्वाज ने इस बार और बोले दृढ़ स्वर में, 'देखिए मैडम, हमारा काम तो प्रयत्न करना है। फिर भी देखता हूँ...।'

'देखता हूँ नहीं, मैं इंतजार करूँगी और हाँ, पूरक प्रश्नों का अनुवाद हुआ?'

'जी नहीं।'

'क्यों?'

'क्योंकि नहीं हो सकता।'

'कोई भी काम ऐसा नहीं है जो नहीं हो सकता। डॉ. भारद्वाज आपका यह कर्तव्य है...।'

'मेरा कर्तव्य क्या है, यह मैं जानता हूँ, पर पूरक प्रश्नों का अनुवाद न तो कभी हुआ है और न कभी हो सकता है।'

'मैं नहीं जानती, मुझे अनुवाद मिलना ही चाहिए।'

'मुझे खेद है मैडम, ऐसा नहीं हो सकता।'

डॉ. ऋता और भी क्रुद्ध हो उठीं। उनका स्वर और भी तीखा हो आया।

डॉ. भारद्वाज ने उन्हें देखा और दोनों हाथ मेज पर टिकाकर उनकी आँखों में आँखें डालते हुए शांत स्वर में कहा, 'मैंने निवेदन किया मैडम कि पूरक प्रश्नों का अनुवाद नहीं होता, इसलिए आज भी नहीं होगा।'

और यह कहकर वह कमरे से बाहर चले गए।

डॉ. ऋता स्तब्ध, हतप्रभ, विस्मित थीं, जैसे कोई बरमे से उनकी छाती में पेच-पर-पेच कसता जा रहा हो।

घंटियाँ तेजी से बजकर बंद हो गईं।

वह फिर चौंकी। वह अभी अपने बिस्तर से उठी कहाँ थीं। छोटी बहन ऋचा हाथ में चाय का प्याला लिये अंदर प्रवेश कर रही थी।

'दीदी, यह चाय रख रही हूँ, रात में तो आप बहुत डर गई थीं, क्या बात थी?'

डॉ. ऋता अब तक अपने को किसी तरह सुस्थिर कर चुकी थीं, बोलीं, मैं कुछ नहीं जानती। तीन दिनों से...।'

'हाँ दीदी, तीन रात हो गईं आपको इस तरह डरते हुए।'

'हाँ, पर आश्चर्य यह कि मैं जागते ही सबकुछ भूल जाती हूँ। बस, इतना ही अनुभव करती हूँ कि कोई भयानक राक्षस मेरा पीछा कर रहा है।'

'आपके कार्यालय में कोई विशेष घटना तो नहीं घटी इन दिनों?'

'वहाँ और होता ही क्या है। घटनाएँ घटती हैं, मीटिंगें होती हैं। तेजी-तुर्शी भी हो जाती है कभी-कभी। जैसे कभी-कभी अकारण अट्टहास गूँज उठते हैं। सब रुटीन है।'

हँस पड़ी ऋचा, 'दीदी, यह क्यों भूलती हैं कि आप बहुत अनुशासनप्रिय हैं, बहुत कठोर ऑफिसर हैं, लेकिन यह कठोरता दूसरों को इतना परेशान नहीं करती, जितनी अपने आपको।'

चकित डॉ. ऋता ने अपनी बहन की ओर देखा, पर वह कोई उत्तर नहीं दे सकीं। चुपचाप चाय पीकर उठ गईं, पर अंतर में तो फिर घमासान उभर रहा था। मन के पटल पर वे चेहरे बार-बार आघात कर रहे थे, लेकिन चेहरों की यह बात उन्होंने अपनी बहन से भी नहीं कही। उस दिन भी वह सदा की तरह तैयार होकर कार्यालय गई। वही अनुशासन और कठोरता का मुखौटा, जो अब तक चेहरे में रच-बस गया था। वहीं 'मैं कुछ हूँ' का आभास देती खट्-खट्...सभी अधीनस्थों से वही शुष्क व्यवहार।

कभी हँसती भी तो तुरंत मुखौटा लगा लेतीं, जैसे कोई बहुत बड़ी गलती कर गई हों, लेकिन उनके अंतर में एक तुमुलनाद निरंतर उठता रहता और मथता रहता उनके पूरे अस्तित्व को, विशेषकर डॉ. भटनागर और डॉ. भारद्वाजवाली घटना के बाद, तब बड़ी दयनीय स्थिति हो जाती उनकी। कभी-कभी उनकी कठोरता घनघोर रूप से उग्र हो उठती तो कभी-कभी वह अपने को चौंकाती बड़े कोमल मधुर स्वर में बातें करने लगतीं। तब रामसिंह घबरा उठता और कुछ क्षण बाद पूछता, 'मैडम, आज आपकी तबीयत तो ठीक है न?'

डॉ. ऋता मुस्कुराती कुछ कहना चाहतीं, लेकिन मुँह से जो शब्द निकलते, वे वैसे ही कड़वाहट लिये हुए।

'क्यों, क्या हुआ मेरी तबीयत को? कुछ बदली हुई नजर आती हूँ क्या?'

'जी नहीं,' रामसिंह सकापका जाता, 'वैसे ही...।'

'अच्छा जाओ, उप-निदेशक हिंदी मि. भटनागर को मुझसे मिलने के लिए कहो।'

मि. भटनागर आए तो भृकुटि उसी तरह तनी हुई थी, बोलीं मिस्टर भटनागर, आपने बंबई में होने वाली हिंदी कार्यशाला का सब प्रबंध देख लिया न?'

'जी मैडम, डॉ. भारद्वाज स्वयं वहाँ गए थे।'

'अच्छा, वह लौट आए?'

'जी हाँ, यहीं हैं, क्या आप मिलना चाहेंगी?'

'नहीं, नहीं, कोई जरूरत नहीं। यह उनका और आपका काम है।'

भटनागर साहब चले गए। डॉ. ऋता भी उठने वाली थीं। रामसिंह को बुलाकर सदा करती तरह उसे सबकुछ समझाया और फिर वही खट्-खट्-खट् शब्द से वातावरण को गुँजाती हुई लिफ्ट की ओर बढ़ गईं।

तभी अचानक देखा कि डॉ. भारद्वाज जीने की ओर जा रहे हैं। अपने को भूलकर यंत्रवत् डॉ. ऋता पुकार उठीं, डॉ. भारद्वाज, आप कहाँ जा रहे हैं, लिफ्ट तो इधर है।'

डॉ. भारद्वाज ने सकपकाकर उधर देखा। डॉ. ऋता मुस्कुरा रही थीं, वह बोले, 'आज ऐसे ही जीने से उतरने की इच्छा हो आई।'

'नहीं, नहीं, इधर आइए मेरे साथ, बंबई में आपने सब प्रबंध ठीक कर दिया है न?'

'जी हाँ, सब ठीक है।'

तब तक लिफ्ट नीचे उतरने लगी थी। अनायास ही दोनों के बीच में एक गहन मौन गहराने लगा। दूसरी मंजिल तक आते-आते अकस्मात् उन्हें लगा कि भूकंप का एक तीव्र झटका उन्हें कँपाता हुआ निकल गया हो। दोनों ने एक-दूसरे को देखा। तनिक पास आकर ऋता ने धीरे से अपना हाथ डॉ. भारद्वाज के कंधे पर रखा, दबाया और फिर अत्यंत कोमल मधुर स्वर में बोलीं, 'डॉ. भारद्वाज, क्या आप मुझसे अभी तक नाराज हैं?'

भूकंप का झटका पहले नहीं, अब लगा था।

# वह रास्ता

पिछले जाड़ों में जब जिला कांफ्रेंस हुई थी तो अमजद ने प्रांतीय सरकार के मंत्रियों के विरुद्ध इतनी जबर्दस्त स्पीच दी थी कि सुनकर जनता काँप-काँप उठी थी। उसने देश के नवयुवकों और नवयुवतियों से जोरदार अपील की थी कि वे धर्म से अपना पिंड छुड़ाकर देश की आर्थिक और राजनीतिक आजादी के लिए जनता का आह्वान करें। उसने कहा था, 'बिना जनता को साथ लिये आजादी नहीं ली जा सकती। बिना जनता में शक्ति आए हम अपने इरादे में कामयाब नहीं हो सकते। दो-चार आराम कुरसियों में लेटनेवाले राजनीतिज्ञों ने क्या कभी देश को स्वतंत्र किया है? मानता हूँ कि उनमें बुद्धि होती है, वे योजना बना सकते हैं।, वे रास्ता सुझा सकते हैं, परंतु जब तक उनकी बुद्धि, प्लान और सूझ के पीछे जनता की शक्ति नहीं होती, तब तक वे सफल नहीं हो सकते...।'

'धर्म ने कभी रास्ता सुझाया होगा, कभी उसका सहारा लेकर जनता भयंकर से भयंकर खतरों को पार कर गई होगी, पर आज वही धर्म उनकी बुद्धि पर जंग लगा रहा है, उनके पैरों में बेड़ी बनकर पड़ा है, जो उन्हें न बढ़ने देता है, न पीछे हटने देता है...!'

और आगे चलकर उसने एक मार्मिक बात कही थी। उसे सुनकर मुसलमान बौखला उठे थे, हिंदुओं ने घृणा से मुँह फेर लिया था, परंतु यही बात सुनकर भीड़ मे खड़े निशिकांत का मन न जाने क्यों बाग-बाग हो उठा था। अमजद ने कहा था, 'आप मेरी बात सुनकर गुस्सा कर रहे होंगे, यह ठीक ही है। धर्म आपके रक्त में घुल-मिल गया है। उसे भूलने के लिए कहने वाला नफरत का ही पात्र हो सकता है, परंतु मैं एक बात कहता हूँ, हिंदू ईश्वर को मानते हैं, वह सर्वशक्तिमान है, सर्वज्ञ है, अजर है, अमर है! मुसलमानों का खुदा लाशरीक है, ईसाइयों का गॉड ओमनीप्रेटेंट ओमनीप्रेजेंट है। मैं भी क्षण भर के लिए यह बात मान लेता हूँ, परंतु यह सब मानकर भी मेरे दिल में एक बात उठती है कि जब वह ईश्वर ऐसा है तो इन्सान क्यों उसके लिए लड़ने-मरने को तैयार रहता है। वह क्या अपनी हिफाजत आप नहीं कर सकता? क्यों लोगों के बाजू निंदक का गला घोंटने को फड़क उठते हैं? क्यों वह उस सर्वशक्तिमान परमात्मा के कामों में दखल देता है? क्यों नहीं सबकुछ उसी पर छोड़ देता कि जो कुछ होता है, उसकी इच्छा से होता है? क्यों वह अपने देश पर

काबिज अंग्रेजों को गालियाँ देता है? वह सर्वज्ञ सबकुछ जानता है, वह सर्वशक्तिमान सबकुछ कर सकता है। ऐसा करके तो इन्सान उसके गुणों से इनकार करता है, यहाँ तक कि उसकी सत्ता से भी इनकार करता है। और कि, वह अपने आप में कोई स्वतंत्र सत्ता नहीं है, बल्कि अपनी आसानी के लिए इन्सान ने ही उसका आविष्कार किया है, वह हमारा निर्माता नहीं, बल्कि हम ही उसके निर्माता हैं। आप मुझे नास्तिक, काफिर कह सकते हैं, परंतु यह सब मेरी सूझ नहीं है। यह तो आपकी मान्यताओं कीी तर्कपूर्ण परिणति है। लेकिन आप मुझसे पूछें तो मैं कहूँगा कि हमें ईश्वर की चिंता छोड़ देनी चाहिए। जो इतने विशाल ब्रह्मांड का, रहस्यमय नक्षत्र लोक का और प्राणी मात्र का स्रष्टा है, वह क्या हमारे जैसे नगण्य प्राणियों की सहायता की अपेक्षा करता हैं? सहायता भी वह, जो उसके बनाए संसार में भयंकर और बीभत्स रक्तपात का कारण होती है...।

'मैं सच कहता हूँ, अगर ईश्वर है तो वह हम लोगों से बेहद नाराज है और तभी उसने हमें इस गुलामी में जकड़ा है। इसीलिए मैं कहता हूँ कि हमें उसे छोड़ देना होगा। हमारे पास बहुत काम हैं। हम अपने को नहीं जानते, अपने पड़ोसी को नहीं पहचानते। अपने और पड़ोसी में अंतर समझते हैं। जो अंतर को मानता हैं, वह मानव सेवा कैसे करेगा? आज सबसे बढ़कर राष्ट्र सेवा का सवाल है। राष्ट्र की आत्मा आज तड़प रही है। राष्ट्र आज खून से लथपथ पड़ा है। विश्व की पीड़ा उसी के कारण बढ़ रही है। वह उसी के विशाल शरीर का ही तो एक अंग है। तब अचरज है कि वह हमारा सर्वज्ञ ईश्वर कैसे चैन से बैठा है...।'

और इसी तरह बहुत सी बातें निशिकांत ने सुनीं। सुनकर सोचा कि आदमी समझदार है। ऐसा सोचने के कारण थे। उसके दिमाग में यह प्रश्न स्वयं कई दिनों से जाग आया था। अभी-अभी उसने आर्यसमाज की सदस्यता से इस्तीफा दे दिया था क्योंकि उसका विश्वास हो चला था कि धर्म और ईश्वर मनुष्य को अपनी सत्ता से इन्कार करने का संदेश देने की अतिरिक्त और कुछ नहीं कर रहे हैं। अपने से इनकार करना आत्महत्या है, इसीलिए पाप है। इसीलिए अपने मस्तिष्क के इन विचारों की विस्तृत गूँज सुनकर उसको बड़ी प्रसन्नता हुई। जी में उठा कि अभी चलकर अमजद को धन्यवाद दे, लेकिन तभी उसने सोचा, मैं सरकारी नौकर और वह उग्र राजनीतिक कार्यकर्त्ता! मेरा-उसका मिलन कैसा?

अचानक उसके तीन हफ्ते बाद एक दिन वह दफ्तर पहुँचा ही था कि बड़े बाबू ने पुकारा, 'निशिकांत बाबू!'

'जी।'

'यहाँ आइए।'

वह वहाँ पहुँचा तो अचरज से उसने देखा कि वहाँ अमजद बैठा था। मुस्कुराया, बड़े अदब से आदाब अर्ज की। बड़े बाबू बोले, 'देखो निशिकांत बाबू!' आज से तुम्हारे पास काम करेंगे।'

निशिकांत की छाती में बड़े जोर से धक्का लगा, मुँह से अचरज भरे शब्द निकले, 'मेरे पास...?'

'हाँ,' बड़े बाबू बोले, 'काम सीखने का सबसे अच्छा प्रबंध तुम्हारी ब्रांच ही में हो सकता है। नए आदमी हैं, बी.ए. तक पढ़े हैं।'

और फिर मुस्कुराकर कहा, 'शायर भी हैं।'

फिर अमजद से बोले, 'जाइए मिस्टर। ये बाबू आपको काम बता देंगे, मन लगाकर काम करिए। शुरू का प्रभाव अंत तक बना रहता है। अच्छा काम करेंगे तो नौकरी मिल जाएगी और तरक्की के लिए भी रास्ता खुला रहेगा।'

अमजद बिन बोले उठा और निशिकांत के साथ चला गया। उसने अपनी मेज के पास एक कुरसी सरकाकर कहा, 'बैठिए।'

वह बैठ गया और कुछ खिसियाकर बोला 'आपको कुछ ताज्जुब हुआ?'

'जी?'

'आप मुझे जानते हैं?'

'जी, उस दिन आपका लेक्चर सुना था। आप साम्यवादी हैं न?'

'जी,' उसकी वाणी गिरी, 'मुझे बड़ी शर्म आ रही है, दिल बैठा जा रहा है, परंतु क्या करूँ...!'

'क्या बात हुई आखिर?'

'क्या कहूँ, जी में यही उठ रहा है कि खुदकुशी कर लूँ, पर बीवी-बच्चे हैं।'

'खुदकुशी तो पाप है!'

'बेशक।'

'और कोई वसीला नहीं है?'

'नहीं।'

'कोई तिजारत...?'

वह हँसा, 'उसके लिए पैसा कहाँ से लाऊँ?'

'ठीक कहते हैं आप!'

'आपकी क्या राय है?'

'मेरी राय?'

'जी।'

निशिकांत क्षण भर के लिए ठिठका, फिर बोला,'मैं सरकारी नौकर हूँ। सरकार को धोखा देने की कल्पना भी मैंने कभी नहीं की। जिस दिन ऐसी बात मेरे मन में उठेगी, उस दिन मैं इस्तीफा देकर अलग हो जाऊँगा; परंतु मैं मानता हूँ कि मैं बहुत कुछ आपके विचारों का आदमी हूँ। आपकी इज्जत मेरे दिल में है। इसीलिए सोचता हूँ, यह नौकरी क्या आपके लिए ठीक रहेगी?'

'बिल्कुल नहीं,' अमजद ने कहा, 'यह मैं खूब जानता हूँ। मैंने मना भी किया था, परंतु मि. करामत अली, एम.एल.ए. ने मुझे मजबूर किया। उनका भी दोष नहीं

है, मेरी हालत ही ऐसी थी कि उन्हें कोई और रास्ता न सूझ पड़ा। मुझे अपनी फिक्र इतनी नहीं सताती, जितनी बेगुनाह बीवी की...।'

'कोई प्राइवेट नौकरी क्यों नहीं ढूँढ लेते?'

वह हँसा 'उन्हें आप क्या समझते है! वे पूँजीपति हैं और पूँजीपति Love me and love my dog में विश्वास करते हैं। वे तनिक सा भी मतभेद नहीं स्वीकार करेंगे। वे मेरे विचार जानते हैं, पास भी नहीं फटकने देंगे।'

'सो तो ठीक है।'

'फिर...?'

'फिर आप बेबस हैं। आते रहिए। काम मैं बता दूँगा। यह इंडेक्स है, फाइलें हैं, डायरियाँ हैं। आप चाहें तो आज से ही काम शुरू कर दीजिए। डाक पड़ी है, लिफाफे बना लीजिए।'

अमजद ने चुपचाप डाक सँभाली और दूसरी मेज पर बैठकर लिफाफे बनाने लगा। उसका हाथ काँपने लगा था, पते ठीक-ठीक नहीं लिखे जा रहे थे। वह बार-बार निशिकांत के पास आता और पूछने लगता, लेकिन फिर भी उसका मन नहीं जमा। उसको लेकर दफ्तर में इधर-उधर कानाफूसी होने लगी। वह उठा, बोला, 'मैं कल आऊँगा।' निशिकांत मुस्कुराया, 'ठीक है, आप कल सवेरे दस बजे आ जाइए। विश्वास रखिए, मेरे होते आपको कोई तकलीफ नहीं होगी।'

उसने कहा, 'आपकी मेहरबानी है।' और वह चला गया, परंतु उसके बाद एक-एक करके अनेक कल आए पर अमजद नहीं आया। जैसे-जैसे दिन बीतते गए, निशिकांत उसके लिए चिंतित होता गया। वह घर नहीं जानता था। वह किसी से उसकी चर्चा करना भी पसंद नहीं करता था, इसलिए वह चिंता अंदर-ही-अंदर उसे विकल बनाती रही। तभी एक दिन एक लड़का उसके पास आया और उसका सिर घुटा हुआ था। आँखों से भयंकरता टपक रही थी। बदन काला और नंगा था। उसने केवल एक मैला-कुचैला तहमद लपेटा था। उसने आते ही कहा, 'निशिकांत बाबू तुम हो?' (निशिकांत को उसने निसिकांत कहा था) निशिकांत ने जवाब दिया, 'हाँ, मैं ही हूँ।'

'यह परचा अमजद मियाँ ने दिया है।'

उत्सुकता और अचरज के साथ निशिकांत ने वह परचा ले लिया, पढ़ा— 'जनाब बाबू निशिकांत साहब, तसलीम!

क्या आप मेहरबानी करके आज शाम को बंदे के गरीबखाने पर तशरीफ ला सकेंगे? एक निहायत जरूरी मसले पर आपकी राय का मुतलाशी हूँ। बवजह अलालत आपकी खिदमत में हाजिर नहीं हो सकता। माफी का खास्तगार हूँ।

नियाजमंद,<br>अमजद'

निशिकांत मुस्कुराया, फिर उस लड़के से पूछा, 'घर कहाँ है?'

डोगरों की मसजिद के पीछे।

'कह देना, आऊँगा।'

और जब संध्या को निशिकांत डोगरों के मोहल्ले में पहुँचा तो उसे नाक दबा लेनी पड़ी, मांस की बदबू वह सह न सका। छिः, छिः, उसने सोचा, कैसी गंदी जगह है? कैसे रहते हैं यहाँ ये लोग?

तभी तहमदवाला लड़का पास से गुजरा–'उधर, उधर बाबूजी, वह रहा अमजद का घर।' निशिकांत ने उधर देखा तो पाया कि अमजद आप ही टाटा का परदा उठाकर बाहर आ गया, 'आइए, आइए। बड़ी तकलीफ की आपने, आदाब अर्ज।'

'आदाब अर्ज, निशिकांत मुस्कुराया, 'तकलीफ की क्या बात है? आपकी तबीयत कैसी है अब?'

'शुक्रिया, बुखार अब कुछ हलका है।'

और तब तक वे दोनों टाट का परदा उठाकर अंदर आ गए थे। जैसाकि निशिकांत ने देखा, वह एक कच्ची दहलीज में खड़ा था, जिसकी दीवार सील और जालों से भरी हुई थी। जगह-जगह से लेबड़े उतर रहे थे। यहाँ-वहाँ से छत के बरगे भी खिसक गए थे औ कड़ियाँ दोहरी होने के लिए बूढ़ों से होड़ ले रही थीं। परदा बेहद बोदा और काला था। सामान के नाम एक मोढ़ा और एक चारपाई वहाँ पड़ी थी, जिसपर यथाशक्ति साफ बिस्तर बिछा था। उसीपर अमजद लेटा हुआ था। उसी के एक कोने पर वह बैठने लगा, तो अमजद ने कहा, 'आप मोढ़े पर आराम से बैठिए।'

'यहीं ठीक हूँ।'

'मानिए तो...।'

'तकल्लुफ न कीजिए। आप कमजोर हैं, लेट जाइए।'

'जी बुखार में कमजोरी हो ही जाती है।'

'जी हाँ! जान निकाल देता है बिलकुल।'

अमजद मुस्कुराया, 'जान ही तो नहीं निकालता। सिसकता छोड़ देता है।'

निशिकांत भी मुस्कुराया, 'ऐसा न कहिए, ठीक हो जाएँगे। मेरे लिए कोई खिदमत फरमाइए।'

अमजद ने कहा, 'बुलाया है तो अर्ज करूँगा ही। न जाने क्यों आपसे कुछ मुहब्बत सी हो गई है।'

निशिकांत हँसकर रह गया।

'आपने जो कुछ उस दिन कहा था, वह मेरे दिमाग में बराबर घूम रहा हे। मैं सोचता हूँ, मैं नौकरी नहीं कर सकता करनी भी नही चाहिए, लेकिन...।'

'लेकिन क्या...?'

'क्या बताऊँ, जीने के लिए पेट भरना जरूरी है और वह मैं कर नहीं पा रहा हूँ। घर की हालत जो कुछ भी है, वह बता नहीं सकूँगा।'

निशिकांत ने सहानुभूति भरे स्वर में कहा, 'बताने की जरूरत भी नहीं है मैं देख रहा हूँ...।'

'जी, यही बात है, वरना निशिकांत बाबू, मैंने तो अपनी जिंदगी का यही उसूल बनाया था कि आजादी के लिए जान लड़ा दूँगा। आजादी की पहली शर्त यह थी कि देश के सब हिंदू-मुसलमान एक हों और इन्सान बनें। उसके लिए मैंने एक ही रास्ता सोचा था।

'क्या?'

'यही कि हम सब अपने को इन मजहब और खुदा के महंतो से बरी कर लें। वही भाई-भाई को लड़ाते हैं।'

'तुम ठीक कहते हो। मुझे भी ऐसा ही लगता है।'

'जरा सोचिए तो सही, हम सब एक-दूसरे से इसलिए लड़ते हैं कि मैं मुसलमान हूँ और आप हिंदू, लेकिन मुझे मुसलमान बनाया किसने? मैंने जब से होश संभाला, तब से अपने को मुसलमान पाया और यही सुना कि हिंदू काफिर हैं, गुमराह हैं, उनको रास्ते पर लाना हमारा फर्ज है। फर्ज को पूरा करने के लिए झूठ, फरेब, मक्कारी, धोखेबाजी, जो कुछ भी मैं करूँ, सब जायज है। यही हालत तुम्हारी है।'

'कुछ ज्यादा ही है दोस्त! हम लोग तुम्हारी छुई चीज को भी नापाक समझते हैं।

'हाँ! देख लीजिए कुछ हद है हैवानियत की?' '

'बेशक। वह धर्म और तहजीब क्या, जो हमें ऊँचा नहीं उठा सकती, जो हमें इन्सानियत के रास्ते पर नहीं ला सकती?'

'कभी-कभी तो मुझे अपने मुसलमान होने पर घृणा होने लगती है।'

निशिकांत ने कहा, 'इसमें तुम्हारा क्या दोष है? यह तो परमेश्वर की बात है। उसी ने तुम्हें मुसलमान बनाया और मुझे हिंदू। हम-आप तो कुछ बने नहीं, तब क्यों इस बात के लिए नफरत या मुहब्बत करें। सोचने की बात केवल इतनी है कि क्या हम 'इन्सान बन सकते हैं?'

'नहीं बन सकते।'

'क्यों...?'

'क्योंकि जब तक खुदा और मजहब हैं, तब तक इन्सान की अक्ल आजाद नहीं हो सकती।' निशिकांत झिझका, 'शायद तुम ठीक कह रहे हो, लेकिन मै सोचता हूँ, ईश्वर और धर्म के विरूद्ध सीधे जेहाद बोलने से तो हम कुछ बना न सकेंगे। सारी दुनिया दुश्मन न बन जाएगी।'

अमजद क्षण भर के लिए ठिठका, 'यह तो आप ठीक कहते हैं। मेरी यही हालत है। मुसलमान मुझसे नफरत करते हैं। हिंदू मुझपर यकीन नहीं करते। कोई मुझे पास नहीं फटकने देता। दु:ख दर्द में मैं अकेला तड़पता रहता हूँ। गरीबी उतना तंग नहीं करती, जितनी नफरत।'

‘आप ठीक कहते हैं। जहाँ सहानुभूति है, वहाँ गरीबी रह ही नहीं सकती।’ ‘मन कहता है कि छोड़ इस झगड़े को। कौन पूछता है तुझे और तेरी ईमानदारी को, पर दिमाग बोल उठता है कि जिस रास्ते को तू ठीक समझता है, उसे केवल चंद दुनियावी मुश्किलों की वजह से छोड़ना बुजदिली है। उस दिन दफ्तर चला तो गया, पर अभी तक ऐसा लग रहा है कि कोई बड़ा भारी पाप किया हो...।’

निशिकांत सहानुभूति से उमड़ पड़ता था, बोला, ‘एक बात कहता हूँ, तुम दिल्ली चले जाओ।’

‘दिल्ली?’

‘हाँ, वहाँ तुम्हारी पार्टी है, नेता हैं, संगठन है, तुम्हारी पूछ हो सकती है।’

‘कहते तो आप ठीक हैं। सोचूँगा।’

‘किसी को जानते हो?’

‘पार्टी में नेता मिस्टर ज्योति प्रसाद को।’

‘तब ठीक है। सुना है, वे तो पैसेवाले भी हैं।’

‘पैसेवाले होते खतरनाक हैं। हर चीज को पैसे के मापदंड से नापते हैं।’

‘पर भाई, पैसे बिना क्या काम चल सकता है? यह खतरा तो उठाना ही पड़ेगा।’

‘अच्छा। अगर आपकी यही राय है। आप नहीं जानते मैं आपकी राय की...।’

‘हाँ, हाँ, जरूर जाओ,’ बिना सुने ही निशिकांत ने कहा। और वह उठा, ‘अच्छा चलूँ अब, देर हो रही है।’

अमजद कृतज्ञता से हँसा, ‘जाएँगे। आपको बड़ी तकलीफ हुई, लेकिन रुकिए, पान लाता हूँ।’

‘नहीं, नहीं, मैं पान नहीं खाता।’

‘आखिर...।’

‘यकीन रखिए, मुझे जरा भी परहेज नहीं है।’

और वह मुड़ा तो सहसा अंदरवाले दरवाजे पर निगाह अटक गई। दो पैर एक कोने में जमे हुए थे। उसके उठते ही तेजी से अंदर गायब हो गए। निशिकांत ने साफ-साफ देखा—वे पैर किसी नवयुवती के थे—गोरे, सुडौल और उठे हुए।

वह आदाब अर्ज करके बाहर निकल आया। अमजद भी दरवाजे तक आया। तब काफी गहरा अँधेरा हो आया था और बिजली की धीमी रोशनी घर की सफेदी की तरह चमक रही थी। दरवाजे पर रुककर अमजद ने हिचकिचाते हुए कहा, ‘निशिकांत बाबू...।’

‘जी...।’ वह मुड़ा।

‘माफ करिए, मैं एक बात...।’

‘हाँ, हाँ कहिए...।’

'आपके पास अगर दो-चार रुपए हों तो मेहरबानी करके उधार दे दीजिए। मैं जल्द-अज-जल्द लौटा दूँगा। सच जानिए, दवा...।'

निशिकांत एकदम बोल उठा, 'मै जानता हूँ। मेरे पास केवल पाँच रुपए हैं, उन्हें लौटाने की कोई जल्दी नहीं है।'

अमजद ने हाथ बढ़ाकर रुपए ले लिये। निशिकांत ने धुँधले प्रकाश में देखा कि हाथ काँप रहा है और चेहरा सफेद हो गया है। वह तब एक क्षण के लिए भी वहाँ नहीं रुका और शीघ्रता से आगे बढ़ गया।

× × ×

सकीना की आँखों में पीड़ा गहरी थी, उससे बोला नहीं जा रहा था। वह निढाल सी खाट पर पड़ी थी। अमजद ने उसे देखा। पूछा, 'तबीयत ज्यादा खराब है?' सकीना कुछ बोली नहीं, शून्य में ताकती रही।

'सकीना!'

'जी...।'

'पूछता हूँ, तबीयत ज्यादा खराब है?'

उसने मुस्कुराने की चेष्टा की। मुख का पीलापन गहरा हो आया। बोली 'क्या कहा उन्होंने?'

'उन्होंने...।'

'जी।'

सहसा चेहरे का रंग पलटा, पर किसी तरह अपने को काबू में करके उसने कहा, 'समझ लो कि मना कर दिया।'

'समझ लूँ। क्या माने...?'

आँखें ऊपर उठाकर सकीना बोली।

'हाँ सकीना! हमें समझना ही पड़ेगा। उनका कहना है, मैं बहुत घबराता हूँ, मामूली बीमारी है, हकीम की दवा से ठीक हो सकती है। वे डॉक्टर को बुला कर केस बिगाड़ना नहीं चाहते मुल्क की सेवा के लिए उन्हें मेरी जरूरत है...।'

स्वर तेज होने लगा था। तो सकीना मुस्कुराई, 'ठीक तो कहा उन्होंने?'

सकीना...।'

'मुल्क की खिदमत के सामने किसी की बीमारी कोई चीज नहीं है।'

आवाज फिर गिरी, 'यह मैं मानता हूँ सकीना, पर यहाँ बात कुछ और ही है। बीमारी साधारण नहीं है, उसकी वजह भी आरजी नहीं है। पेट में डालने को जिसे पूरा-पूरा खाना नहीं मिला, जिसकी कोई ख्वाहिश कभी पूरी नहीं की गई, गरीबी और मुफलिसी ने जिसके बच्चों को उठा लिया, जिसने अपनों की ठोकरें खाईं और जो दूसरों की मुहब्बत से महरूम रहा, उसकी बीमारी क्या बीमारी है? वह तो घुन है, जो तन-बदल की मिटट्री बनाकर रहेगा।'

अमजद की आँखों में नफरत फिर उमड़ने लगी! सकीना ने अपना पतला हाथ ऊपर उठाया, आँखों में आँखें डालीं। उनमें रोशनी नहीं थी, पर एक निमंत्रण जरूर था, जो किसी भी कठोर हृदय को पिघला सकता था, लेकिन अमजद ने उसे नहीं देखा। देखता भी कैसे, उनकी अपनी आँखों से चिनगारियाँ फूट रही थीं। वह कहता रहा, 'मुझे उनसे कोई ज्यादा शिकायत नहीं है। मैं उनके पैरों पर पलने नहीं आया था। सिर्फ वे मुझे अपना समझते। मुझे उन्होंने सदा गैर समझा। मेरा मुसलमान होना सदा उनके हिंदूपन को ठेस पहुँचाता रहा। एक बार भी वे या उनकी बीवी तुम्हारा हाल पूछने नहीं आईं। उन्हें हमसे जरा भी हमदर्दी नहीं है। हमसे ज्यादा उन्हें मोटर प्यारी है। दूसरों के लिए केवल तीन लफ्ज वे जानते हैं– त्याग, तपस्या और सेवा, लेकिन इसके लिए इन्सानियत की शर्त वे नहीं मानते। उसका उन्हें जरा भी एहसास नहीं है। नहीं तो क्या वे एक दिन भी हमें अपने घर न बुलाते...।'

सकीना से रहा नहीं गया, बोली, 'क्या हो गया है तुम्हें। किसी की बुराई करना गुनाह है और फिर उसकी जो हमें पनाह दिए हुए है...।'

'चुप रहो सकीना,' वह चिल्ला उठा, 'मैं किसी की पनाह में नहीं रहना चाहता। पनाह गुलामी है। उनके पास पैसे हैं इसीलिए वे पनाह दे सकते हैं! क्या यह इन्सानियत हैं? क्या यह खुदाई? यह तो...यह तो...।'

'तुम्हें क्या हो गया है? तुम चुप क्यों नहीं होते। मेरा दिल बैठा जा रहा है।' सकीना ने फिर मुश्किल से अपने को सँभालते हुए कहा।

अमजद की आँखों में आँसू भर आए, 'मुझे अफसोस है कि मैं भी तुम्हारी बीमारी को भूल चला था, लेकिन मैं क्या करूँ, सकीना! मैं उनके पास गया, बताया कि तुम घुलती जा रही हो, इल्तजा की कि एक बार डॉक्टर शर्मा या हमीद को दिखा दें तो वे चिल्ला उठे–तुम्हारे दिमाग में भी अमीरी घुस गई है; अमीरी गुनाह है, उसे भूल जाओ। जाओ, उसी दवा से ठीक हो जाएगी।'

'वे शायद ठीक कहते थे।'

'खाक ठीक कहते थे। वे ढोंगी है, उन्हें बोलने की भी तमीज नहीं है। हो भी कैसे? वे दूसरे को इन्सान समझते ही नहीं। मैं...।'

सकीना ने उठना चाहा, पर उठ न सकी, अधबीच में ही लड़खड़ाकर गिर पड़ी, बदन निढाल हो गया, आँखें मिंच गईं। अमजद ने देखा तो चीख उठा, 'सकीना!!'

वह बोल नहीं सकी, हाथ हल्की सी हरकत करके रह गया।

'सकीना! सकीना!! क्या हुआ तुम्हें...?'

अमजद घबरा उठा। जल्दी-जल्दी मुँह पर पानी के छींटे दिए, हाथ-पैर सहलाए, तब कहीं जाकर सकीना ने आँखें खोलीं। धीरे से बोली, 'घबराओ नहीं। ऐसी बात नहीं है। कमजोरी के कारण दिल में धड़कन बढ़ गई है। ठीक हो जाएगी।'

'मैं जानता हूँ सकीना! यह कब और कैसे ठीक होगी।'

सकीना मुस्कुराई, 'तुम न जानोगे तो और कौन जानेगा, मेरे सरताज!' फिर

करवट लेकर सकीना ने अपने दोनों पीले हाथ अमजद की गोदी में रख दिए और आँखें मींच लीं, मानो उसे राहत मिल गई।

× × ×

उधर निशिकांत को अमजद का कोई समाचार नहीं मिला तो हिम्मत करके एक दिन वह उसके मकान पर पहुँचा। उसके दरवाजे पर टाट का फटा परदा उसी तरह पड़ा हुआ था। वह ठिठक गया, आवाज दी, 'अमजद साहब!'

कोई नहीं बोला!

फिर पुकारा, 'अमजद साहब!'

अंदर से एक प्रौढ़ आदमी निकल आया। उसका चेहरा तना हुआ था, आँखें चमक रही थीं। बदन पर चारखाने का एक तहमद था, बस आकर बोला, 'हाँ! क्या है?'

'यहाँ अमजद साहब रहते थे?'

'रहते थे।'

'अब कहाँ हैं?'

'दिल्ली।'

'बच्चे भी?'

'हाँ, बच्चे भी। बीमार हो गई थी।'

निशिकांत ने विनम्र होकर कहा, 'माफ करिएगा, क्या आप बता सकेंगे कि वे यहाँ आए थे?'

आदमी ने सिर से पैर तक निशिकांत को देखा, फिर पूछा, 'आप क्यों पूछते हैं? क्या मतलब है?'

'मैं अमजद का दोस्त हूँ।'

उसने अजीब मुद्रा बनाकर कहा, 'शायद स्कूल में साथ पढ़े होंगे, नहीं तो हिंदू की क्या दोस्ती! बहुत दिनों तक अमजद भी इसी भूल-भुलैया में पड़ा रहा। न जाने क्या-क्या कुफ्र की बात करता था। दिल्ली में कोई लाला है लीडर। उनके पास जूतियाँ चटखाता रहा, बीवी मरने को हो गई, पर किसी ने पूछा भी नहीं। तब खुदा याद आया। याद आया तो दिन भी फिरे। अब यहाँ मुसलिम नाईट स्कूल में हेडमास्टर हो गया है। कल ही आएगा।'

निशिकांत ने सुन लिया। एक दफा तो धक् से रह गया, फिर सँभलकर बोला, 'जी, अब उनके घर में ठीक हैं?'

'अब तो खुदा का शुक्र-ही-शुक्र है।'

'यही चाहिए।'

वह मुड़ा, तो उस प्रौढ़ व्यक्ति ने पूछा, 'तुम्हारा नाम...?'

'कोई जरूरत नहीं। मैं आकर मिल लूँगा।'

और वह शीघ्रता से आगे बढ़ गया कि कोई पुकार न ले। वह उस वातावरण

से दूर भाग जाना चाहता था। उसका दम घुट रहा था और दिमाग में एक अजीब उमस सी ैदा हो रही थी। वह कुछ भी स्पष्ट नहीं सोच पा रहा था और कदम इस तेजी से बढ़े चले जा रहे थे कि जैसे ही वह उस बस्ती से बाहर निकला तो एक व्यक्ति से टकरा गया। उसने चौंककर पीछे हटते-हटते कहा, 'माफ करना मैं जल्दी में था।'

वह व्यक्ति बोला, 'कोई बात नहीं...' कि एक दम निशिकांत को पहचानकर उसने कहा, 'अरे, आप निशिकांत बाबू! कहाँ गए थे?'

निशिकांत ने भी उन बंधु को पहचाना, बोला, 'जरा एक मित्र के यहाँ तक गया था।'

'कौन?'

'अमजद।'

वे चौंके 'अमजद! वह कब से तुम्हारा मित्र बना। धोखेबाज कहीं का?'

साम्यवादी बनता था! अब पाकिस्तान को अपना लक्ष्य बताता है।'

'हाँ, सुना तो है।'

उन बंधु के साथ एक और साथी थे, बोले, 'सुना नहीं, मैंने आँखों से देखा है। जो अमजद धर्म के विरुद्ध बोलते नहीं थकता था, वह आज खुदा की कुदरत, मुसलमान धर्म की वैज्ञानिकता तथा कुरान के फलसफे पर ऐसा बोलता है, जैसे कोई पहुँचा हुआ मौलवी। हिंदू-मुसलिम एकता के लिए जो प्राण तक देने को तैयार था वह अब पाकिस्तान पर कुरबान है।'

'बेशक, ' पहले साथी ने कहा, बेशक इस बेईमान कौम का क्या भरोसा! यह क्या कभी किसी की हुई है?'

'न कभी हुई और न कभी होगी।'

निशिकांत को झुँझलाहट हो रही थी। उसे लग रहा था कि जैसे वह अपनी पराजय स्वीकार करता जा रहा है उसने कहा, 'मुझे ताज्जुब होता है...!'

'ताज्जुब कैसा, मैं तो उसे सदा से कमीना समझता रहा हूँ।'

अनायास निशिकांत के मस्तिष्क में एक बात उभर आई। वह तेजी से बोला, 'अच्छा वह कमीना है, परंतु इस कमीनेपन का कारण क्या है? बिना कारण के तो कभी कुछ होता नहीं। उसे यदि हम खोजें तो मेरा विश्वास है कि उसके पैदा होने में हमारा भी बहुत बड़ा हाथ है। उसका कमीनापन हमारे कारण है। कमीने हम हैं। तब यह हमारे हाथ में है कि उस कारण को नष्ट कर दें, जिसने उसे कमीना बनने को मजबूर किया है। और उसके कमीनेपन को दूर करने से पहले अपने कमीनेपन को दूर करने की कोशिश करें।'

इतना कहकर वह शीघ्रता से आगे बढ़ गया। साथी अचानक भँवर में पकड़े गए तैराक भी भाँति बेबस देखते ही रह गए।

अमजद फिर वहीं लौट आया। अब वह स्कूल का हेडमास्टर था और स्थानीय लीग का सेक्रेटरी। उसकी इज्जत थी, पूछ थी। मुसलमान अदब से सलाम झुकाते थे और मजलिसों में ऊँचा पद मिलता था। निशिकांत ने कई बार दूर से उसे देखा; चाहा, पुकार ले, पर न जाने क्यों झिझक गया—देखना चाहिए कि वह स्वयं आएगा या नहीं लेकिन वह नहीं आया। तब एक दिन निशिकांत उसके घर पहुँचा। अब वह बाजार में एक पक्के मकान में रहता था, जिसकी मरदानी बैठक में कुरसियों को प्रबंध था। वह संध्या से पहले गया था, ताकि उससे अकेले बातचीत कर सके और वह तब अकेला ही था। निशिकांत को देखा तो एक बार उसके चेहरे का रंग पलटा, फिर बरबस मुस्करा पड़ा। निशिकांत ने कहा, 'अमजद बाबू, क्या बात है, दिखाई नहीं दिए?' अमजद सहमा-सहमा बोला, 'माफ करिए। काम की ज्यादती की वजह से आपके नियाज हासिल न कर सका। आपको मेरी चिट्ठी मिली होगी...।'

'जी शुक्रिया, मनीऑर्डर मिल गया था।'

'जी, आप शरमिंदा करते हैं। मैंने सोचा था कि मैं जाऊँगा ही, पर वे बोलीं—न जाने कब जाना हो, मनीऑर्डर कर दीजिए। जो वक्त पर काम आया था, उसे ऐसा मौका क्यों देते हो कि आप पर शक करे?'

इस बात से निशिकांत बड़ा प्रभावित हुआ, 'नहीं, नहीं ऐसी बात नहीं थी।'

अमजद ने कहा, 'आपके लिए नहीं, परंतु आज दुनिया के लिए यह बात ठीक है।'

'होगी,' निशिकांत बोला, 'परंतु मैंने सुना है कि अब आप मुसलिम लीम में शामिल हो गए हैं।'

क्षण भर में उसके चेहरे का रंग कई बार उलटा, झिझका, परंतु अंत में दृढ़ होकर उसने कहा, 'बेशक, आपने ठीक सुना है और मुझे उसका जरा भी दुःख नहीं हैं।'

निशिकांत अचकचाया, 'मैं दुःख की बात नहीं कहकता, परंतु मैं तो यही जानना चाहता हूँ कि क्या आपके खयालात पहले जैसे ही हैं।'

अमजद ने अपने को फिर सँभाला, 'खयालात की बात यह है कि मैं अब भी मुल्क की आजादी का हामी हूँ, अब भी मुझे मजहब और खुदा से कोई खास मुहब्बत नहीं है, परंतु मैं मानता हूँ कि मुझे कई वजहात से इस बारे में समझौता करना पड़ा।'

'क्या वजह हैं वे, बता सकेंगे?'

'वजह सबसे बड़ी एक यह है कि हिंदू-मुसलमान एक नहीं हो सकते। हिंदू अमीर हैं, तंगदिल हैं, वे गरीब मुसलमानों को अपना नहीं समझ सकते।

'इसीलिए आप पाकिस्तान के हामी हो गए हैं?'

'बेशक मैं मानता हूँ कि पाकिस्तान के बिना इस मुल्क को आजादी नसीब नहीं हो सकती। आजादी के लिए जरूरी है कि मुसलमान अपने को महफूज और ताकतवर समझें। आजकल की हालत में वे सरमायादार हिंदुओं की दया...।'

निशिकांत ने देखा कि अमजद कुछ तेज होता जा रहा है। उसने एकदम बात टालनी चाही और पूछा, 'अच्छा, छोड़िए इन बातों को। कहिए, आपके घर में से तो ठीक है?'

'जी हाँ,' अमजद ने काह, 'खुदा का लाख-लाख शुक्र है। उसी की बीमारी ने मुझे रास्ता दिखाया है। मैं गरीब था। अकेला था। मि. ज्योति प्रसाद बड़े नेता हैं, अपने को सरमायादारों का दुश्मन कहते हैं, परंतु वे हिंदू हैं और सरमायादारी धर्म की शर्त है। उनहें हमदर्दी तो जरा भी नहीं थी। उनके घर में कहीं भी बेतकल्लुफी से नहीं बैठ सकती थी। लेकिन आप कह सकते हैं कि ये बातें इतनी जल्दी दूर नहीं हो सकतीं। मैं भी मानता हूँ। पर इन्सानियत तो कोई चीज होती है, उस दिन जब मेरी बीवी की हालत नाजुक थी, पर मुसलमान मुझसे नाला थे, नफरत करते थे, मैं कुदरतन आपने हिंदू दोस्त की तरफ मुड़ा, पर सच मानना, उसने मुझे बातों में उड़ा दिया...!'

कहते-कहते अमजद का स्वर बहुत कड़वा हो उठा। उसने कहा, 'उसकी हालत गिरती ही गई तो मैं लाचार अपने एक पुराने मुसलमान दोस्त के पास गया। उसने मेरी मदद की। वह अमीर नहीं था, परंतु जो कुछ भी वह कर सकता था, उसने किया। अपनी बीवी को लेकर रात-रात भर मेरे घर रहा, उसने मेरी बीवी को बचा लिया। पैसा उसने दिया, पर पैसे से ज्यादा उसने मुझे वह चीज दी, जो इन्सान को इन्सान बनाती है, वह हमदर्दी है। उस दिन मैंने जाना कि अपने कौन हैं...।'

भावों की उत्तेजना में वह खोने लगा था। उसकी रक्तमयी आँखों में जलकण चमक उठे थे। उसने कहा, 'निशिकांत बाबू! तुम्हारी याद उस दिन भूली नहीं थी; आज भी खुदा और मजहब का ख्याल मुझे कँपा देता है। अब भी मैं एक ऐसी कौम का ख्वाब देखा करता हूँ, जिसके बाहर-भीतर कहीं कोई भेद न हो।'

निशिकांत मुस्कुरा उठा। उसने अमजद का हाथ अपने हाथ में लेकर कहा, 'दुनिया का हर बड़ा काम शुरू में सपना ही मालूम होता है, अमजद बाबू! तुम मुसलिम लीग में शामिल हो गए हो तो फिक्र क्या है। पाकिस्तान होने पर भी हिंदू-मुसलमानों को यहीं और इसी तरह रहना होगा। उनके आपसी संबंध किस प्रकार सुधर सकते हैं, यह समस्या बनी ही रहेगी। उसको आपके और मेरे जैसे व्यक्ति ही सुलझा सकते हैं। उसका रास्ता वही है, जो एक दिन आपने सुझाया था।'

फिर उठते-उठते कहा, 'अब चलूँ! देर हो रही है। एक दिन आपके स्कूल में आऊँगा। अब आप बड़े आदमी हैं, किसी दिन गरीबखाने पर तशरीफ लाइए।'

अमजद न जाने कैसा हो चला। बोला, 'लेकिन आप मुझसे नफरत नहीं करते, निशिकांत बाबू? हिंदू तो...।

निशिकांत मुसकुराया, 'अमजद बाबू! मैं नफरत क्यों करूँ? मैं क्या केवल हिंदू ही हूँ? आप ही ने एक दिन बताया था कि यह धर्म हमारी कमाई नहीं हैं और फिर आपके दृष्टिकोण को समझने के लिए मुझे आपसे और भी दोस्ताना करना होगा।

आप लीग में हैं, इसी कारण नफरत करने की बात मुझे एकदम लचर मालूम होती है...।' और फिर मुड़कर उसने कहा, 'मुझे बड़ी प्यास लगी है, पानी पिलाइए।'

अमजद एकदम बोला, हाँ, हाँ! अभी लाता हूँ। तशरीफ रखिए।'

वह उठा कि अंदर जाए पर न जाने क्यों एकदम झिझक गया, 'लेकिन मेरे घर का पानी क्या आप पी सकेंगे?'

'क्यों नहीं पी सकूँगा? उसमें हुआ क्या है?'

अमजद अंदर चला गया। निशिकांत ने देखा कि चिक के पीछे दो कदम एकदम पीछे हटे। उन्हें देखकर उसके मन में उठा—क्या है जो इतने भेद का कारण है? क्या मैं चाहूँ तो भी ये कारण रह सकेंगे?

अमजद ने आकर कहा, 'निशिकांत बाबू! माफ करिए...।'

निशिकांत एकदम बोला, 'क्यों, क्या घर में पानी नहीं है?'

'पानी तो है।'

'तो फिर...?'

'तो फिर कि बेगम किसी भी हालत में राजी नहीं हो रही हैं। वे कहती हैं कि मैं मुसलमान हूँ, अपने घड़े का पानी पिलाकर मैं उनका धर्म नहीं बिगाड़ना चाहती।'

'लेकिन मैं तो...।'

'मैं मजबूर हूँ और मुझे अफसोस है कि आप मेरे घर से प्यासे जा रहे हैं। इसके लिए कयामत के दिन मुझे खुदा को जवाब देना होगा।'

क्षण भर के लिए निशिकांत स्तंभित-चकित शून्य में ताकता रहा, फिर बोला 'बड़ा करारा तमाचा मारा है आपकी बेगम ने। कोई डर नहीं! यह हमारी कमाई है, पर आप मेरी ओर से उनसे कह दीजिए कि आज न सही, फिर किसी दिन उन्हें मुझे अपने हाथ से अपने घड़े का पानी पिलाना ही होगा और केवल पानी ही नहीं और कुछ भी। इसके बिना न उनका भला होगा, न मेरा।'

इतना कहकर निशिकांत बड़ी शीघ्रता से बाहर चला गया। अमजद अचरज से ठगा क्षण भर उसे देखता ही रह गया। फिर एकदम जोर से बोला, 'सकीना! वह प्यासा ही चला गया, यह ठीक नहीं हुआ।'

सकीना तब तक पास आ गई थी, मुस्कुराकर बोली, 'उनका प्यासा जाना फिजूल नहीं है, मेरे सरताज! अगर मैं उन्हें ठीक-ठीक जान सकी हूँ तो वह प्यास मुहब्बत के रंग को गहरा ही करेगी, इतना गहरा कि तब उसे कोई धो न सकेगा।'

लेकिन अमजद का दिमाग अब भी चकराया ही रहा।

(विश्ववाणी; मार्च 1945)

# ट्रेन में

गढ़मुक्तेश्वर के पास गंगा के किनारे एक छोटा सा स्टेशन है। ट्रेन वहीं आकर खड़ी हो गई। निशिकांत ने देखा कि दिन काफी चढ़ आया है, और यात्रियों का एक बड़ा समूह गाड़ी में घुसने के लिए उमड़ पड़ा है।

गाड़ी खचाखच भरी थी। उसके अपने डिब्बे में पैर टिकाने के लिए जगह नहीं थी। लोगों को रोकते-रोकते वह स्वयं दुःखी हो उठा था। रजनी साथ थी, परंतु यह अच्छा था कि देहरादून से आ रहा था, बैठने के लिए जगह मिल गई थी। उसने चाहा कि तनिक सिर निकालकर पानीवाले को पुकारे। दूसरे ही क्षण 'ओह!' कहकर वह चीख उठा।

रजनी सकपकाई, 'क्या हुआ जीए?'

लेकिन वह सँभले, इसके पहले कि एक ट्रंक उनके बीच में इस प्रकार घुस आया, जिस प्रकार घने जंगल में टैंक वृक्षों को गिराता हुआ आगे बढ़ जाता है। निशिकांत क्रोध से काँप उठा। तीव्र स्वर में बोला, 'पीछे हटा...अंधे...।' इतने में ट्रंक के पीछे-पीछे एक बेडौल बंडल सरकता हुआ चला आया। बाहर तूफान और भीतर युद्ध की चुनौती। रजनी घबराकर कोने में सिमट गई, पर न जाने क्यों क्रोध से तिलमिलाता निशिकांत सहसा हँस पड़ा। वह बेडौल बंडल एक सजीव शरीर में परिवर्तित हो चुका था। वह था एक जीणशीर्ण वृद्धा का कंकाल, हड्डियों का मात्र ढाँचा, मांसहीन मुख, छिटकी हुई नसें, ज्योतिहीन गहरी आँखें, आयु मानो अपनी गिनती पूरी कर चुकी थी, लेकिन स्फूर्ति इतनी कि एकदम खड़ी हो गई और बोली, भैया, हाथ जोड़ती हूँ। मेरी बहू नीचे है। उसे चढ़ आने दो...।'

निशिकांत की दृष्टि सहसा डिब्बे के बाहर की भीड़ पर पड़ी। एक युवती सिर से पैर तक चादर में लिपटी खड़ी थी और दरख्त की टहनी की तरह बार-बार धक्के खा-खाकर इधर-उधर झुक जाती थी।

लेकिन निशिकांत क्या करे? उसने तीव्रता से कहा, 'मैं कुछ नहीं जानता।'

वृद्धा रो पड़ी, 'मेरे बिना बहू कहाँ रहेगी, मेरे लाल? मुझ पर दया कर। निशिकांत से बोली, 'चढ़ा लो किसी तरह...।'

'किस तरह चढ़ाऊँ, देख रही हो...।'

'किसी भी तरह...।'

निशिकांत को उठना पड़ा, उसने एक बार अपने डिब्बे को देखा और बाहर खड़ी बहू को भी। स्थान का कहीं नाम नहीं था। वह दरवाजा खोलता है तो यात्री एकदम टूट पड़ेंगे...तभी गाड़ी ने सीटी दी।

वृद्धा हड़बड़ाई, 'मेरी बहू...।'

रजनी ने घबराकर निशिकांत को देखा, यात्रियों में कोई मुस्कुराया, किसी ने हमदर्दी दिखाई, लेकिन निशिकांत शीघ्रता से खिड़की से कूद पड़ा और बहू से बोला, 'चढ़ो बहन।'

वह झिझकी, पर वृद्धा चिल्लाई, 'चढ़ आ बहू, चढ़ आ।'

और दूसरे ही क्षण वह एक बहुमूल्य वस्तु की तरह बर्थ के बीचोंबीच टिका दी गई।

लेकिन अब? सब यात्री दीवार की ईंटो के समान सटे खड़े थे, उनका दम घुट रहा था। उन्होंने निशिकांत को आग्नेय नेत्रों से देखा, 'अपने सिर पर बैठाइए इन्हें।'

'बड़े दयालु हैं। चढ़ा लीजिए न औरों को भी वे क्या दुश्मन हैं?'

निशिकांत भी अपने को अपराधी मान रहा था, इसलिए बोला, 'अब तो चले ही जाएँगे। बेचारी गरीब बुढ़िया है।'

'अजी, गरीब है, तभी तो अकेली बहू को लिये तीर्थ करने आई थी।'

'जी, बहू के कारण...।'

निशिकांत अब क्रोध से भर उठा। काँपते-काँपते उसने कहा, 'चुप रहिए, जनाब। किसी के लिए इस तरह कहना शराफत नहीं है...।'

यह युद्ध की चुनौती थी, लेकिन सभी तरह की दुनिया है। ऊपर की बर्थ पर लेटे हुए एक साथी ने कहा, 'अब मत लड़िए। अब ये हमारे हैं।'

'जी हाँ, बेचारी दुखिया है।'

'और देखिए, दुनिया लड़ते-लड़ते पागल हो गई है। अब न लड़िए...।'

वृद्धा ने सबकुछ देखा, सबकुछ सुना। आँखें अभी तक सजल थीं। करुणार्द्र सी बोली, सफर की मुसीबत मैं भी जानती हूँ भैया, पर कभी-कभी आदमी बेबस हो जाता है।'

पास खड़े व्यक्ति, जिसका चेहरा चेचक के दाग से भरा था, ने कहा, 'ठीक है भाई, पर इस तरह अकेले तो नहीं चलना चाहिए। किसी आदमी को...।'

किसी आदमी को...।' वृद्धा ने एक साँस खींची।

उस व्यक्ति ने वृद्धा को गौर से देखा 'क्या कोई आदमी नहीं है तुम्हारे घर में?'

वृद्धा ने सिर हिला दिया, बोल न सकी थी।

'लेकिन बहू का...।'

'वह विधवा है। उसी के कारण तो मुझे घर से निकलना पड़ा। तीर्थ करना चाहती थी...।'

'तो विधवा हैं यह...?' दूसरे व्यक्ति ने दर्द भरे स्वर में कहा।

'और तुम्हारा घरवाला?' तीसरे ने पूछा।

वृद्धा बोली, 'बेटा, एक दिन रेल में बैठकर गया था। फिर नहीं लौटा। सुना कि रेल गिर पड़ी। सैकड़ों आदमी मर गए। वह भी मरने वालों में था। बहुत दिनों के बाद उतनी ही खबर मैं पा सकी थी।'

वृद्धा के आसपास एक करुणा सी उमड़ पड़ी। लोग भूल गए कि उनका दम घुट रहा है और वे निशिकांत से इसी वृद्धा के लिए लड़ने को तैयार थे। रजनी थी नारी। और भी करुणार्द्र हुई, बोली, 'अम्माजी, और भी लड़का होगा तुम्हारा?'

सिर हिला दिया वृद्धा ने और कहा, 'एक ही था, पर शेर था। मैं उसके लिए रोती नहीं।'

पास के व्यक्तियों का कौतूहल गहरा हुआ। ऊपर बर्थ पर एक नवयुवक लेटा सिगरेट के धुएँ के बादल बना रहा था। उठ बैठा, 'तब तुम बहादुर हो, माई।'

'लेकिन,' एक वृद्ध पुरुष ने पूछा, 'कैसे मरा वह?'

'मरा नहीं, मार डाला गया,' वृद्धा ने शून्य में देखते हुए कहा।

'मार डाला गया...?' एक साथ कई व्यक्तियों ने दोहराया।

'किसने मार डाला?' द्रवित-करुण निशिकांत ने धीरे से पूछा।

वृद्धा उसी तरह बोली, 'आदमी ने मार डाला, अपने आदमी ने...।'

'अपने आदमी ने,' सिगरेट का लंबा कश लेकर और हँसकर नवयुवक ने कहा, बेशक माँ, अपने ही मारते हैं। दूसरे ने कभी किसी को नहीं मारा कभी नहीं।'

और कहकर युवक कुछ देर जोर से हँस पड़ा। बनावटी हँसी थी, मानों विषय की गंभीरता वह नष्ट करना चाहता था, पर निशिकांत बोल उठा, 'वे भी क्या अपने जो जान के ग्राहक हों?'

युवक बोलता, इससे पहले रजनी ने पूछा, 'बात क्या थी, अम्माजी?'

'बात?' वृद्धा ने गर्व और दुःख भरे स्वर में कहा, 'उन दिनों डर और घबराहट फैली हुई थी। लोग कहते थे कि अब अपना राज आने वाला है, परंतु मैं तो देखती थी, राज पगड़ीवालों का था। एक दिन कसबे का छोटा सा थानेदार मेरे पास आया। वह हमारा रिश्तेदार था। मुझे भाभी कहता था। बोला—भाभी यह अंतू सरकार के खिलाफ काम करता है।

मैं जानती थी कि उसका क्या मतलब है। सन् 30 में अंतू जेल हो आया था। तब उसने लोगों को नमक बनाते देखा था। देखना ही उसका कसूर था और उसी के कारण वह छह महीने जेल में सड़ा। उसने कितने ही साथियों की हिम्मत बँधाई, वरना वे थानेदार के जाल में फँस जाते। मैं उससे कुछ पूछती कि अंतू आ गया थानेदार को उसने देखा, जैसे उसकी देह में आग लग गई। बोला—चाचा, तुम इतने नीच हो?

क्या मतलब?

मतलब यह है कि अम्मा को बहकाने आए हो। याद रखो, मैं किसी भी शर्त पर तुम्हारी बात नहीं मानूँगा। मैं उन्हें जानता भी नहीं। मैंने किसी को रेल उखाड़ते नहीं देखा।

और फिर मुझसे बोला—अम्मा, चाचा कहते हैं कि तुम्हारे बचने का एक ही रास्ता है कि उनके खिलाफ गवाही दो। अम्मा, यह कैसे हो सकता है?

मैंने कहा—हाँ बेटा, यह कैसे हो सकता है? हम किसी के खिलाफ नहीं हैं।

सुनकर थानेदार तुनक उठा, बोला—फिर सोच लो।

अंतू बोला—एक बार सोच लिया, चाचा। जरा सी बात के बारे में बार-बार क्या सोचना?

थानेदार उठा, उसकी आँखें सुर्ख हो आई थीं, चेहरा तमतमा उठा था। उसने कहा— मैं तुम्हें अपना समझता था, इसीलिए बचाना चाहता था, पर तुम जानबूझकर आग में कूदना चाहते हो तो मुझे दोष मत देना।

वह चला गया। अंतू हँस पड़ा। पर उसी रात को वह जेल में बंद कर दिया गया। सुना कि वह इतना पिटा कि हड्डी-हड्डी चसक उठी। उसी हालत में उसने रेल उखाड़ने वालों की मदद की थी, उसने डाक के बंबे में तेजाब डाला था, उसने पुलिस का मुकाबला किया था, और न जाने क्या-क्या किया था। मुझे वह फिर नहीं मिला...।'

गाड़ी चल रही थी, पर वृद्धा बोलते-बोलते चुप हो गई। उसका स्वर भर्रा उठा था। बहू ने धीरे से आँखों को मला और सिगरेट का धुआँ छोड़ते हुए युवक ने कहा, 'तो तुम अंतू की माँ हो। अंतू की माँ...।'

युवक का स्वर जैसे एकदम काँप सा उठा। चेचक के दागोंवाला व्यक्ति बहुत धीरे से बोला। स्वर उसका अनायास प्रेम भरा था, 'तुम अंतू को जानते हो?'

'मैंने उसे मरते देखा है...।'

कई आँखें एक साथ उठीं—चौंकती हुई वृद्धा की, घूँघट में छिपी बेबस युवती की, करुणार्द्र निशिकांत की, आँसू भरी रजनी और बहुत से यात्रियों की जिनमें कुछ बुत थे, कुछ लापरवाह, कुछ भावुक और कुछ दार्शनिक-से। सबसे पहले बुढ़िया बोली, 'तुम, तुम, उसके साथ थे...?'

युवक काँपा, 'मैं उसके साथ था, माँ। उसने मेरे खिलाफ गवाही देने से इनकार किया था।'

कहते-कहते वह युवक नीचे उतर आया। वह थर-थर काँप रहा था।

निशिकांत भावुक था। उसका हृदय भर आया। बोला, 'तुम्हारे प्राण बचाए उसने?'

दूसरा व्यक्ति दार्शनिक था, 'कुछ लोग दुनिया में इसीलिए आते हैं भइया कि दूसरों के प्राण बचाने के लिए अपनी जान दे दें।'

'जी हाँ, वे ही आदमी हैं, हम भी क्या...।'

और फिर लगभग सभी ने इस बात का समर्थन किया और समर्थन करते-करते जैसे वे मशीन से खिंचे, मानो डिब्बे को पकड़कर किसी ने जोर से झकझोरा। जगह निकल आई। बुढ़िया और बहू को चुपचाप आराम से बर्थ पर बैठा दिया गया। क्षण भर में आप-ही-आप यह सब हो गया। युवक आकर उनके पास खड़ा हो गया था। उसने सिगरेट का अखिरी कश लिया और फेंक दिया। फिर बोला एकदम, 'मुझे यहीं उतरना है, माँ। क्या तुम मेरे घर चल सकोगी?'

वृद्धा चौंकी...।

'केवल एक दिन के लिए...।'

उसके स्वर में अभी कंपन था। वृद्धा करुणा और गर्व से भर उठी, 'तू जुग-जुग जी, बेटा। तूने आज हमें पूछा, पर मैं क्या उतर सकूँगी? बहू साथ है और उसे छोड़ना अब मेरे लिए...।'

गाड़ी धीमी पड़ी, स्टेशन पास आ गया। जिन्हें उतरना था, उन्होंने श्रद्धा से उमड़कर वृद्धा को प्रणाम किया। चेचक के दागोंवाले व्यक्ति से बोला भी नहीं गया, चुपचाप हाथ जोड़कर चला गया, लेकिन आश्चर्य! नीचे आकर युवक क्षण भर खिड़की के पास खड़ा रहा। एक बार उसने वृद्धा को देखा। उसकी आँखें सहसा उबल पड़ीं। वह रोते-रोते बोला, 'माँ, मैंने झूठ बोला है। मैं पापी हूँ। मैं अंतू की मौत का कारण हूँ। मैं सी.आई. डी. में हूँ, थानेदार के कहने पर मैंने ही उसके खिलाफ रिपोर्ट की थी। लेकिन...लेकिन...मैं...।'

और आगे उसने क्या कहा—किसी ने नहीं सुना। जैसे जोर का भूचाल आ गया। सब हड़बड़ा उठे। युवक उसी क्षण भीड़ में गायब हो गया। वृद्धा की सजल आँखों ने कई रंग पलटे। बहू अनायास रजनी के कंधे पर लुढ़क गई और अनेक यात्री फुसफुसा उठे, 'तो यह सी.आई.डी. वाला था...।'

'हत्यारा।'

गाड़ी अपने मार्ग पर फिर चल पड़ी, उसी तरह खड़-खड़ करती और चीखती-चिल्लाती।

(सन् 1945)

# पर्वत से भी ऊँचा

विष्णुप्रयाग की थका देने वाली उतराई और चढ़ाई के बाद जब मैं घाटी में बसी बल्दौड़ा चट्टीपर पहुँचा, तभी वह भी बद्रीनाथ से लौटता हुआ वहाँ आकर रुका। उस समय दिन के ग्यारह बज चुके थे और आसमान साफ़ था। मेरे सामने चारों ओर ऊँचे-ऊँचे भूधर रात की शुभ्र-स्वच्छ हिम को मस्तक पर धारण किये, अनन्त सम्पदा के गर्वोन्मत्त स्वामी की तरह, अंहकारी मुस्कान से सज्जित, अनन्त की ओर निहार रहे थे। नीचे अलख जगाती हुई हर्षोन्मत्त अलखनन्दा, विष्णुगंगा के आत्मसमर्पण को स्वीकार करने पागलों की भाँति भागी जा रही थी। प्रकृति की इस विशालता और महत्ता ने तब मुझे अभिभूत कर लिया। मैं उस क्षण सब कुछ भूलकर अपने बहुमूल्य दूरवीक्षण यन्त्र द्वारा देवदारु और ओक के वृक्षों के परे, सुगन्ध और शक्ति को नाभि में छिपाये रखने वाले कस्तूर को खोजने लगा। कुछ क्षण पूर्व दाई (बोझा ढोनेवाला) ने मुझे बताया था—'भालू और कस्तूरा, और कभी-कभी बाघ भी उस पार नीचे तक उतर आते हैं। तब साहब लोग उनका शिकार करते हैं।'

यद्यपि तब उनके आने की कोई सम्भावना नहीं थी, तो भी मुझे लगा कि हो सकता है वृक्षों की छाया में कोई कस्तूरा, मेरी तरह, साँस लेने रुक गया हो, पर मैं यन्त्र का उपयोग पूरी तरह कर भी न पाया था कि वह तंग घाटी अनेक व्यक्तियों के मुक्त अट्टहास से गूँज उठी। चकित होकर मैंने उस दिशा में देखा। एक दाई ने खिलखिलाते हुए कहा, 'सुना बाबूजी!'

'क्या?'

'यह बाबा कहते हैं, दर्शन तो हो गये, पर अब घर कैसे पहुँचें?'

तब मेरी दृष्टि हँसी के पात्र उस बाबा पर गयी। देखा—एक क्षीणकाय वृद्ध है, जिसका पतला मुख क्षीर के समान श्वेत बालों से ढका हुआ है परन्तु उनके बीच से झाँकते हुए उनके दोनों नयन अमित विश्वास से पूर्ण हैं। उसके पैर लडखड़ाते हैं। उसने एक मैली धोती और कन्धे की ओर लगने वाले बटनों का एक कुरता पहना है, जिसके भीतर से निकलता हुआ जनेऊ उसके द्विजत्व का साक्षी है। उसकी कुल सम्पत्ति में एक लाठी, एक कम्बल तथा एक वैसी ही मैली धोती की गणना की जा सकती है।

मैं अपना निरीक्षण पूर्ण करूँ, इससे पूर्व चट्टी के एक दुकानदार ने पूछा, 'क्यों बाबा, क्या बात है?'

बाबा ने उत्तर दिया, 'भूखा हूँ, चला नहीं जाता।'

'भूखे हो तो रोटी बना लो।'

'कैसे बना लूँ?'

'क्यों? आँट में कुछ नहीं है?'

बाबा ने नहीं सुना। जान पड़ा, वह बहरा भी है। प्रश्न के जोर से दोहराये जाने पर उसने बताया कि उसके पास कुछ नहीं है।

'जान पड़ता है बाबा! तुम पण्डों के चक्कर में पड़ गये थे। बड़े दुष्ट होते हैं ये लोग। सब कुछ छीन लेते हैं।'

बाबा ने बधिर के-से उसी शान्त भाव से कहा, 'पण्डे ने कुछ नहीं छीना। उसे तो बस आध सेर आटा दिया। मेरे पास वही था।'

फिर एक अट्टहास उठा जिसमें बाबा ने भी योग दिया। एक दुकानदार को शायद बाबा के भोलेपन पर कुछ दया आई। वह उठा और एक तसले में पाव-भर आटा और नमक ले आया। बोला, 'लो बाबा, आटा मथो और इस भट्टी पर रोटी बना लो। तवा यह पड़ा है।'

उस क्षण बाबा के लडखड़ाते हुए पैर और भी लड़खड़ाने लगे। नयनों मे तरलता चमक उठी पर उसके बाद उसमें जो स्फूर्ति उमड़ी वह अलखनन्दा के लिए स्पर्द्धा के योग्य हो सकती है। देखते-देखते उसने आटा मथा और उसकी दो मोटी-मोटी रोटी बनायी। एक रोटी को तवे पर डाला, पलटा और फिर भट्टी में डाल दिया।

आस पास के व्यक्तियों ने यह सब देखा और हँसते हुए कहा, 'बाबा! ऐसे बेसबरे मत बनो। रोटी कच्ची है।'

बहरे बाबा और भी बहरे हो गये। कुछ ही क्षणों में उसने दोनों रोटियाँ भट्टी सें निकालकर फिर तसले में रखीं। फिर नल पर जाकर हाथ-पैर धोये और अन्त में तसले को लेकर, मेरे पास ही उस तंग और नीची काली दीवारों वाली चट्टी में आ बैठा। दो क्षण मौन रहा, सम्भवतः तब वह अन्नपूर्णा स्मरण कर रहा था। उसकी मुद्रा बता रही थी कि क्षुधा उसे क्रूरता से पुकार रही है और वे क्षण युग बन चले हैं। किसी तरह वे बीते ओर उसके बाद उसने कच्ची-पक्की रोटी को मसल-मसलकर निगलना शुरू किया।

दाई ने फिर मज़ाक़ करते हुए कहा, 'बेसबरे बाबा! रोटी कच्ची है।'

बाबा ने मुस्कुराकर गरदन उठायी ओर बोला, रोटियाँ कच्ची नहीं हैं। मैं तो घर भी ऐसी ही बनवाता हूँ। मेरे दाँत कहाँ हैं जिनसे करारी रोटियाँ चबाऊँ?'

'बाबा, साग लोगे?' दूसरे ने ठठोली की।

'नमक पड़ा है।' बाबा ने शान्त भाव से हाथ हिलाते हुए कहा। मैं अब तक चुप था, परन्तु मेरे नयन उसकी प्रत्येक गतिविधि का निरीक्षण कर रहे थे। वह कैसे तसलें में पड़ी हुई रोटी को तोड़ता और निगलता, कैसे रोटी का कच्चा-पक्का ग्रास गले में अटकता हुआ उतरता, फिर कैसे वह हिचकी लेता।

किसी ने फिर कहा, 'बाबा मरेगा।'

दूसरा कुछ घृणा से बोला, 'अरे, यूँ ही माँगता-खाता चला जायेगा।

ऐसे दम्भियों को मौत नहीं आती।'

मैंने एक बार उस व्यक्ति को देखा और फिर बाबा को। कहने वाला सम्पन्न व्यक्ति था। वह उस श्रेणी का था, जो कहीं भी हो नियम से दिन में चार बार खाते हैं। जिनके आगे-पीछे नौकर घूमा करते हैं। उस पर भी वे श्रम के भार से पिसते रहते हैं। उनके लिए बाबा की जाति के नर-कंकाल, जो केवल श्रद्धा के बल पर बीहड़ वनों, विकराल नदियों और भयानक पथरीले मार्गों को पार कर जाते हैं, दम्भी और पाखण्डी ही होते हैं।

कुछ अच्छा नहीं लगा। क्या बाबा सचमुच दम्भी है? मेरी दृष्टि फिर उस पर जा ठहरी। वह रोटियाँ निगलकर फिर नल की ओर जा रहा था। उसके पैर पूर्वत: लड़खड़ा रहे थे। कौन जाने, वे कहाँ जवाब दे दें? उसे अभी सैकड़ों मील चलना हे। शीत बढ़ रहा है और गिरिशृंगों का हिम भी दिग्विजय के लिए निकल पड़ा है। परन्तु उसके पास कोई गरम कपड़ा नहीं है? क्या इसके घर कोई नहीं है? क्या कहीं दूर ग्राम में बैठी इसकी वृद्धा पत्नी, इसके पुत्र-पौत्र, कोई इसकी राह नहीं देखता, कोई इसे याद नहीं करता?... सहसा मुझे अपने घर की याद आ गयी। मेरी पत्नी ने लिखा था—'मुन्ना आपकीं याद में पागल हो रहा है। वह आपके कमरे में जाता है और प्रत्येक वस्तु को उठाकर कहता है, यह मेरे पिताजी की है; मुझे ताँगे में बिठाकर पिताजी के पास ले चलो...।'

तब मेरे नयन भर आये और मेरे मन ने कहा—इस बाबा की भी कोई याद करता होगा। इसे घर पहुँचना ही चाहिए। मैं इसकी सहायता करूँगा। पण्डे-पुजारियों को पैसे देता हूँ? पत्थर के देवता पर चढ़ावे चढ़ाता हूँ, फिर हाड़-मांस के इस पुतले को कैसे भुला दूँ। मेरे जैसे भावुकों की भावना पर डकैती डालने के लिए, जिन लोगों स्थान-स्थान पर मठ-मन्दिर और मूर्तियाँ स्थापित की हैं पाखण्डी वे हैं, बाबा तो...!

तभी सहसा मेरा ध्यान भंग हो गया। देखा—बाबा मेरे सामने वाली बेंच पर आ बैठा है और एक बीड़ी सुलगाने का प्रयत्न कर रहा है। मैंने यन्त्रवत् उससे पूछ लिया, 'बाबा, कहाँ रहते हो?'

बाबा बिना किसी झिझक के कहा, 'मुरादाबाद जिले में जमना पाड़ा गाँव है!'

'बड़ी दूर है, कैसे जाओगे?'

'अजी क्या दूर है? बस, हरिद्वार पहुँच जाऊँ, समझ लो घर पहुँच गया, वहाँ मेरा भाई है।'

'सगा भाई?'

'अजी गाँव का है; पर, तुम जानो जी, परदेश में गाँव का भाई सगा भाई है। फिर वहाँ बेटी है, बहन है। दिको, बेटी के यहाँ तो क्या जाऊँगा, पर बहन के तो जा सकता हूँ। और दिको जी! मै तो धोखे में आ गया। आती बेर कोटद्वार से आया। हरिद्वार से आता तो रुपये लेकर आता....।'

मैं न टोकता तो बाबा रुकने वाला नहीं था। मैंने अनुभव किया कि बाबा को किसी बात की भी चिन्ता नहीं थी। वह 165 मील दूर हरिद्वार जाने की बात ऐसे कह रहा था जैसे हवाई जहाज से जाना हो। मैंने टोककर पूछा, 'बाबा, घर पर कौन है?'

बाबा हँसा। बोला, 'सब हैं। दिको बाबूजी, बात यह हुई। अब तुमसे क्या छिपाना? उसने मना किया था और बेटे ने भी। एक बेटा है सोलह साल का।'

क्या करता हैं?

'दो लड़कियाँ हैं, अपने घर की हैं।'

एक अट्टहस उठा। बाबा ने मेरा प्रश्न नहीं समझा। मैंने उसे फिर दोहराया। बाबा बोला, 'बाबू जी, घर पर एक भैंस है, दो गायें है, आपकी दया से एक ग्याभन है। उसे क्या डर है? बस जी, उन्होंने बहुत मना किया। उनकी मरज़ी से आता तो रुपये देते, पर मैंने भी कैलास जाने की ठान ली थी। सो चल पड़ा। कह आया—'भागवान तेरा बस एक कम्बल लिये जा रहा हूँ।'

उसने बीड़ी का कश खींचा और एक क्षण रुककर कहा, और दिको बाबू जी! बात तो उन्होंने भी ठीक ही कही थी। अगले महीने धेवती की शादी है। अब तुम जानों, भात दे लो या दर्शन कर लो। पर तुम जानो मुझे भी धुन थी। चल पड़ा।'

''तो क्या अभी कैलास जाओगे?'

'अजी, चला तो कैलास के लिए था, पर किसी ने रास्ता नहीं बताया। नेपाल पहुँच जाता तो बाबूजी! कैलास भी पहुँच जाता। दिको बाबूजी, तुम्हें बताऊँ। मैंने प्रेमसागर में पढ़ा था कि कैलास में शिवजी रहे है। बस, तभी उनके दर्शनों की ठान ली। मैंने सोचा, कैलास भी द्वारका की तरह बसा होगा। बाबूजी, मैं द्वारका हो आया हूँ।'

कहते-कहते वह गर्व से भर उठा। बोला, 'बाबूजी! द्वारकापुरी के चारों तरफ़ पानी-ही-पानी है, ऐसा पानी कि मुंह मे दो तो जानो नमक भर गया। पर वहीं द्वारका की भूमि में कुएँ हैं, उनका पानी मीठा है। उसकी माया का पार नहीं बाबूजी!'

मैं कुछ कहूँ उससे पहले ही वह फिर हँसा, 'पर अच्छा हुआ, यहाँ आ गया। बादल बनते देख लिये।'

'अच्छा!'

'हाँ जी, बस पहाड़ों में-से धुआँ-सा उठता है और बादल बन जाते हैं। बड़ा अच्छा हुआ। भगवान् के दर्शन हो गये। उसकी माया देख ली। अब तो चला ही जाऊँगा। और न भी जाऊँ तो क्या है!'

मैंने सहसा कहा, 'जाओगे कैसे, ऐसे ही माँगते-खाते?'

वह तनिक भी अप्रतिभ नहीं हुआ। उसी सरल स्वाभाविक विश्वास से बोला, 'दिको बाबूजी! भूख लगती है तो सब माँगते हैं। प्रेमसागर में मैंने पढ़ा है कि गाय चराते-चराते एक बार श्रीकृष्ण जी को बड़ी भूख लगी। तब उन्होंने श्रीदामा को उस वन में यज्ञ करने वाले ब्राह्मणों के पास भिक्षा माँगने भेजा था।'

और फिर उसने उसी मस्ती में वह सारी कथा मुझे सुना दी, जिसमें ब्राह्मणों ने तो भिक्षा नहीं दी थी, पर उनकी पत्नियों ने दी थी। सुनकर मुझे ऐसा लगा कि यह बाबा मुझसे कुछ माँगे, तो मैं भी इसे दूँ।

पर इससे पहले कि मैं कुछ कहूँ, वह फिर बोल उठा, 'पर दिको बाबूजी! भूख एक दिन की हो या तीन दिन की, आदमी खाता उतना ही है जितना उसका पेट हो।'

जैसे एक झटका लगा। मैंने दृष्टि उठाकर उसे देखा। वह अपनी भोली हँसी हँस रहा था। कह रहा था, 'ज्यादा कोई खा ही नहीं सके। जो खावे वह पाप करे। तुम जानो श्रीकृष्ण कोई भिखारी थोड़े थे, भगवान् थे। उन्हें भी भूख लगी और उन्होंने भोजन माँगा, और कुछ नहीं माँगा।'

फिर एक झटका लगा। घृणा धुली, श्रद्धा ने आदर को जन्म दिया। मेरा हाथ जो जेब से रुपये निकालने को बढ़ा था, एकाएक रुक गया। यह सब एक क्षण में ही हो गया। दूसरे क्षण बाबा ने बीड़ी का अन्तिम कश खींचा और लकड़ी उठायी। बोला, 'अच्छा बाबूजी, चलता हूँ। दिको दर्शन तो हो ही गये। अब मर भी गया, तो कोई बात नहीं। पहुँच गया, तो फिर किसी दिन कैलास को चल दूँगा।'

और वह चल पड़ा। उसके पैर लड़खड़ा रहे थे। वह उस दुर्गम पर्वत मार्ग पर एक-एक क़दम रखता हुआ आगे और आगे बढ़ रहा था। आस पास के सभी व्यक्ति न जानें क्यों हँसना भूल गये थे। उसके उठते ही मैं भी उठा। दो क़दम चला। चाहा पुकारूँ, 'ओ बाबा! तुम्हें बहुत दूर जाना है, लो एक रुपया तो लेते जाओ। दो-चार दिन की छुट्टी मिलेगी।'

पर तभी मेरी दृष्टि उसकी दूर होती हुई लड़खड़ाती आकृति पर पड़ी। फिर सामने के गगनचुम्बी पर्वत-शृंग को देखा। सहसा लगा—बाबा, उस शृंग के ऊपर होकर बड़ी शीघ्रता से आगे बढ़ रहा है। मैंने आँखें मलीं, पर वह आकृति उसी तरह आगे बढ़ती चली गयी। उसकी दृढ़ता ने मेरी दया-भावना को झकझोर दिया। उसके सरल पर अमित विश्वास के सामने गर्वोनमत्त पर्वत और अभिमानिनी सरिताएँ नितान्त हेय जान पड़ीं।

मुझे उस क्षण लगा—उसे कुछ देने का विचार करना उसे छोटा करने की स्पर्धा करना है। नहीं, नहीं! मैं उसे क्या दे सकता हूँ? मुझे तो उलटे उस महान् के विश्वास के एक अंश की आवश्यकता है कि जिसके सहारे मैं इन अलंघनीय घाटियों को हँसते-हँसते पार कर जाऊँ। अगस्त के पास, पाण्डवों के पास, स्कॉट के पास, कुक, लिबंगस्टन और कोलम्बस के पास यही विश्वास तो था!

तब मैंने हाथ जोड़कर मन-ही-मन उस महान् को प्रणाम किया और चुपचाप अपने स्थान पर लौट आया।

(सन् 1950)

# एक आसमान के नीचे

प्रगतिशील कहानी लेखिका के रूप में 'दयामयी' की प्रसिद्धि दूर-दूर तक फैल चुकी थी। उसकी मातृभाषा तेलगु थी पर एम॰ए॰ उसने हिन्दी में किया था और विख्यात लेखक अभिताभ के साहित्य पर शोध कर रही थी।

उस वर्ष उसे लेनिनग्राद में होने वाले लेखक सम्मेलन में भाग लेने के लिए आमंत्रित किया गया। उसकी प्रसन्नता और भी बढ़ गयी जब उसे पता लगा कि अमिताभ भी लेनिनग्राद जा रहे हैं। इस अवसर का उसने भरपूर लाभ उठाने का निश्चय किया। उसने अमिताभ से प्रार्थना की कि वे इस यात्रा में उसे अपने साथ रहने दें।

'क्यों?' अमिताभ ने पूछा।

'क्योंकि मुझे आपको जानने का अवसर मिलेगा और यह जानना आपके साहित्य के मर्म को समझने में सहायक होगा।'

उसके बाद धीरे-धीरे वे इतने अभिन्न हो गये कि प्रायः रूसी युवतियाँ उसे अभिताभ की पत्नी समझने लगीं।

उस दिन उन्हें लेनिनग्राद से सीधे अल्माआता जाना था लेकिन किसी कारण से वह यात्रा बारह घंटे के लिए स्थगित हो गयी। तब उन दोनों ने निश्चय किया कि वे अपने रूसी दोस्त वास्या के साथ अनियोजित नगर-भ्रमण के निकल पड़ेंगे।

वास्या ने उत्फुल्ल होकर कहा, "आजकल यहाँ शादियों का मौसम है। क्यों न हम किसी बारात में शामिल हो जाएँ!'

और सचमुच बहुत शीघ्र उन्होंने अपने को विवाह-भवन के सामने पाया। नेवा नदी के तट पर स्थित इस विशाल भवन में विवाह के इच्छुक जोड़े प्रतिक्षण आते-जाते रहते हैं। उस समय भी एक बारात कारों से उतर रही थी। वर-वधू दोनों सुन्दर थे पर वधू की काली आँखें सचमुच आकर्षक थीं। उन्हें देखकर किसी का भी मन चंचल हो उठ सकता था। इसके विपरीत वर महोदय की आँखों की चमक में कभी-कभी शंका के बादल तैर आते थे। अपनी विशिष्ट वेशभूषा और हाथों में पुष्प-गुच्छ के कारण उन्हें आसानी से पहचाना जा सकता था। वास्या ने उनका परिचय कराते हुए कहा, 'हमारे ये मित्र आपकी बारात में शामिल होना चाहते हैं।'

'बड़ी खुशी से, बड़ी खुशी से, यह तो हमारा सौभाग्य है।' उल्लास से उमगते कई स्वर एक साथ वहाँ गूँज उठे। वधू ने विशेष रूप से दयामयी के दोनों हाथ अपने हाथों में लेकर चूम लिये, बोली, 'मै कह नहीं सकती मैं कितनी खुश हूँ...'

तभी उस भवन का विशाल द्वार खुला। चेहरे पर मधुर मुस्कान लिये एक प्रौढ़ा ने मधुर स्वर में कहा, 'पधारिये, मैं आपका स्वागत करती हूँ।'

भीतर मधुर-मादक संगीत मुखरित हो रहा था। सजावट अत्यन्त सुरुचिपूर्ण थी। एक ओर एक छोटे से मंच पर दो प्रसन्नचित्त महिलाएँ बैठी थीं। शेष तीन दिशाओं में सुन्दर-सुन्दर कुर्सियाँ करीने से रखी हुई थीं। वर-वधू के अतिरिक्त सभी व्यक्ति उन पर बैठ गये। वर-वधू भवन के बीचोंबीच बिछे कालीन पर खड़े हो गये। वहाँ का वातावरण किसी भी धार्मिक स्थान से अधिक पवित्र, अधिक गरिमामय था और अधिक आनंद से परिपूर्ण भी...

तभी एक महिला उठी। उन्होंने प्रत्येक नर-नारी के जीवन में आने वाले उस सुखमय और महत्वपूर्ण दिवस की व्याख्या करते हुए कहा, 'आज जब आप दोनों के परिवार का जन्म हो रहा है मैं आप दोनों के लिए मंगल की कामना करती हूँ। आप दोनों का पारस्परिक प्रेम, आदर और मैत्री सदैव सुदृढ़ हो...आप लोगों के वैवाहिक संबंध के उच्च रजिस्ट्रेशन से पहले मैं आप दोनों से पूछना चाहती हूँ कि आपने वैवाहिक संबंधों को बनाने का निर्णय ध्यानपूर्वक किया है न!'

वर-वधू ने दृढ़ पर उत्फुल्ल स्वर में कहा, 'जी हाँ।'

'तो कृपया मेज के पास आइये और अपने हस्ताक्षरों से अपनी वैवाहिक संधि की नींव डालिए।'

'हस्ताक्षर करने के बाद वर ने वधू की उँगली में अँगूठी पहनायी।'

उसी के साथ महिला मजिस्ट्रेट ने घोषणा की, 'अब मैं आपको पति-पत्नी घोषित करती हूँ।'

उसी क्षण वह हॉल आनन्द के उद्रेक से गूँज-गूँज उठा। मित्रों ने नाना रूप पुष्प-गुच्छों, उपहारों और चुम्बनों से वर-वधू को विभोर कर दिया। उस सारे समय दयामयी आत्मलीन-सी उस सारी प्रक्रिया को आत्मसात् करती रही। अमिताभ ने धीरे से कहा, 'आओ, हम भी उन्हें बधाई दें।'

दयामयी तड़पकर उठी और सीधे वधू के सामने जाकर उसे बाँहों में भर लिया। फिर उसकी आँखों में झाँकने लगी। क्षण भर के लिए दोनों की दृष्टि मिली, जैसे दोनों के बीच प्रकाश का पुल बना गया हो और समय ठहर गया हो। उसे गति देने को पहल नव-वधू ने ही की, बोली, 'मैं कैसे बताऊँ मैं कितनी खुश हूँ!'

दयामयी बोली, 'खुशी शब्दों की मोहताज नहीं होती।'

नव-वधू हँस आयी, 'तुम बाहर से ही सुन्दर नहीं हो। तुम्हारा अन्तस् भी सुन्दर है। और तुम्हारे पति तो बहुत ही सुन्दर हैं।'

यह सुनकर दयामयी रहस्यमय ढंग से मुस्कुरायी, बोली, 'इस जन्म में तो ये मेरे 'दादा' हैं पर अगले जन्म में निश्चय ही पति होंगे।'

आश्चर्य से नववधू के नेत्र विस्फारित हो आए, बोली, 'क्या तुम पुनर्जन्म में विश्वास करती हो?'

'करना अच्छा लगता है।'

'हमारा तो बिना करे काम चल जाता है।'

अमिताभ ने वातावरण थोड़ा और सजीव करते हुए कहा, 'मानने का एक और लाभ है। अगर इस जन्म का पति दुष्ट है तो अगले जन्म में उसे पालतू बनाया जा सकता हे।'

आसपास खड़े सब लोग खिलखिला पड़े। एक युवती ने आनन्द लेते हुए कहा, 'हम तो अपने पति को इसी जन्म में पालतू बना लेते है।'

'अगर वह विरोध करे तो?' दयामयी ने पूछा।

'तो उसे छोड़कर दूसरा पाल लेंगे!' युवती ने चहकते हुए कंधे उचकाये।

चूंकि उन्हें कुछ ही समय बाद अल्माआता रवाना होना था इसलिए उनके बार-बार आग्रह करने पर भी वे भोज में शामिल न हो सके। सच-मुच उन्हें 'दस्वेदानिया' कहते हुए वधू के नयन कोर भीग आये। दयामयी भी विभोर थी। उसने अपने थैले में से चन्दन के दो कलापूर्ण 'पेपर कटर' निकाले और स्नेहसिक्त स्वर में बोली, "इस समय ये ही हमारे पास हैं।'

एकदम उन्हें अपने हाथ में सहेज कर नववधू ने उन्हें सूँघा, 'अहा! कैसी प्यारी सुगन्ध है।'

दोनों एक बार फिर एक-दूसरे से चिपक गयीं।

अल्माआता का रास्ता लम्बा था। दयामयी सारे रास्ते वर-वधू यानी सेर्गेइ ओर मारिया इवानोवना की बातें करती रही। लेनिनग्राद की लम्बी रातों और गुनगुनी धूप के आनन्द को भी भूल गयी। बार-बार कहती रही, 'दादा, मारिया अपने पति को बेहद प्यार करती है। उसकी छोटी बहन थोड़ी-थोड़ी हिन्दी जानती है। वही जो मेरे पास बैठी थी न वह बता रही थी कि वह अक्सर सपने में चिल्ला उठती थी, 'मैं तुम्हें प्यार करती हूँ, हम दोनों के अतिरिक्त दुनिया में और कोई नहीं।' हमनें वह फिल्म देखी थी न! वही 'ए लवर्स रोमांस' बस कुछ वैसा ही प्यार है इनका।'

अमिताभ ने कहा, 'पर उसमें तो....'

अमिताभ के प्रश्न की चिंता किए बिना दयामयी बताती रही, "उसकी बहन कह रही थी कि उसकी माँ को सेर्गेइ बहुत पसन्द नहीं है लेकिन मारिया तो पागल हो गयी है। बोली, "आप नहीं जानतीं। वह मुझे बहुत प्यार करती है। बस इतना ही तो चाहिए...'

एक क्षण रुकी दयामयी। फिर बोली, "दादा, कितनी मुक्त है सोवियत नारी। मात्र प्रजनन की शक्ति नहीं है। वह। हर क्षेत्र में पुरुष के समकक्ष है। न वर्जन, न भय और एक हम हैं कि सदा अज्ञात के भय से आतंकित रहते हैं।'

अमिताभ ने कुछ उत्तर नहीं दिया। उसे नींद आ रही थी। दयामयी ने एक बार उसकी ओर देखा। फिर प्यार से कहा, "अच्छा दादा! सो जाओ।'

जम्हाई लेते हुए अमिताभ बोला, 'और तुम अगले जन्म के सपने देखो।'

उसने आँखें मीच लीं क्योंकि वह जानता था कि उस क्षण वह दयामयी की दृष्टि का सामना नहीं कर पायेगा।

समय कितनी जल्दी बीती जाता है। दो साल बाद अमिताभ और दयामयी एक बार फिर लेनिनग्राद आये। दयामयी तब तक 'डॉक्टर' बन चुकी थी। उसे भी अमिताभ के साथ 'सोवियत लैण्ड नेहरू पुरस्कार' मिला था। इस बार भी वही जुलाई का महीना और वही शादियों का मौसम। लम्बे दिन, सुहाती धूप। प्रकृति और पुरुष दोनों मस्ती में झूम रहे थे। वे दोनों भी खूब घूमते रहते। समर पैलेस में रूप और कला के प्रतीक फव्वारे। भागते-दौड़ते, खिलखिलाते, नाना देशों के नर-नारी, युवक-युवतियाँ और बच्चे। सारा विश्व जैसे वहीं सिमट आया हो। महान् पीटर के बनाये हुए इस अद्‌भुत महल में चीनी कला के चित्र देखते ही बनते थे।

दयामयी वहाँ के वातावरण से इतनी प्रभावित होती है कि अमिताभ का हाथ पकड़कर वह भागने लगती है मुग्धा प्रेमिका की तरह। भारत से चलने से पूर्व उसने अमिताभ को बताया था कि वह एक पंजाबी युवक चन्द्र से प्रेम करती है।

'वह भी करता है?'

'बहुत-बहुत करता है।'

'मारिया इवानोवना की तरह।'

'हाँ, हाँ, ठीक उसी तरह।'

'तो तुम भी शादी कर लो।'

उसी क्षण दयमयी के चेहरे पर से मानो एक काली छाया गुजर गई। अमिताभ की ओर देखती खड़ी रही गयी। कैसी थी वह निरह पर बेधक दृष्टि। कई क्षण बाद वह धीरे-धीरे बोली, 'पिताजी नहीं चाहते दादा।'

हतप्रभ रह गया अमिताभ। जानता है कि दयामयी ईसाई परिवार की बेटी है। पिता आन्ध्र प्रदेश के हैं और माँ महाराष्ट्र की है। फिर वे इतने संकीर्ण क्यों? पूछा, 'न चाहने का कारण?'

'चन्द्र ईसाई नहीं है और वे मेरी शादी एक ईसाई परिवार में करना चाहते हैं। लड़का वकील है।'

अमिताभ ने तब इतना ही कहा था, 'अगर तुम दोनों सचमुच एक-दूसरे को प्यार करते हो ओर चन्द्र पर विश्वास किया जा सकता है तो तुम कोर्ट में जाकर शादी कर लो। तुम तो आर्थिक दृष्टि से स्वतन्त्र हो। तुम क्यों डरती हो?'

उस समय दयामयी ने कोई जवाब नहीं दिया था। लेकिन अचानक उस दिन कुछ ऐसा घट गया कि यह प्रश्न अपने आप ही ज्वलन्त हो उठा। नेवा नदी में बोटिंग करते-करते वे लोग फिनलैझण्ड की खाड़ी तक पहुँच गये थे। नेवा का विस्तार समुद्र की अपार परिधि, सब कुछ विराट, गरिमामय, शीतल वायु के झोंके मन के भय को भी गुदगुदा जाते। नींद आने की होती पर तट पर वही भीड़, मुक्त स्त्री-पुरुष, हाथ में हाथ डाले प्रेमी-प्रेमिकाएँ, अमिताभ के मन में असंख्य प्रश्न उभरते हैं। क्या इस स्वतंत्रता ने इन्हें ठगा है? क्या हमारे वर्जन ने हमें शक्ति दी...

तभी वास्या ने अमिताभ के कंधे पर हाथ रखकर कहा, 'उधर देखों।'

उधर देखने पर अमिताभ ने पाया कि पार्क के एक निर्जन कोने में बेंच पर बैठी एक युवती फूट-फूट कर रो रही है। कैसा करुण, कैसा हृदयद्रावक है यह रुदन। उनके मन किसी आशंका से आतंकित हो आये। अमिताभ ने दयामयी के हाथ की पकड़ में गहरे कंपन को शिद्दत से महसूस किया। वास्या ने धीमे स्वर में कहा, 'हमें यहीं रुकना होगा। इसे खूब रो लेने दो।'

दयामयी बोली, 'मुझे तो लगता है कि यह आत्महत्या कर लेगी।'

वास्या ने स्वीकृति में सिर हिलाया, "यही मैं समझता हूँ। समुद्र सामने ही है।'

अमिताभ को समुद्र की गन्ध आकर्षित कर रही थी। वह उससे बातें करना चाहता था। उसकी तूफानी लहरों का गहन मौन से जवाब देना अपने आप में एक गहन अनुभूति है पर, इस क्षण तो समुद्र उनके अपने अन्तर में पछाड़ खा रहा था...

धीरे-धीरे सूर्य देवता शान्त होने लगे। युवती की सुबकियाँ भी धीमी पड़ने लगीं। वास्या अब चुपचाप उसके पास गया और उसके कंधे पर हाथ रख दिया। वह सहसा चीख उठी, "कौन! कौन हो तुम?'

"तुम्हारा एक मित्र।'

"मैं तुम्हे नहीं जानती।'

तब तक अमिताभ और दयामयी भी उसके पास पहुँचे गये थे। भयभीत आँखों से उस युवती ने उनकी ओर देखा, "तुम लोग कौन हो? मुझसे क्या चाहते हो?'

वास्या ने ही फिर कहा, "हम तुम्हारे हितचिन्तक है। निःसंकोच अपना कष्ट हमसे कह सकती हो।'

वह उन्हें देखे जा रही थी। विशेष रूप से उसकी दृष्टि बार-बार दयामयी के चेहरे पर अटक जाती थी। वह वास्या की ओर देखकर फुसफुसायी, "मैने...मैने इन्हें कहीं देखा है। कहाँ...'

वास्या ने पूछा, "तुम्हारा नाम क्या है?'

"मारिया इवानोवूना।'

"मारिया इवानोवूना,' दयामयी आश्चर्य और आकस्मिकता से विभोर चीख उठी, "क्या तुम वही मारिया इवानोवूना तो नहीं हो जिसकी शादी में हम दो साल पहले शामिल हुए थे!'

"हाँ...हाँ...' पागल सी मारिया फुसफुसायी।

"कितनी खुश थीं तुम उस दिन सुरभित पुष्प-सी, प्रेम की साकार प्रतिम की तरह।'

मारिया के चेहरे के भाव अब तक बिल्कुल बदल चुके थे। उसने आँसू पोंछ डाले और स्वीकृति में सिर हिलाती हुई बोली, "आपसे एक बार फिर मिलकर मैं सचमुच खुश हूँ।'

एक क्षण रुकी, जैसे युग बीते। फिर बोली धीरे-धीरे, 'कैसे अचानक मिले हम तब भी और आज भी। पर वह दिन कैसा खुशगवार था और आज कितना भिन्न...'

'भिन्न क्यों,' दयामयी व्यग्र-सी बोल उठी, 'और तुम रो क्यों रही थी? हम तो डर गए थे। तुम्हारे प्रिय पति तो सानंद हैं?'

मरिया ने सहसा जवाब नहीं दिया। आँसू उमड़ने को फिर अकुला उठे। किसी तरह सुदूर शून्य में झाँकते हुए उसने अपने को सँभाला और धीरे-धीरे बताया, '...मैं...मैं सेर्गेइ से इतना प्रेम करती थी कि शब्दों में नहीं बता सकती थी माँ ने एक-दो बार संकेत किया भी कि यह लड़का तेरे योग्य नहीं है पर मैं तो प्रेम के नशे में आकंठ डूबी थी। हर बार यहीं कहकर शान्त कर दिया, 'माँ! सेर्गेइ मुझे बहुत प्यार करता है।'...और मैंने अततः सेर्गेइ से विवाह कर लिया। ओर जैसाकि सबके साथ होता है पहले पाँच-छः महीने तो यौवन के उन्माद में बीत गये। उसके बाद मैने धीरे-धीरे अनुभव किया कि उसके प्रेम के उन्माद के नीचे कुछ है जो ऊपर आना चाहता है कुछ हो जो रुचिकर नहीं है। फिर वही अरुचिकर उपेक्षा में बदल गया और उपेक्षा उफनती घृणा में और एक दिन वह चुपचाप मुझे छोड़कर कहीं चला गया...'

उसकी वाणी फिर रुँधने लगी थी। उसने अटकते-अटकते कहा, 'मैं उसे निश्छल मन से प्यार करती थी और वह छल कर रहा था। माँ की अनुभवी आँखों ने उस छल को भाँप लिया था। मुझे दुख यही है कि मैंने माँ का कहना नहीं माना और प्यार में धोखा खा गयी...'

वह ससकने लगी, सिसकियों के बीच उसने बताया, 'मैं गर्भवती हूँ पर मैं...मैं यह गर्भ गिरा दूंगी। मैं ऐसे विश्वासघाती के बच्चे की माँ नहीं बनूँगी, कभी नहीं बनूँगी...'

'प्रेम जितना तीव्र होता है घृणा उतनी ही उत्कट होती है।' दयामयी मारिया के उत्तेजित चेहरे को देखते हुए सोचने लगी, "सब कुछ कितना बदल गया है।' इसलिए जैसे ही मारिया शान्त हुई वह उसके पास गई और जैसे किसी मूल्ययवान वस्तु को सहेजती हो उसे कंधे से खींच कर अपने से सटा लिया। कई क्षण चुपचाप उसकी कमर सहलाती रही। फिर बोल, 'मारिया, तुम्हारी वेदना को समझती हूँ, पर...'

वास्या ने बीच में टोक दिया, 'जो कुछ कहना हो, घर पर चलकर कहना। मारिया को कुछ और चाहिए पीने के लिए। आँसू तो बहुत पी चुकी....'

वास्या का घर दूर नहीं था। अपना-अपना पेय पीते हुए वे अब अपेक्षाकृत शान्ति से बातें कर रहे थे। मारिया ने अपने को काफी सँभाल लिया था। दयामयी ने अपनी बात का सूत्र फिर से उठाते हुए कहा, 'तुम्हारा दर्द मैं न समझूँगी तो और कौन समझेगा। नारी हूँ मैं भी। तुम्हारा प्यार सचमुच संसार की सभी खुशबुओं से सुवासित था। ऐसा प्यार भी इतनी जल्दी प्रभावहीन कैसे हो जाता है। सेर्गेइ ने सचमुच तुम्हारे पवित्र प्रेम का घोर अपमान किया है, पर मारिया...'

उसकी दृष्टि मारिया के चेहरे पर स्थिर थी। वह अपने शब्दों की प्रतिक्रिया देखना चाहती थी। मारिया एक दार्शनिक की मुद्रा में सचेत होकर भी बीच-बीच में कहीं खो जाती थी। धीरे से बोली, 'चुप क्यों हो गयी। कहो न!'

दयामयी ने कहा, 'सेर्गेइ को तुम कितना भी दोष दे सकती हो पर जो तुम्हारे गर्भ में है, जो तुम्हें माँ के सर्वोत्तम विरुद से अलंकृत करने वाला है, उसका तो कोई

अपराध नहीं है, तुम्हारे चाहने पर ही वह आया है तुम तो अविवाहित माँ की संतान को भी उतना ही प्यार करती हो तो, फिर...'

सहसा मारिया ने हाथ उठा कर दयामयी को रोक दिया। उसकी काली आकर्षक आँखें फिर सजल हो आयी थीं पर इस बार उनमें ममता की चमक थी। बोली, 'मैंने इस पीड़ा को भोगा है। अब भी भोग रही हूँ पर मेरी प्यारी बहन! एक बात पर विचार करो। अपने इस जात को देखकर क्या मुझे सेर्गेइ की याद नहीं आएगी? क्या कभी कोई ऐसा अवसर नहीं आ सकता कि मैं अपना संतुलन खो बैठूँ और अपने जात के प्रति अपराध कर बैठूँ।'

दयामयी की दृष्टि बराबर मारिया के चेहरे के बदलते रंगों पर थी। उसके चुप होते ही मधुर स्वर में बोली, 'समझ गयी तुम्हारी व्यथा। अब कुछ न कहूँगी। हालाँकि मैं अब भी...'

मारिया ने एकाएक बात बदलकर पूछा, 'आप लोग भारत कब लौट रहे हैं?'

उत्तर दिया अमिताभ ने, 'कल हम कीव जा रहे हैं। दो दिन बाद जार्जिया की राजधानी विलसी में होंगे। वहाँ से मास्को और फिर भारत। इससे पहले कि आपकी धरती माँ बर्फ के कतरों से ढंक जाये और रातें लम्बी होने लगें हमें अपने देश लौट जाना है।'

मारिया ने दयामयी की ओर देखा, बोली, 'मैं भारत के बारे में बहुत कुछ जानना चाहती हूँ। हिन्दी सीख रही हूँ। तुम मुझे बराबर पत्र लिखना।

'लिखूँगी।'

फिर वे समय के ठहरने के एहसास समय आक्रांत कई क्षण एक-दूसरे को देखती खड़ी रहीं। अन्त में दयामयी ने ही कहा, 'अच्छा, दस्वूदानिया।'

'दस्वेदानिया!' मारिया जैसे तंद्रा से जागी, फिर दौड़ती हुई पौड़ियाँ उतर कर आँखों से ओझल हो गयी।

शेष यात्रा में मारिया उनके सारे कार्य-व्यापार पर छायी रही। 'कीव की प्रकृति ही सुन्दर नहीं है वहाँ के नर-नारी भी रूप की साकार प्रतिमा है। दयामयी जब कभी भी किसी प्रेमी युगल को आलिंगन में आबद्ध देखती तो यंत्रवत् बोल उठती, 'दादा, इनमें भी कोई सेर्गेइ हो सकता है।'

अमिताभ उत्तर देता, 'कुछ भी हो सकता है पर तुम एक ही पैमाने से सबको क्यों नापती हो? तुम तो कहानीकार हो।'

उस क्षण दयामयी ने कुछ जवाब नहीं दिया लेकिन तीसरे दिन विलसी में जब ऐतिहासिक गुफाओं में सैकड़ों वर्ष पूर्व की नाना रूप ममियाँ देख कर लौटी तो अमिताभ के कमरे में आकर वह फूट-फूट कर रोने लगी। बोली, 'मैं क्या करूँ दादा। बताओ, मैं क्या करूँ। माँ की उपेक्षा करके मारिया ने कितना दुख पाया। मुझे डर है कि कहीं पिताजी की उपेक्षा करके मुझे भी वैसा ही दुख न उठाना पड़े।'

कहते-कहते उसका पूरा बदन काँपने लगा। अमिताभ क्रूर नहीं होना चाहता था। सांत्वना देते हुए उसने कहा, 'ऐसा कोई नियम नहीं है। तुम्हें अपने स्वतन्त्र विवेक पर भरोसा करना चाहिए।

"फिर भी... फिर भी...'

देखो इस 'फिर भी' का कोई इलाज नहीं है। तर्क से समस्या को समझा तो जा सकता है पर उसका समाधान भी हो, यह आवश्यक नहीं है। समाधान आस्थाव और विश्वास की नींव पर ही हो सकता है।

भारत लौट कर दयामयी सीधे हैदराबाद चली गयी। दो महीने तक उसका पत्र नहीं आया। तीसरे महीने अमिताभ के पत्र के उत्तर में उसने लिखा, 'दादा मैंने पिताजी की आज्ञा मानने का निर्णय कर लिया है।'

अमिताभ ने तुरन्त उत्तर दिया, 'तुम डरी हुई हो। मारिया इवानोंवूना की घटना को अपनी कमजोरी छिपाने का एक बहाना बना रही हो। एक बार फिर सोच लो। वक्त लौट कर नहीं...'

इस बार अमिताभ ने उसे प्यार से समझाते हुए लिखा, 'तुम कहोगी तो मैं तुम्हारे पिताजी से बातें कर सकता हूँ, मुझे विश्वास है, मैं उन्हें मना लूँगा।'

तुरन्त उसका उत्तर आया, 'नहीं, नहीं, आप ऐसा नहीं करेंगे। आप मेरे पिताजी को नहीं जानते। आपके उन्होंने कछ ऐसा-वैसा कह दिया तो मैं सह न पाऊँगी। कुद लोग हमारे सबंधों के भी शंका की दृष्टि से देखते हैं। तभी तो मैं पत्र लिखने में देर करती हूँ। दादा! यह मेरा व्यक्तिगत मामला है। तुम्हें इस में क्यों उलझाऊँ। मैंने निश्चय किया है कि मैं अपनी समस्या से अकेले ही जूझूँगी।'

अमिताभ ने दुखी होकर लिखा, 'मैं जानता हूँ, तम यह निर्णय अपनी इच्छा के विरुद्ध ले रही हो। तुम आत्महत्या कर रही हो दयामयी।'

फिरस छः महीने बीत गए, दयामयी का कोई पत्र नहीं आया आया। उसकी सहेली का, 'दीदी आजकल बहुत अस्वस्थ है, अस्पताल में है। आपको रोज याद करती है लेकिन अंकल, मैं एक बात कहती हूँ। आप तो सब बातें जानते हैं। आदमी को अधिकार है वह किसी से प्यार करे पर विवाह-शादी तो अपनी सामाजिक स्थिति देखकर ही करनी पड़ती है। आपको वह बहुत मानती है। आप उसे समझाते क्यों नहीं।'

अमिताभ ने वह पत्र फाड़ कर फेंक दिया और तुरन्त उसके पिता को तार दिया। उत्तर में उसके पिता ने लिखा, 'दयामयी कुछ अस्वस्थ हो गई थी, अब ठीक है, चिन्ता की कोई बात नहीं।'

इसके एक माह बाद दयामयी का पत्र मिला, 'दादा! यह कहना सरासर झूठ होगा कि पत्र नहीं लिख सकी। लिखना चाहा ही नहीं। मन न जाने कहाँ भटकता रहा। माँ मुझे बहुत प्यार करती है पर वह भी विवश है। यही सब देखकर मैंने सोचा कि एक अपने कारण सबकों क्यों दुखी करूँ। अब मैंने अन्तिम रूप से पिता जी का प्रस्ताव स्वीकार कर लिया है जैसा मैंने बताया था कि लड़का वकील है पहली

मुलाकात में ठीक ही लगा। मैं जानती हूँ दादा, आप मुझे बहुत प्यार करते हैं। आपको मेरा एक आग्रह मानना होगा। मेरे विवाह में शामिल होकर सारी रस्में आप ही को पूरी करनी हैं।'

अमिताभ ने वह आग्रह नहीं माना। बेशक न मानने का ठोस बहाना उसके पास था लकिन सच यह है कि उसने मानना ही नहीं चाहा। कई दिन तक दयामयी के पत्र आते रहे। विवाह का नया उछाह था। अमिताभ के उपहार की बड़ी प्रशंसा की उसने, लिखा कि मारिया ने भी उसे छः प्यालों का एक बहुत ही कलापूर्ण सैट भेजा है, हिन्दी में पत्र लिखा है।

मारिया का पत्र अमिताभ के पास भी आया था, लिखा था, 'मैंने अच्छी तरह हिन्दी सीख ली है। अब आपको रूसी सीखनी चाहिए। अगली बार जब हम मिलेंगे तो मैं हिन्दी में बोलूँगी और आप रूसी में। ठीक है न।'

फिर बहुत दिनों तक किसी का पत्र नहीं आया। अमिताभ को इसी बीच में विदेश जाना पड़ा। दो महीने बाद लौट कर उसने देखा कि दयामयी के कई पत्र उसकी राह देख रहे हैं। एक पत्र में लिखा था, 'मेरी नियुक्ति हो गई है लेकिन वेतन के सारे कागज विश्वविद्यालय अनुदान आयोग के दफ्तर में अटके पड़े हैं। दादा! किसी से कह कर आप उन्हें निकलवा सकें तो मुझे वेतन मिलेगा।'

दूसरे पत्र में लिखा था, 'आजकल मैं अपनी बहन के पास रह रही। हूँ।'

तीसरा पत्र अपेक्षाकृत लम्बा था। मन की बातें लिखी थीं उसमें, 'मैं अपने पति को समझ नहीं पाती दादा! जितना प्यार करती हूँ उनका मन उतना ही शंकाओं से घिर जाता है। कॉलेज से रोज उनके पास जा सकती हूँ पर वह ऐसा नहीं चाहते। बहुत कोशिश करती हूँ यह जानने की कि आखिर वह क्या चाहते हैं लेकिन वह खुलते ही नहीं, दुखी हो गयी हूँ दादा! पास रह कर भी हम दोनों एक-दूसरे के लिए अजनबी बन गये हैं। मन ठीक रहे तो कैसे रहे। और मन का संबंध शरीर से है। मारिया को भी नहीं लिख पायी। सोचती हूँ किसी को क्यों तंग करूँ, अपने अकेलेपन को मुझे स्वयं ही झेलना चाहिए...'

अमिताभ ने भी इस बार एक लम्बा पत्र लिखा, '...तुम्हारा पत्र पाकर मन ने जाने कैसी व्यथा में टीसने लगा। मैं तुम्हारा कुछ भी नही न जाने ऐसे कितने व्यक्ति जीवन के यात्रा-पथ पर मिलते हैं और छूट जाते हैं लेकिन कुछ है कि छूटकर भी नहीं छूट पाते। तुम्हारी चिन्ता मुझे इसलिए है कि तुम लेखिका हो फिर भी जाबूझ कर आत्महत्या कर रही हो...अब भी समय है। अलग होने में बहुत अड़चन नहीं होगी। कायर मत बनो। मन की और अवज्ञा मत करो...'

उत्तर में तार आया, 'मैं तीन दिन बाद दिल्ली पहुँच रही हूँ। स्टेशन पर मिलना।'

स्टेशन पर अगर दयामयी उसे पुकार न लेती तो वह शायद उसे पहचान भी न पाता। जैसे उसके अन्दर सब कुछ जम गया हो पत्थर की तरह। रक्त की एक बूँद भी शरीर में न रह गयी हो जैसे।

'यह क्या हाल बना रखा है तुमने?'

हँस पड़ी वह जैसे कोई कंकाल हँस पड़ा हो। अन्दर तक चीर गई वह हँसी अमिताभ को, 'ठीक हूँ, कॉलेज की ओर से एक सेमिनार में भाग लेने आई हूँ। एक हफ्ता आपके पास रहूँगी।'

फिर धीरे से कहा, 'कोई आशा नहीं है तलाक लेना ही एक मात्र उपाय शेष रह गया है। मैं भी धोखा खा गई मारिया की तरह।'

उसके बाद उसने इस संबंध में कोई बात नहीं की, सेमिनार की ही बात करती रही। पर अमिताभ ने अनुभव किया कि यहाँ आकर उसके भीतर उत्साह जैसे जाग पड़ने को आतुर है। वह उसकी पत्नी जया से खूब बातें करती रहती है। एक दिन उसने अभिताभ से कहा, 'भाभी जी कितनी अच्छा हैं' दादा, आप बड़े भाग्यशाली हैं।'

लेकिन दूसरे ही क्षण एक काली छुया फिर उसके चेहरे पर से गुजर गयी और ठीक इस समय दरवाजे की घंटी ने किसी के आने की घोषणा की। अमिताभ ने दरवाजा खोला और अविश्वास से चीख उठा, 'मारिया, तुम...तुम यहाँ!!!'

मारिया की काली आँखों में शरारत और खुशी दोनों ही का ज्वार उमड़ आया था, बोली, 'देखते ही जवाब तलब करने लगे। अन्दर आने को भी नहीं कहोगे।'

अमिताभ बोला, 'इतनी दूर से बिना सूचना दिये आ गयी, घर में आने के लिए इजाजत चाहती हो। आओ, देखों यहाँ कौन है?'

वह अपना वाक्य पूरा कर पाता कि मारिया और दयामयी एक-दूसरे को देखकर पागल सी चिल्ला उठीं, 'तुम यहाँ?'

'तुम भी यहाँ?' कहती हुई वे दोनों एक-दूसरे से चिपक गई और बार-बार एक-दूसरे को चूमने लगीं।

जया एक क्षण तो आश्चर्य की प्रतिमा बनी खड़ी रही लेकिन दूसरे ही क्षण बोली, 'कोई और भी आया है। उन्हें भी बुलाओ न!'

अमिताभ ने अब देखा कि एक स्वस्थ और सुन्दर रूसी युवक एक वैसे ही सुन्दर और हँसमुख बच्चे को गोद में लिए अभी तक जीने में ही खड़ा है। बच्चा अजनबी वातावरण से जैसे हतप्रभ हो गया हो। मारिया बोली, 'यह ईगोर हैं। स्कूल में हिन्दी पढ़ाते हैं और यह साशा है, यह हम दोनों को पढ़ाता है।'

दयामयी की दृष्टि उन दोनों पर स्थिर हो गयी थी। एकाएक अपने को उस वातावरण से तोड़कर वह आगे बढ़ी और साशा को अपनी गोद में खींच लिया। पहले उसे प्यार से चूमा फिर दोनों हाथों से उछालने लगी और हँसने लगी। साशा पहले तो अचकचाया। फिर वह भी हँसने लगा। कमरे में चारो ओर धूप बिखर गयी। खुशी की लहरें आँखों में चमक उठीं। फूल का सौन्दर्य अपनी सुगन्ध बिखेरता ही है। अमिताभ ने गद्गद होकर कहा, 'आज हमारे घर भगवान आये है। अयाचित अतिथि ही तो भगवान होता है।'

मारिया ने उत्तर दिया, 'इसीलिए तो मैंने पहले नहीं लिखा था। ईगोर से शादी करने की बात भी तुम्हें नहीं बतायी थी। मैं तुम्हें चकित कर देना चाहती थी। देखो तो, कितनी खुशियाँ बटोर ली हैं मैंने।'

एक क्षण के लिए दयामयी के चेहरे को किसी आशंका की छाया ने आवृत कर दिया। धीरे से बोली, 'क्या यह बच्चा...'

तुरन्त जवाब दिया मारिया ने, 'ईगोर से पाया है मैंने यह प्यार-प्यारा बच्चा।'

फिर जैसे पहली बार देख रही हो, मारिया दयामयी से बोली, 'इधर क्या तुम बीमार रही हो? तुम्हारा फूल-सा चेहरा इतना बुझा-बुझा क्यों है?'

पास आकर अमिताभ ने धीरे से उसके कान में कहा, 'उसने अपने पिता की आज्ञा मानकर शादी कर ली थी लेकिन तीन महने भी साथ नहीं रह सके।'

'तो इसमें मातम मनाने की कौन-सी बात है। साथ नहीं रह सकते तो अलग हो जाना चाहिए। रोती क्यों हो?'

दयामयी ने साहस बटोर कर कहा, 'तुम भी तो रो रही थीं उस दिन।'

'वह रोना पति को खाने के कारण नहीं था, प्यार में धोखा खाने के कारण था। माँ का संकेत नहीं समझ पायी थी मैं।'

दयामयी ने दीर्घ निःश्वास खींची, बोली, 'हम दोनों ने ही धोखा खाया। तुमने माँ का कहना न मानकर। मैंने पिता का कहना मानकर। तुम्हारा प्यार एकतरफा था लकिन मेरे मामले में तो प्यार कहीं था ही नहीं।'

उसी दृढ़ता से उत्तर दिया मारिया ने, 'तब तो यह तुम्हारी गलती थी। पिता को क्यों दोष देती हो तुम्हें खुश होना चाहिए कि तुम्हें मुक्ति मिली एक अनचाहे बन्धन से। अब अपने मनचाहे मीत से शादी करों और गूँजने दो अपने मन के आँगन में किसी साशा की किलकारियाँ जानती हो, प्यार कितनी शक्ति देता है?'

एक क्षण रुकी, फिर बोली, 'मैं शुद्ध हिन्दी बोल लेती हूँ न, ईगोर के प्यार ने मुझे हिन्दी सिखायी है। अब मैं तुम्हें। सिखा सकती हूँ।'

अन्तिम शब्द कहते-कहते वह फिर बच्चों की तरह खिलखिला पड़ी। तभी जया ने घोषणा की, "सब लोग बराबर के कमरे में चल कर बातें करें। चाय मेज पर आ चुकी है।'

चाय पीते-पीते एक बार दृष्टि चुरा कर अमिताभ ने दयामयी की ओर देखा। उसके श्यामल चेहरे पर एक बार अरुणाभा चमक आयी थी और साँचे में ढले उसके अवयव उस चमक के आलोक में अत्यन्त मोहक लग रहे थे। उसने अब भी साशा को अपनी छाती से चिपका रखा था और उसकी दृष्टि ईगोर के चेहरे पर स्थिर थी...

'वह क्या सोच रही है इस समय?' अमिताभ ने जैसे अपने ही से प्रश्न किया और फिर जैसे स्वयं ही प्रश्न का उत्तर देते हुए वह फुसफसाया, 'मैं जानता हूँ, वह अपने प्रेमी के बारे में सोच रही है।'

# वह लड़की

हाँ, वह अकेली थी और दौड़ रही थी। उसके चारो घटाटोप अंधकार था। बस सुदूर आकाश में असंख्य तारे जगमगा रहे थे। कभी-कभी उसे लगता था जैसे वह भाग रही है लेकिन तभी उसके अंदर से एक आश्वस्त करती आवाज उठती, 'नहीं-नहीं, तुम भाग नहीं रही, तुम तो दौड़ रही हो।'

भागना और दौड़ना ये दो शब्द हैं और प्रायः इनका हम एक ही अर्थ में प्रयोग करते हैं। लेकिन दोनों शब्दों के अलग-अलग अर्थ हैं। जब हम दौड़ते हैं तो हम विजय की कामना से दौड़ते हैं और जब हम भागते हैं तो किसी बात से डरकर भागते हैं...।

उसके मन में कभी-कभी इस तरह के अनेक प्रश्न उभरते हैं पर वह ठीक-ठीक समझ नहीं पाती । कभी-कभी वह तीव्र गति से दौड़ती है फिर अचानक उसकी गति पर अंकुश लग जाता है, उसके मस्तिष्क में विचार कौंधने लगते हैं—भला वह एक फटेहाल गरीब लड़की उपायुक्त के सामने कैसे जा सकती है। कोई उसे अंदर भी नहीं घुसने देगा और उसे लौटना पड़ेगा...।

'ऐसा सोचना ही तो भागना है...' वह ठिठकती है। केई क्षण बीत जाते हैं। विचारों का एक तुमुलनाद अंतर में घुमड़ता है... तभी जैसे कोई चीख उठता है, 'नहीं-नहीं, तुम्हें दौड़ना है। तुम्हें उपायुक्त के पास पहुँचना है...।'

और वह तेजी से दौड़ने लगती है। तरह-तरह के विचार उसके मन में घुमड़ते हैं, मिटते हैं। फिर घुमड़ते हैं, मिटते हैं। कभी-कभी तो स्वयं उसकी समझ में नहीं आता कि वह क्या करे...।

पर वह रुकती नहीं। दौड़ती रही है। अभी-अभी जो आवाजें गूँज रही थीं वे जंगल के गीदड़ों की आवाजें थीं और अब जो उभर कर आ रही हैं वे शहर के कुत्तों की आवाजें हैं...।

वह सहसा सामने देखती है। दूर जो रोशनी अब तक टिमटिमा रही थी, वह तेज हो जाती है। शहर पास आ रहा है। वह बहुत बड़ा शहर नहीं है। फिर भी शहर है, जिले का सदर मुकाम। सड़कें पक्की हैं। कच्चे मकान बहुत पीछे छूट गए हैं। अब तो छोटे-छोटे बंगले और दोमंजिले मकान पास आ रहे हैं। सन्नाटा अब भी है पर रोशनी में नहाता हुआ।

यहीं आकर वह ठिठक जाती है। उसे नाले की पुलिया दिखाई देती है। वह उस पर बैठ जाती है। उसे अब डर लग रहा है-किसी ने उसे देख लिया तो....। आदमी का क्या भरोसा। वह बहुत खतरनाक होता है...।

वह सचमुच डर जाती है पर तभी अंदर से कोई चीख उठता है, 'बहादुर लड़की! तू क्यों डरती है। यह आदमी तेरे ऊपर अब तक जो जुल्म ढाता रहा है उससे अधिक ये लोग ओर कुछ नहीं करेंगे।'

दूसरी आवाज उठती है, 'क्यों नहीं कर सकते, वे तेरे साथ बलात्कार कर सकते हैं, तेरा गला घोंट सकते हैं।'

फिर उसके अंतर में एक धीर-गंभीर स्वर उठता है, 'हाँ, कर सकते हैं पर अब तक जो तेरे साथ होता आया है, तेरा मालिक जिस क्रूरता से तुझे पीटता है, तेरे साथ बलात्कार करता है क्योंकि उसने तुझे खरीदा है, उसका क्या। तू आदम जात नहीं है। तू बिक्री की वस्तु है। तेरे कोई अधिकार नहीं हैं...।'

वह सहसा ठिठक जाती है। पीछे लौट जाती है अपनी ही जिंदगी में। उसके सामने नाना रूप दृश्य उभरते हैं, सिनेमा के चित्रों की तरह। उसने सुना है कि इसी गाँव में उसका जन्म हुआ था लेकिन वह दो महीने की भी नहीं हो पाई थी कि उसके माता और पिता दोनों का देहांत हो गया एक दुर्घटना में। यह उसके जीवन की सबसे भयानक दुर्घटना थी और यहीं से आरंभ होती है उसके त्रासद जीवन की गाथा। उसने अपने माँ-बाप को नहीं देखा। जब वह बड़ी हो रही थी तभी उसने कई बार यह कहानी सुनी थी कि यह ऐसी अभागन लड़की है कि पैदा होते ही अपने माँ-बाप को खा गई। लेकिन उसके चेहरे पर कुछ ऐसा भोलापन था, कुछ ऐसी मासूमियत थी कि उसकी दादी उसे गालियाँ देकर भी छाती से चिपकाए रही। किस तरह पाला उसने इसे यह लंबी कहानी है। वह जितनी भोली थी, उतनी ही सुंदर भी। दादी उसमें अपने बेटे की मूर्ति देखती थी और छाती से चिपका लेती थी। फुसफसा उठती, 'इस बेचारी का क्या कसूर। करने वाला तो विधाता है। उसने ही हमारी भाग्य-लिपि को बदल दिया। उसके साथ उसकी भाग्य-लिपि भी तो बदल गई। इसे न माँ का दूध मिला, न माँ का दुलार...'

दादी ने ही उसे बताया था कि उसने कैसे उसे रुई के फाहे से दूध पिला-पिलाकर पाला कैसे उसकी बुआ ने उसे गोद में खिलाया... लंबी कहानी है, दो महीने से वह दो वर्ष की हुई, फिर सात वर्ष की हुई। उसकी दादी और उसकी बुआ ने न जाने कितनी बार उसे बताया कि तू कैसे बचपन में खिलखिलाकर हँसा करती थी और दादी की छाती में अपना मुँह छुपा लेती थी, दादी की छाती ही उसकी माँ की छाती थी, हाँ, दादी ही उसकी माँ थी।

हाँ, सचमुच दादी ने ही उसे माँ की तरह पाला। उसके पास थोड़ी सी कुछ बीघा जमीन थी। उसी को बटाई पर देकर उसने जीविका का प्रबंध किया। उसी हालत में उसने अपनी बेटी का ब्याह किया और इसे पाला। बड़े प्यार से उसने इसका नाम

रखा था 'सरोज'। उसे उन दिनों की तो ठीक-ठीक याद नहीं है लेकिन यह अवश्य याद है कि जब वह छह वर्ष की हुई थीं तो दादी ने उसे स्कूल में पढ़ने भेज दिया था। पता नहीं दादी को क्यों ऐसा लगता था कि यह लड़की कुछ कर सकती है। शायद इसलिए कि दादी ने उसे बताया था कि उनका बेटा यानी उसका पिता बहुत होशियार था। उसे पढ़ने का बहुत शौक था। उसने बहुत जल्दी बारहवीं की परीक्षा पास कर ली और एक प्राइमरी स्कूल में पढ़ाने भी लगा था। दादी को अपने बेटे से बहुत आशाएँ थीं लेकिन तभी वह दुर्घटना घट गई...।

यहाँ आकर सरोज न जाने कहाँ खो गई। किसी दिव्य लोक में घूम रही थी वह और रो भी रही थी। शायद वह अपने पिता को ढूंढ रही थी....।

कुछ ही क्षणों में उसका सारा जीवन घूम गया उसकी आँखो के सामने। दादी ने उसे बड़े प्यार से स्कूल भेजा था। और वह बड़ी खुशी-खुशी स्कूल जाती थी क्योंकि वह हमेशा बहुत अच्छे नंबर लेकर पास होती थी और इस तरह उसने छठी कक्षा तक अपनी पढ़ाई पूरी कर ली थी...।

यहाँ तक सोचते-सोचते जैसे उसकी नींद खुल गई। पुल पर बैठे-बैठे सचमुच वह सो गई थी। और तभी सहसा उसे किसी ने पुकारा था, 'ऐ छोरी तू सो रही है। नाले में गिरेगी क्या?'

और वह चौंककर उठ खड़ी हुई थी। उसे बहुत डर लग रहा था। लेकिन सहसा न जाने क्या हुआ उसने उस व्यक्ति को देखा और कहा, 'काका जी, क्या आप मुझे उपायुक्त के घर का पता बता सकते हैं? उनके घर से मुझे कोई बुलाने आया था, शायद उन्हें किसी नौकरानी की जरूरत है।'

उस व्यक्ति ने सिर से पैर तक उस लड़की को देखा, दो क्षण तक देखता रहा। वैसे वह किसी गरीब घर की लड़की थी लेकिन उसके कपड़े कहीं-कहीं से फटे होकर भी साफ थे। सबसे बड़ी बात यह थी कि उसके चहेरे पर करुणा का भाव था लेकिन आँखों में एक चमक थी जो उसके अंतर की दृढ़ता की झाँकी दे रही थी। उसने सहज भाव से उसे उपायुक्त के घर का पता बता दिया। और अपने रास्ते पर चला गया।

लड़की भी उसके बताए हुए रास्ते पर आगे बढ़ गई। वह बढ़ तो गई पर उसके पैर उसे पीछे खींच रहे थे। वह घोर संघर्ष कर रही थी। उसे अपनी कहानी फिर एक बार याद आ रही थी। उसने जब छठी कक्षा पास कर ली थी तो उसकी बुआ आई और उसने अपनी माँ से कहा, 'माँ, तुम इस सरोज को कहाँ तक पढ़ाओगी? तुमने इसे बहुत सिर चढ़ा रखा है। इसकी तो अब शादी कर देनी चाहिए। मेरी भी तुमने इस उम्र में शादी कर दी थी।'

उसकी दादी ने उत्तर दिया, 'तू ठीक कहती है बेटी। शादी करने की बात तो मैंने भी सोची थी लेकिन देख तो यह कितनी होशियार है। अव्वल आई है अपनी क्लास में, बिल्कुल अपने बाप पर गई...।'

यह कहते-कहते दादी की आँखों से अश्रुधारा बहने लगी। उन आँसुओं के बीच ही धीरे-धीरे उसने कहा, 'जानती हूँ बेटी, सबकुछ जानती हूँ। पर मैं चाहती हूँ कि यह किसी तरह ग्यारहवीं पास कर ले। फिर इसे कहीं न कहीं पढ़ाने की नौकरी मिल जाएगी। इसकी जिंदगी बन जाएगी....।'

तब बुआ एकदम बोल उठी, 'रहने दे। तू कहाँ तक अपनी हड्डी गलाती रहेगी, ना, ना मैं इसे अपने साथ ले जाती हूँ। वहीं कोई अच्छा लड़का ढूंढकर मैं इसकी शादी कर दूँगी।'

और दादी कुछ नहीं बोली और बुआ उसे अपने साथ ले गई। उसे अब तक किसी बात का पता नहीं था। कई दिन तक बुआ के घर में भी वह हँसती-खेलती रही लेकिन एक दिन अचानक उसने देखा कि एक अधेड़ उम्र का आदमी उसकी बुआ से बातें कर रहा है। न जाने क्या हुआ, वह छिपकर उनकी बातें सुनने लगी। बुआ कह रही थी, 'अरे मैं तो तेरे भले के लिए कह रही हूँ। तेरी उम्र तीस वर्ष की हो गई। कहाँ मिलेगी तुझे ऐसी सुंदर और पढ़ी-लिखी छोरी। चालीस हजार से कम नहीं लूँगी।'

उस पुरुष ने दो क्षण तो कुछ सोचा। वह अधेड़ हो रहा था लेकिन फिर भी जवानी का जोश उसमें था। देखने में भी कुछ बुरा नहीं था। उसने कहा, 'देखो जी, मैं पच्चीस हजार दे सकता हूँ। हाँ या ना, यह तुम्हें सोचना है।'

उसे कुछ समझ में नहीं आ रहा था लेकिन उसका दिल धकधक करने लगा था जैसे कुछ अनहोनी होने वाली है। तभी उसकी बुआ ने कहा, 'अच्छा, न तेरी बात ने मेरी, तू तीस दे दे। न, न अब एक शब्द नहीं पंद्रह दिन बाद आ जाना छोटी-सी बारात लेकर, विवाह की रस्म तो पूरी करनी ही होगी।'

सरोज ने सुना। कुछ समझी पर उसका दिल और भी जोर से धक-धक कर उठा और वह भागती हुई घर के अंदर चली गई।

उसके बाद जो होना था वह हुआ। उसके विवाह का नाटक रचा गया। वह रोई, गिड़गिड़ाई पर किसी ने उसकी बात नहीं सुनी। एक दिन घर में खूब चहल-पहल हुई। बारात आई और जो कुछ होता है वह सब हुआ। वह रोती रही। सबने मान लिया कि विवाह में गाँव-गोर की लड़कियाँ तो इसी तरह रोया करती हैं। उसे नए कपड़े पहनाए गए और कुछ गहने भी... और फिर संस्कार के बाद उसे डोली में बिठाकर विदा कर दिया। डोली उठते समय बुआ ने भी बहुत आँसू बहाए पर सरोज तो अब तक पत्थर की हो गई थी। न सोचती थी, न समझती थी। जो जैसे कहता, वैसे कर देती थी। दादी उसे बहुत याद आ रही थी पर सबकुछ इतनी जल्दी हुआ कि वह भाग भी नहीं सकी....।

अंत में उसने पाया कि वह उसी दिन अपने तथाकथित पति के घर पहुँच गई है। उसे बस इतना याद था कि रात को उसके पति ने उसके साथ क्या-क्या किया। वह जार-जार रोई। अपने को बचाने की पूरी कोशिश की। तब उसके तथाकथित

पति ने उसे इतना पीटा कि उसकी चीखें निकल गई पर कोठरी के बाहर तो हँसी के फव्वारे छूट रहे थे। इसी का नाम तो शादी है...।

यही कहानी दोहराई जाती रही कई दिन तक लेकिन हँसी के फव्वारे बंद हो चुके थे। शेष था बस घर के काम समेटना। और...

आखिर पढ़ी-लिखी लड़की थी। उसके अंतर में घमासान मचा हुआ था। उसे कुछ करना था-क्या करना था कैसे करना था, यही सोचने के लिए कई दिन तक मार खती रही पर अंत में एक दिन उसके अंदर का सोया हुआ साहस जाग उठा। उसका पति किसी काम से पास के गांव गया हुआ था, दो-तीन दिन के लिए बस वह तुरंत वहाँ से भाग खड़ी हुई और बुआ के पास पहुँच गई।

बुआ ने उसे देखा। हतप्रभ रह गई, बोली, 'कलमुँही, तू भागकर आई है!'

उसने रोते-रोते उत्तर दिया, 'वह मुझे रोज बुरी तरह से मारता है। वह राक्षस है। मैं वहाँ न जाऊँगी...।' और उसने बुआ के पैर पकड़ लिए। बुआ ने पैर छुड़ाते हुए उसे धक्का दिया, दो चपत लगाए, बोली, 'हरामजादी, मैंने तेरे लिए यह सबकुछ किया है। और तू...'

सरोज फिर गिड़गिड़ाई, 'नहीं बुआ, नहीं। मुझे दादी के पास भेज दो मैं वहाँ नहीं जाऊँगी।'

बुआ ने कहा, 'तुझे कहाँ भेजना है यह मैं जानती हूँ। ध्यान से सुन ले। दो दिन बाद तुझे वहीं जाना होगा और हमेशा वहीं रहना होगा।'

अगले दिन न जाने कैसे दादी को यह सब खबर लग गई। वह तुरंत वहाँ आई। उसने किसी की नहीं सुनी। बेटी को झिड़का और सरोज को अपने साथ वापस ले गई।

लेकिन दादी के पास वापस आना ही समस्या का हल नहीं था। उसका वह पति जो दो-तीन के लिए बाहर गया था लौटकर वहीं आएगा और उसे अपने साथ ले जाएगा। उसे कुछ करना होगा।

बहुत सोच-विचारक वह दादी को लेकर गाँव के अपने परिचित बुजुर्गों के पास गई और उन्हें रो-रोकर अपनी सारी आपबीती सुनाई।

वे सब बहुत दुःखी हुए। जानते थे गाँव-गोर में शादियाँ बहुत जल्दी हो जाती हैं। मारना-पीटना भी चलता रहता है। लड़की के साथ तो बहुत ज्यादती हुई। उनमें जो पढ़े-लिखे थे, स्कूल में पढ़ाते भी थे, उन्हें सरोज के साथ बहुत सहानुभूति थी। उन्होंने कहा, 'बेटी, तुम्हारे साथ बहुत बुरा हुआ। इसका एक ही इलाज है, तुम उपायुक्त के पास चली जाओ।'

सरोज ने दादी की ओर देखा और दादी ने सरोज की ओर। आँखों ही आँखों में कुछ बातें हुईं। दादी बोली, 'मास्टर साहब बात आपने बहुत ठीक कही है, उपायुक्त के पास ही जाना चाहिए। आप चले जाइए इसके साथ।'

मास्टर साहब बोले, 'मैं नहीं जा सकता। मैं सरकारी नौकर हूँ। मैं किसी के झगड़े में नहीं पड़ सकता, मैंने तो रास्ता बता दिया।'

सरोज देखती रह गई, मास्टर जी की ओर। आँखें भर आईं उसकी। उसने दूसरे लोगों की और देखा। ताऊ, चाचा, बाबा-सभी थे पर कोई उसके साथ जाने को तैयार नहीं हुआ। ओर दोनों दादी और पोती अपने घर लौट आईं और तीसरे दिन उसका वह जालिम पति वहाँ आ पहुँचा और फिर वह कहानी दोहराई जाने लगी। वह और भी जोर-जबर्दस्ती करता और उसे खूब पीटता।

दादी कुछ नहीं कर सकती थी। उसे लगा कि करना तो कुछ उसी को पड़ेगा। मास्टर जी ने कहा था उपायुक्त के पास जाने के लिए पर साथ चलने के लिए कोई तैयार नहीं हुआ लेकिन क्या वह अकेली नहीं जा सकती?

'हाँ, नहीं'... के बीच उसके अंतर में एक घमासान मचता रहा। पर उसे जो कुछ करना था वह उसी दिन करना था। जाएगी या नहीं जाएगी?

और तभी उसके अंतर में एक गूंजती हुई आवाज उठी, वह जाएगी और अवश्य जाएगी। पास के गाँव में ही अभी कुछ दिन पहले ऐसी कई घटनाएँ घटी थीं, लड़कियों ने शादी करने से इनकार कर दिया था। क्या वह इतना भी साहस नहीं जुटा सकती कि उपायुक्त के पास चली जाए?

उसके अंतर से आवाज उठीं, 'क्यों नहीं जुटा सकती? तुम जाओगी और अकेली जाओगी।'

और वह अकेली ही उपायुक्त के घर के पास पहुँच गई थी। वह उपायुक्त के भवन के विशाल द्वार को देख रही थी और सोच रही थी कि उस पर दस्तक देगी।

और सचमुच उसने दस्तक दी। कई बार दी। तब कहीं जाकर द्वार खुला-एक महिला उसके सामने खड़ी थी। उसने सिर से पैर तक सरोज को देखा और आश्चर्य से पूछा, 'तुम कौन हो, क्या चाहती हो?'

सरोज ने दृढ़ स्वर में कहा, 'मैं श्रीमान् उपायुक्त जी से मिलना चाहती हूँ।'

'किस लिए मिलना चाहती हो?'

'अपनी व्यथा सुनाने के लिए।'

उस महिला ने एक बार फिर उसे सिर से पैर तक देखा। फिर अंदर आने का इशारा किया उसकी लड़की को लेकर अंदर चले गए।

उसके बाद की कहानी किसी के लिए रहस्य नहीं रह गई है। लड़की महिला आश्रम में रहती है और पढ़ रही है।...और उसका तथाकथित पति और बुआ दोनों जेल में हैं...। बस दादी कभी-कभी उससे मिलने आती है और उसकी पीठ थपथपाती है और...।

और क्या! क्या इतना ही काफी नहीं है आगे बढ़ने के लिए?

# तुम मेरी माँ हो

वायुयान निरंतर तीव्र गति से आगे बढ़ रहा है। ऊपर नीलगगन है। बीच में नाना रूप धारण किए मेघ-मालाएँ कही शुभ्र-श्वेत रंग के हिमखंड जैसी फैली हुई हैं। उनके ऊपर पड़ती धूप उन्हें और भी उज्ज्वल बना देती है। कहीं तीव्र गति से आक्रामक रूप धारण किए काली घटाएँ पास और पास—आती दिखाई देती हैं।

तभी एकाएक तीव्र झटका लगता है। वायुयान ऊपर उठ जाता है। सघन मेघ-मालाएँ तरल वायु में परिवर्तित होकर नीचे रह जाती हैं।

यह सब देखते हुए अन्नापाउला न जाने कब इनसे मुक्त होकर मस्तिष्क में उठते नाना रूप मानव-मूर्तियाँ तेजी से उसके सामने उभरती हैं और उतनी ही तेजी से पीछे छूटती चली जाती हैं। इस प्रक्रिया में न जाने वह कब सुदूर भूतकाल में भटक गई, जहाँ रह-रहकर अनेक स्मृतियाँ उसके मानस-पटल पर उभरतीं और उसे बेचैन कर जातीं।

वह अपनी माँ से मिलने जा रही है—उस माँ से, जिसके शरीर के अंश से उसका शरीर निर्मित हुआ है, जिसकी धमनियों में बहने वाला रक्त उसकी धमनियों में बह रहा है। उसने कहीं पढ़ा था—'माँ तो आकाश है। आकाश, जहाँ सूर्य है, चंद्र है और है नक्षत्र मंडल। जीवनदायी जल है, और...और...'

कुछ क्षणों के लिए सहसा वह कहीं खो गई। उसे माँ के बारे में बहुत कुछ पता था। माँ जो हमें गिर-गिरकर उठना सिखाती है, चलना सिखाती है। उसी माँ के पास तो वह रहती थी; पर अचानक एक दिन जब वह सात-आठ साल की थी, उसके पिता ने उसे बताया, "बेटी, तू जिसे अपनी माँ मानकर इतना प्यार करती है, वह तेरी 'जन्मदात्री माँ' नहीं है। तेरी जन्मदात्री माँ सुदूर भारत के एक प्रांत गोवा के एक गाँव के छोटे से घर में रहती है।'

उसने सुन लिया, पर उसे सहसा विश्वास नहीं आया। वह फिर अपने खेल में लग गई, लेकिन वह बात तो उसके मस्तिष्क में अपना स्थान बना चुकी थी। बीच-बीच में जैसे बिजली कौंधती हो, उसके मन में प्रश्न उभरता, विशेषकर जब उसकी यह माँ उसे प्यार कर रही होती तो उसके अंतर में सहसा एक आवाज उभरती, 'यदि यह मेरी माँ नहीं है तो मुझे इतना प्यार कैसे करती है और जो मेरी जन्मदात्री है, वह कहाँ है, कैसी है, मुझे अपने पास क्यों नही रखा?'

सहसा वह मौन हो गई। इस प्रश्न का उत्तर तो अब वह जान चुकी है और उस पर उसे विश्वास भी हो गया है। पता नहीं इस 'माँ' शब्द में क्या आकर्षण है। वह धीरे-धीरे पागल हो उठी अपनी इस जन्मदात्री माँ को देखने के लिए। उसे याद है आज भी, जब वह कुछ बड़ी हुई तो उसे इस बारे में पूछते हुए बहुत गुस्सा आया था। उसने अपने पिता को पीट दिया था। उन्होंने उससे यह बात क्यों छिपाए रखी अब तक?

और इसी प्रक्रिया में उन्होंने एक दिन मुझे सबकुछ विस्तार से बताया था। बताया था कि मेरी जन्मदात्री गोवा की रहने वाली भी नहीं थी। वह श्रीलंका में रहने वाले एक गरीब डच परिवार की बेटी थी। उस समय श्रीलंका पर डच लोगों का अधिकार था। उसका परिवार बहुत गरीब था, लेकिन वह बहुत सुंदर थी। उसके पड़ोस में ही गोवा का एक दंपती रहता था। वह जानता था कि यह परिवार इस सुंदर कन्या का लालन-पालन नहीं कर सकता। इसलिए उन्होंने उसे गोद ले लिया और जब वह परिवार गोवा लौटा तो वह भी उनके साथ गोवा आ गई।

लंबी कहानी है बालिका किशोर हुई, किशोर कन्या ने यौवन की दहलीज पर पैर रखा। उसी के साथ निखर उठा उसका रूप। यौवन के साथ-साथ वह भी अँगड़ाई लेने लगा था। उस समय गोवा पर पुर्तगाल का शासन था। वह छोटा सा समुद्र तटीय प्रांत पुर्तगाल के सैनिकों से भरा हुआ था। यौवन और सौंदर्य यदि मुक्त हो जाए तो क्या नहीं हो सकता है। वह सैनिकों के चक्रव्यूह में फँस गई और एक दिन उसके और मेरे पिता के बीच के संबंध बहुत सघन हो उठे। उसी प्रक्रिया में मेरा जन्म हुआ।...

सोचते-सोचते सहसा अन्ना ने बाहर की ओर देखा। बादल अब नहीं थे। निपट नीला आकाश कितना सुंदर लग रहा था। विमान में सहसा चाय आ जाने से हलचल मच उठी थी। वह सहज हो पाती कि उसके पति ने धीरे से उससे कहा, "उठो, चाय आ गई है।'

उसने अचरज से उन्हें देखा और बस मुस्कुराती रही। कुछ भूलने का प्रयत्न करती रही और धीरे-धीरे चाय का घूँट भी भरती रही।

उसके मस्तिष्क में फिर कुछ घटनाएँ तेजी से घूमने लगीं। उसे कुछ याद नहीं। तब वह  कुछ भी तो नहीं समझती थी। सब कुछ सुना है उसने उसकी वह स्वच्छंद वृत्तिवाली माँ उसकी देखभाल नहीं कर सकती थी। वह अपने भारतीय दादा-दादी की गोद में पलकर ही बड़ी हुई थी।

जब वह दो वर्ष की भी नहीं थी कि भारतवासियों ने गोवा को पुर्तगाल के चंगुल से मुक्त करा लिया। वह अब भारत का स्वतंत्र प्रांत था।

तब अपने देश जाते हुए उसके पिता ने सोचा कि मेरी जन्मदात्री मेरा पालन-पोषण नहीं कर पाएगी। मैं इसे अपने साथ पुर्तगाल ले जाऊँगा।

और उसके लिए उन्होंने बाकायदा कानूनी कार्रवाई करते हुए अंततः मुझे अपने साथ ले जाने का अधिकार प्राप्त कर लिया। माँ को इन बातों की बहुत चिंता नहीं थी। दादा-दादी अशक्त हो चुके थे, इसलिए एक दिन उसने अपने को पुर्तगाल में पाया और फिर वह पुर्तगाल की होकर ही रह गई।

वायुयान तीव्र गति से आगे बढ़ रहा है। कभी शुभ्र-श्वेत मेघों के बीच से गुजरता है, कभी तीव्र गति से आगे बढ़ते हुए भूरी घटाएँ उसे घेरने की चेष्टा करती हैं, पर चालक तो ऊपर—और ऊपर उठ जाता है। वहाँ वही नीला आकाश, नीचे चारों ओर फैली धूप। वह देर तक इस वातावरण में आगे बढ़ता है। इस सारी प्रक्रिया में विचारों का एक तुमुल-नाद निरंतर उसके अंतर में गूँजता रहता है।

सहसा वह वर्तमान में लौट आती है, यह सोचते हुए—मैं माँ के पास जा रही हूँ। वह माँ जिसने मुझे जन्म दिया था। बहुत-बहुत सुंदर थी वह। मेरे परिवारवाले कहते हैं, मैं भी सुंदर हूँ। क्या मैं अब अपनी जन्मदात्री माँ के उसी सुंदर रूप को देख पाऊँगी? कैसा है यह 'माँ' शब्द। जिसको मैंने देखा नहीं, जिसकी ममता का स्पर्श मैंने पाया नहीं, उसी को देखने के लिए मैं कब से भारत आने के सपने देख रही थी। पर पिता के घर में रहते हुए यह संभव नहीं हो सका। हो नहीं सकता था, लेकिन शादी हो जाने के बाद मैंने अपने पति को सब कुछ बता दिया। कुछ भी तो नहीं छिपाया। सारी कहानी सुनकर वह मुसकराए। बोले, "सचमुच तुम्हारी कहानी बहुत करुणाजनक है। हम प्रयत्न करेंगे उस माँ से मिलने का।'

और उन्होंने बड़ी ईमानदारी और बड़ी तन्मयता से प्रयत्न किया। तब हम लोग फिनलैंड की राजधानी हेल्सिंकी में आ बसे थे। मेरे पति को वहीं काम मिल गया था और कुछ दिन बाद मुझे भी किंडर गार्टन में काम करने का अवसर मिल गया। तब एक दिन मैंने दृढ़ स्वर में अपने पति से कहा, "अब हम गोवा जाएँगे।'

और मेरे पति, जो सचमुच मेरे जीवनसाथी थे, मुस्कुराए, "सब प्रबंध हो गया है, बस टिकट आने बाकी हैं।'

और सचमुच अब मैं भारत पहुँच गई हूँ तथा गोवा जा रही हूँ। वहाँ मेरी जन्मदात्री माँ रहती है।... ओह, जन्मदात्री माँ! कैसा है यह तेरा आकर्षण, तेरी ममता! तूने ही तो मनुष्य को सभ्यता के शिखर पर पहुँचाया है, इसलिए तो मैंने और पति ने अनथक परिश्रम करके साल्वेशन आर्मी के द्वारा तेरा पता लगाया। तुझे पत्र लिखा। उत्तर भी मिला, 'तुम आ सकती हो।'

अन्ना जैसे-जैसे अपने गंतव्य की ओर बढ़ रही है वैसे-वैसे उसकी बेचैनी भी बढ़ रही है। कैसी होगी मेरी जन्मदात्री माँ? कैसे प्यार करेगी? रोते-रोते आतुर हो उठेगी मुझे अपने में समाने के लिए, जैसे मैं आतुर हूँ उसे देखने के लिए।

किसी कवि ने कहा है, जैसे गंगा-स्नान करने के बाद पवित्र हो जाता है आदमी वैसे ही माँ के स्पर्श मात्र से भर उठता है तन-मन प्यार से।

सोचते-सोचते अन्ना पाउला बहुत दूर चली जाती है। बीच-बीच में उसके पति उससे बातें करते हैं। चूँकि अब खाना भी तो आने वाला है, इसलिए वह अचानक सबकुछ भूल जाती है और एक सहज पत्नी की तरह पति के साथ खाना खाती है, बातें करती है। उनके अभी कोई अपना बच्चा नहीं हुआ है, इसलिए अन्ना का सारा आकर्षण 'जन्मदात्री माँ' में केंद्रित हो गया है। भगवान् हर समय पृथ्वी पर नहीं आ

सकते, इसलिए तो उन्होंने माँ को अपना स्थानापन्न बनाकर भेजा है। तभी तो इतना आकर्षण है इस 'माँ' शब्द में। माँ स्वयं भगवान् है।

वह फिर विचारों में खोने लगती है। उसके पति उसे झकझोरते हैं, "अब तैयार हो जाओ। हम पहुँचने वाले हैं।'

"कहाँ?'

"गोवा तुम्हारी माँ के पास।'

"माँ के पास!' गद्गद हो उठती है वह यंत्रवत्।

पर दूसरे ही क्षण वह फिर विचारों में डुबकी लगाने को होती है, लेकिन अब समय नहीं है। उसके पति गोवा की प्रकृति को देखकर मुग्ध हो रहे हैं। कैसा सुंदर है यह देश, ऊपर निरभ्र नीला गगन, नीचे नीला सागर, कभी लहरें तीव्र होकर तटों से टकराती हैं। शोर उठता है, लेकिन दूसरे ही क्षण वे सब उसकी तरफ लौट जाती हैं। यहीं से तो वैज्ञानिक और खोजी लोग दक्षिणी धुव्र की ओर जाते हैं। फिनलैंड उत्तरी धुव्र के पास है और गोवा दक्षिण धुव्र को जानेवाला मार्ग है। दो विभिन्न संसार, दो विभिन्न संस्कृतियाँ, लेकिन मनुष्य तो एक ही है। संसार बदले, संस्कृति बदले पर मनुष्य और उसके पारिवारिक संबंध कभी नहीं बदलते। सारे संसार में माँ का एक ही अर्थ है। वही अर्थ तो उसे खींच लाया है यहाँ तक।

तभी सहसा परिचारिका की आवाज गूँजती है, "कुछ ही क्षणों में हम गोवा पहुँच जाएँगे। कृपया पेटियाँ बाँध लीजिए।'

गद्गद हो उठी अन्ना पाउला।... अब मैं माँ के पास पहुँच जाऊँगी, वही माँ, जिसकी मुझे कुछ याद नहीं, लेकिन जिसका निर्विकार आकर्षण मुझे पागल किए हुए है; क्योंकि मेरी रगों में इसी माँ का रक्त बह रहा है। मैं उससे प्राकृतिक रूप से जुड़ी हूँ। कितनी भी दूर चली जाए, सदा जुड़ी रहेगी। उसी माँ को मैं अपनी आँखों से देखूँगी। उसे प्यार करूँगी, उसे छू सकूँगी और वह भी मुझे अपनी छाती से चिपटाकर कितना रोएगी। आँसू प्यार का प्रतीक ही तो है।

उनका वायुयान तीव्र गति से नीचे उतरता हुआ धरती पर दौड़ रहा है। गति धीरे-धीरे कम होती जाती है और अंततः वायुयान रुक जाता है। उसके अधिकारी हमें अलविदा कहते हुए हाथ जोड़कर खड़े हो जाते हैं। वे भी मुस्कुराते हैं। उन्हें धन्यवाद देते हैं और नीचे उतरते हुए चले जाते हैं।

सारी औपचारिकताएँ पूरी होने में काई परेशानी नहीं हुई; क्योंकि उनके पास कुछ भी आपत्तिजनक नहीं था।

बाहर आकर वे टैक्सी लेते हैं। कोई परेशानी नहीं होती। कैसी शांति है! कैसा वातावरण है!

...यही सब देखते-देखते वे अंततः कुछ देर बाद अपने गंतव्य पर पहुँच जाते हैं। एक छोटा सा सुंदर गाँव, नाम है 'बारदेज'। प्राकृतिक दृश्य बहुत सुंदर हैं। यहाँ के नाना रूप स्त्री-पुरुष उनमें संपन्न भी हैं, असहाय भी। अन्ना सबकों गहरी दृष्टि

से देखती है। वह ढूँढ़ना चाहती है अपने अस्तित्व को। इसी वातावरण में तो उसने अपने प्रांरभिक जीवन के दो साल बिताए थे। दो साल का वैसे क्या अर्थ होता है, पर उसके पूरे जीवन के लिए एक अर्थ है उनका; क्योंकि उसकी जड़ें तो यहीं पर हैं। कोई कभी अपनी जड़ों से मुक्त हो सकता है क्या?

...लो, अब वह उस घर के सामने है, जिसमें उसकी माँ रहती है, जहाँ उसका शैशव मुस्कुराता था; लेकिन...लेकिन इस समय उसके अंतर में तो विचित्र तूफान उठा है। वह पागलों की तरह टैक्सी से उतरकर द्वार की ओर लपकती है। तभी उसके सामने समय से पहले वृद्धा हुई एक जर्जर, एक एल्कोहलिक महिला आ खड़ी होती है और लड़खड़ाती हुई आवाज में पूछती है, "तुम अन्ना हो, अन्ना पाउला...मेरी बेटी...'

अन्ना हतप्रभ टकटकी लगाए उसे देखती है—यह है मेरी माँ, यह...।

उस एक क्षण में न जाने कितने युग बीत जाते हैं। दूसरे ही क्षण वह दौड़ती हुई जाकर जर्जर वृद्धा से लिपट जाती है, "हाँ-हाँ, मैं हूँ अन्ना, तुम्हारी अपनी बेटी। मेरे शरीर की धमनियों में तुम्हारा ही रक्त बह रहा है। मेरा शरीर तुम्हारे शरीर का ही अंग है।'

अन्ना शायद इतना कुछ नहीं कह सकी थी। वह तो केवल भाव-विह्वल थी, लेकिन उसकी जन्मदात्री उतनी ही अलिप्त है। वह यंत्रवत् उसके शरीर पर हाथ फेरती है, "तुम मेरी बेटी हो, मेरी बड़ी बेटी! तुम्हें तुम्हारा बाप मुझसे छीनकर ले गया था।'

"हाँ-हाँ, माँ! मैं वही तुम्हारी बड़ी बेटी हूँ, तुम्हारी जाया, तुम्हारा रक्त। मैं तुमसे मिलने, तुम्हें लेने आई हूँ।'

उसकी माँ के पति भी तब तक वहाँ आ गए थे। वह उतने ही एल्कोहलिक है, पर संज्ञाहीन नहीं हैं। उसे समझाते हैं...तभी माँ पर जैसे दौरा पड़ता है। रोते-रोते विह्वल होकर उसे छाती से चिपटा लेती है, लेकिन दूसरे ही क्षण उसे अलग भी कर देती है। तभी एक किशोर और एक किशोरी वहाँ आते हैं। वे अन्ना के सौतेले भाई-बहन हैं। वह बड़े प्यार से उनसे बातें करती है। वे चकित भी हैं और खुश भी, उनसे मिलने उनकी बहन आई है।...

तब तक और भी स्त्री-पुरुष वहाँ घिर आते हैं। उनमें वे भी हैं, जिन्होंने अन्ना को दो वर्ष की आयु में खिलाया था। उनके साथ वह किलकारी मारती थी। वे उसे देखकर बहुत खुश हुए। वह इतनी बड़ी हो गई। माँ जैसी सुंदर है। कैसे सुंदर कपड़े पहने हैं! उसका पति कैसा गबरू जवान है और कैसा प्यारा! जरूर उनके पास बहुत पैसा होगा। लाए भी होंगे अपने साथ।

और अंततः उनकी सारी उत्सुकता पैसे पर केंद्रित होकर रह जाती है। अन्ना उनके प्रश्नों का बड़े प्रेम से उत्तर देती है। वे पूछते हैं, "तुम दोनों तो अच्छी नौकरी करते होंगे। खूब कमाते होंगे। तुम्हारी माँ तो सबकुछ पीने में खर्च कर देती है।'

अन्ना पाउला के भीतर तो एक आग प्रज्वलित हो उठी है। उस वातावरण में उसका दम घुटने लगता है, पर वह आश्चर्यजनक रूप से अपने पर काबू पा लेती

है। सब लोग अंदर आते हैं और फिर नाना रूप बातें, सुख-दुख की बातें, परिवार से परिचय की बातें।

इसी तरह तीन दिन लोगों से मिलने-जुलने ओर उन स्थानों को देखने में बीत गए, जहाँ उसके पिता का परिवार रहता था। वह उस अस्पताल में भी गई, जहाँ उकसा जन्म हुआ था, लेकिन इस प्रक्रिया में निरंतर उसके अंतर में एक प्रश्न घुमड़ता रहता कि मेरी माँ का क्या होगा? क्या इसे मैं अपने साथ ले जा सकती हूँ? उसके सौतेले पिता भाई-बहन! क्या करूँ मैं इन सबके लिए?...

इन तीन दिनों में वह निरंतर यही सोचती रहती थी, विशेषकर रात में, जब वह सोने के लिए अपने होटल में आती तब अपने पति से बराबर यही कहती कि मैं माँ को अपने साथ नहीं ले जा सकती, लेकिन इस हालत में उसे छोड़ भी नहीं सकती। मैं उसे दोष नहीं देती, लेकिन...लेकिन...

वह सहसा चुप हो जाती है, क्योंकि उसका अंतर उमड़ आया है और आँखों से बहने लगा है। उसके पति ने उसका कंधा थपथपापे हुए दृढ़ स्वर में कहा, "देखों अन्ना, यह निश्चित है कि तुम अपनी माँ को अपने साथ नहीं ले जा सकतीं। उसके पति हैं उसकी देखभाल करने के लिए; लेकिन अपने भाई-बहन के लिए तुम अवश्य व्यवस्था कर सकती हो।'

अन्ना ने सहसा एक अनचीन्हे आह्लाद से भरते हुए पूछा, "कैसे?'

उसके पति मक्कू ने उत्तर दिया, "तुम अपनी बहन सैंडरीना को अपने साथ ले जा सकती हो। वह तुम्हारे साथ रहेगी, पढ़ेगी और अपने भाई रॉय को तुम किसी बोर्डिंग स्कूल में दाखिला करवा सकती हो तथा पढ़ने-लिखने का खर्च भेज सकती हो।'

उसका पति अपनी बात पूरी कर पाता कि अन्ना ने उत्फुल्ल होकर उसे अपनी बाँहों में भर लिया। उसके मुँह पर चुंबनो की बौछार कर दी, "ओह मक्कू, तुम कितने महान् हो! तुम मेरे मन की बात कैसे जानते हो?'

उसके पति ने मुस्कुराते हुए उत्तर दिया, "जैसे तुम्हें जानता हूँ।'

अगले दिन सबकुछ भूलकर एक निश्चित भाव से वे सबसे पहले चर्च गए, उस देवी के सामने जहाँ उसके पिता ने उसके सकुशल जन्म लेने के लिए प्रार्थना की थी। वे उस अस्पताल में भी गए, जहाँ उसने पहली बार प्रकाश किरणों का स्पर्श पाया था। वह उस वकील से मिलने भी गई, जिसकी सहायता से उसे उसके पिता अपने साथ ले जा सके थे। वह उस घर को देखना भी नहीं भूली, जहाँ वह अपने पिता के साथ पुर्तगाल जाने से पहले रही थी। उसने ढूँढ-ढूँढकर उन सभी व्यक्तियों को अपना परिचय दिया, जो उसके पिता को जानते थे, उनके मित्र थे।

कितनी खुशियाँ बटोरी अन्ना ने। उसने अपनी बारह वर्ष की सौतेली बहन सैंडरीना को साथ ले जाने के लिए कानूनी लड़ाई लड़ी। कितनी बाधाएँ आईं उसके रास्ते में, लेकिन वह अंततः उस नाबालिग लड़की की अभिभावक बन ही गई। उसके

लिए पासपोर्ट बनवाने के लिए उसने क्या कुछ नहीं किया। हेल्सिंकी से अपने बैंक से पैसा मँगवाया टिकट खरीदने के लिए।

वास्तव में अब तक यहाँ के लोगों में उसेक प्रति ममता पैदा हो गई थी और उन्होंने सारी बाधाओं को पार करने में उसकी पूरी मदद की तथा अंततः सैंडरीना को साथ ले जाने के सारे रास्ते सुलभ हो गए।

लेकिन उसकी समस्याओं का अंत नहीं हुआ। रॉय? वह अपने सौतेले भाई रॉय का क्या करे? अंततः सबकी सलाह से उसने निश्चित किया कि जब तक वह उसे अपने साथ हेल्सिंकी नहीं ले जाती तब तक वह उसे 'डान बोस्कों हाई स्कूल' में दाखिल करवा देगी।

और उसने वही किया और इसी के साथ उसकी तात्कालिक समस्याओं का अंत हो गया। माँ की देखभाल के लिए अपने सभी शुभचिंतकों को कह दिया। वह और कुछ कर भी नहीं सकती थी। उसका मन बार-बार भर आता था।

जिस दिन उसने अपनी सौतेली बहन सैंडरीना के साथ अपनी माँ और सौतेले पिता से विदा ली, उस दिन उसके अंतर में गर्व की लहरें उठ रही थीं। यद्यपि वह माँ के लिए वह कुछ नहीं कर पाई थी, जो वह करना चाहती थी, पर माँ के बच्चों के लिए उसने वह कुछ किया जिसकी कल्पना वहाँ के लोग भी नहीं कर सकते थे।

एक भीड़ उमड़ आई थी उसे विदा देने के लिए और वह भाव-विह्वल रोती हुई हवाई अड्डे के अंदर भागती हुई चली गई थी। मक्कू ने उसे अकेला छोड़ दिया था। वह जानता था कि हेल्सिंकी पहुँचते-पहुँचते अन्ना का अंतर्मन अद्‌भुत सुगंध से भर उठेगा और वह सुगंध उसके जीवन की पहचान बन जाएगी।

# इन्सानियत

डॉ॰ नरेन्द्र कैम्प से अपने क्लीनिक लौट रहे थे, ऊपर से वह परम-शान्त थे, लेकिन अन्तर में रह-रह कर नाना रूप से आवाजें गूंज उठती थीं। वह आवाजें जो मनुष्य की पीड़ा से एकरूप हो गई थीं और उसकी बेइन्तहा दरिन्दगी की साक्षी थी। उन्हें विश्वास नहीं आ रहा था कि जो कुछ उन्होंने देखा वह सच था, और कि मनुष्य नाम का जीव इस सीमा तक जा सकता है। पिशाच की पैशाचिकता की सीमा को भी लाँघ  गया था वह। रह-रह कर उन्हें ऐसा लगता था जैसे वह सब एक दुःस्वप्न था जिसे वह हजार प्रयत्न करने पर भी अपने मन के पटल से मिटा नहीं पा रहे थे। भागते हुए स्त्री-पुरुषों के रक्त-रंजित शरीर, भयातुर बच्चों की चीखें, घिघयाती युवतियों के साथ होता बलात्कार...

एकाएक वह चीख उठे, "ठहरो मैं आ रहा हूँ...मैं आ रहा हूँ... मैं... आ... रहा... हूँ।

तभी सहसा ड्राइवर ने कार रोककर उन्हें जगाया, "डॉक्टर साहब...डॉक्टर साहब...आप फिर...।"

डॉक्टर हठात् चौंके, क्या है? मैं कहाँ हूँ? वह कहाँ गये? कौन बचाएगा उन्हें?..."

डॉक्टर ने धीरे से कहा, "आप बचाएँगे...हम बचाएँगे...।"

डॉक्टर अब तक पूरी तरह होश में आ चुके थे कि तभी सहसा कार झटका लगा। वह हठात् हड़बड़ा कर बोले, "क्या बात है रामनाथ?"

रामनाथ ने खिड़की से झाँकते हुए कहा, "उधर कोई रो रहा है। कोई मासूम बच्ची...कैसा दर्द है इसकी आवाज में।"

दूसरे ही क्षण एक करुण मार्मिक स्वर सन्नाटे से आक्रान्त उस वातावरण में गूंज उठा। डॉक्टर कार से उतरे और तेजी से दाहिने ओर की झाड़ियों की ओर चल पड़े। वह स्पष्ट देख पा रहे थे कि उनके पार एक 6-7 वर्ष की बालिका सिसक-सिसक कर रो रही है। इसके बाल बिखरे हैं, कपड़े अस्त-व्यस्त हैं, वह उठना चाहती है, पर उठ नहीं पाती...।

डॉक्टर ने तुरन्त रामनाथ को आवाज दी और स्वयं कूदकर झाड़ियों के पीछे उस लड़की के पास पहुँच गए और प्यार भरे शब्दों में बोले, "बिटिया, तुम यहाँ इस वीराने में क्या कर रही हो?'

लड़की एकाएक सकपका गई। उसने सिर उठाकर डॉक्टर की ओर देखा और एकदम चीख उठी, "तुम...तुम हिन्दू हो।"

डॉक्टर ठिठके, फिर धीरे-धीरे बोले, "मैं डॉक्टर हूँ। तुम कौन हो?"

लड़की बोली नहीं। डरी, सकपकाई डॉक्टर की ओर देखती रही—देखती रही। फिर धीरे—धीरे कहा, "नहीं नहीं... तुम हिन्दू हो, तुम मुझे मारने आये हो। तुमने मेरी अम्मी को, मेरे अब्बू को, सबको मार डाला, पत्थर मार-मार कर सिर फोड़ दिया। अम्मी को बोल से घसीटते हुए कमरे में ले गये। वह चीखती रही, तुम हँसते रहे, मैं टूटी हुई दीवार के पीछे खड़ी काँपती रही। मेरे चारों ओर आसपास के मकानों से चीखें उठ रही थीं और...और...।

और आगे बोलने में असमर्थ वह लड़की फिर सुबकने लगी। फिर बेहोश होकर वहीं गिर पड़ी। डॉक्टर और ड्राइवर ने उसे संभाला, इंजेक्शन लगाया। कुछ क्षण बाद उसे होश आया और वह फिर पहले की तरह बोलने लगी, "फिर वह मेरी अम्मी को घसीटते हुए बाहर लाए और फिर उसके पेट में बार-बार छुरा भोंकते रहे। अब मेरी अम्मी कोई आवाज नहीं निकाल रही थी। वह लोग अब और भी खिलखिला रहे थे। हमारा सामान उठा-उठा कर ले जा रहे थे। मुझे पता नहीं, मैं कब तक वहाँ पड़ी रही। जब मेरी आँख खुली तो देखा मैं एक स्कूल के सहन में रोत-बिलखते औरतों-मर्दों के बीच में पड़ी हूँ...।

यहाँ आकर वह एकाएक फिर चुप हो गई। डॉक्टर तब तक उसकी जाँच कर चुके थे। वह जख्मी थी, उसके एक पैर की हड्डी टूट गई थी।

वह लड़की कई क्षण तक शून्य में ताकती रही, फिर बोली, "मैं दो दिन वहाँ रही, फिर एक कैम्प में पहुँच गई, जहाँ मेरे जैसे बेसहारा, जख्मी लोग भरे थे। मेरा अपना कोई नहीं था, फिर भी उन्होंने मुझे पुचकारा, प्यार किया, ढाढस बंधाया। उनके साथ भी वही बर्ताव हो चुका था जो मेरे अम्मी-अब्बू के साथ हुआ था।"

डॉक्टर ने उसके सिर पर हाथ फेरते हुए पूछा, "लेकिन तुम यहाँ कैसे आई?"

लड़की ने एक बार फिर गौर से डॉक्टर की ओर देखा, फिर धीरे-धीरे कहा, "तुम हिन्दू हो, तुम मुझे मार तो नहीं डालोगे।"

डॉक्टर ने कोई जवाब नहीं दिया। काफी देर तक उसे सहलाते रहे, लड़की बराबर उनकी ओर देखती रही। चाहे-अनचाहे बड़ा सकून मिल रहा था उसे। वह चीखना चाहती थी, पर चीख कण्ठ तक आते-आते मिट जाती थी। धीरे-धीरे उसने कहा, "नहीं-नहीं तुम हिन्दू नहीं हो सकते, तुम हिन्दू नहीं हो सकते।"

डॉक्टर बोले, "मैने कहा ना मैं डॉक्टर हूँ। तुम्हें तुरन्त इलाज की जरूरत है। तुम किसे ढूंढ रही थीं?"

लड़की को जैसे जिन्दगी ने थपथपाया हो बोली, "हाँ मैं अपने मामूजान को ढूंढ रही थी। वह हमारे घर से कुछ दूर रहते थे पर वह नहीं मिले। उन्हें भी.. उन्हें भी...।" लड़की फिर रोने लगी, बोली, "हम सब जो बच्चे थे, सब एक कैम्प में आ गये। पर मुझे अभी भी मामूजान के मरने का यकीन नहीं आ रहा था।

इसीलिए उन्हे ढूंढते-ढूंढते यहाँ आ गई। वहाँ सामने भी तो कैम्प है, मैं वहीं जाना चाहती थी, पर अब मुझसे चला नहीं जा रहा। तुम मुझे मारोगे तो नहीं?"

डॉक्टर ने रामनाथ से कहा, "इसे गोद में उठा लो और नर्सिंग होम ले चलो।"

लड़की फिर एकाएक चीख उठी, "नहीं...नहीं...मैं तुम्हारे साथ नहीं जाऊँगी, तुम मुझे भी मार डालोगे, आग में जला दोगे, मेरे अब्बू और अम्मी, और सब पड़ोसियों को उन्होंने मिट्टी का तेल छिड़क कर इसी तरह आग लगा दी थी...।"

तब तक वह कार में बैठ चुके थे। लड़की कभी जोर से रो उठती, कभी डॉक्टर की ओर देखती। आधे घण्टे बाद उसने पाया कि एक नर्सिंग होम में आ गई है। वहाँ बहुत-सारे बेड हैं, बहुत-से मरीज हैं, कुछ चुप हैं, कुछ धीरे-धीरे रो रहे हैं, नर्से उन्हे थपथपा रही है...।

लड़की को अचानक ढाढस-सा बंधा। वह चुप हो गई, फिर उसने कुछ नहीं कहा।

डॉक्टर ने अन्दर आकर आवाज दी, "डॉ॰ शबाना, इस लड़की को ले जाओ, एक्सरे कर के देखो, कि कहाँ प्लास्टर चढ़ाना पड़ेगा। इसके सिर में भी गहरी चोट लगी है। मैं अभी आ रहा हूँ।"

दो क्षण बाद ही डॉ॰ शबाना स्ट्रेचर ले कर वहाँ आ गई थी, दो नर्से भी साथ थी। वह चुपचाप लड़की को लेकर चली गई। लड़की अब बिल्कुल शान्त हो गई, पर उसे विश्वास नहीं आ रहा था कि जो कुछ बर्ताव उसके साथ हो रहा है वह सच है। तब तक डॉ॰ नरेन्द्र भी वहाँ आ गये थे, उन्होंने पूछा, "तुम्हारा नाम क्या है?"

उसने झिझकते-झिझकते धीरे-से कहा, "मेरा नाम शबनम है, सब लोग मुझे शब्बो कह कर बुलाते हैं।"

डॉक्टर मुस्कुराये और बोले, "अब मैं भी तुम्हे शब्बो कह कर बुलाऊँगा।"

पहली बार शबनम में कुछ विश्वास जागा उसने फिर गौर से डॉक्टर को देखा, फिर डॉ॰ शबाना को देखा, बोली "तुम हिन्दू नहीं हो। तुम मुसलमान हो।"

डॉ॰ शबाना मुस्कुराई और बोली, "हाँ मैं मुसलमान हूँ, लेकिन बेटी, अस्पताल में न कोई हिन्दू होता है, न कोई मुसलमान। यहाँ डॉक्टर होते हैं, नर्से होती है। यह देखो दो नर्से हैं, लिज़ा और सीमा। इनके पूरे नाम हैं एलिज़ाबेथ ओर सीमा एडविबा, दोनों ईसाई हैं। यहाँ हम सब का काम है मरीजों की सेवा करना। तुम्हारी ही तरह यहाँ और भी बहुत-से जख्मी लोग हैं, जो मुसलमान हैं, कुछ हिन्दू भी हैं। तुम इस बारे में कुछ मत सोचो। लगता है तुम्हारे पैर की हड्डी में फ्रेक्चर है, ऑपरेशन करना होगा।"

शबनम एकाएक अपने को धोखा देते हुए बोल उठी, "मेरा ऑपरेशन आप करिएगा, डॉ॰ नरेन्द्र नहीं, वह हिन्दू हैं...।"

डॉ॰ शबाना ने धीरे-धीरे उसके गाल थपथपाए और बोली, "नहीं, बेटी, ऐसा नहीं कहते। ऑपरेशन वही करेंगे।"

शबनम का डर अब भी दूर नहीं हुआ था, लेकिन वह कुछ नहीं बोली। उसका ऑपरेशन हुआ। और भी जाँच हुई।

अगले दिन अपनी नई बेड पर लेटे-लेटे उसने पाया कि उसके पैर में प्लास्टर चढ़ा हुआ है, सिर पर पट्टी बंधी है। हाथ के जख्मों पर टेप चिपके हैं। उसने पूछने की कोशिश की, पर पूछ नहीं पाई। उसकी आँखों से आँसू बह रहे थे। वह अपनी अम्मी को देख रही थी, वह अपने पड़ोसियों को देख रही थी। चीखें सुन रही थी...। तभी उसे नर्स लिज़ा की आवाज सुनाई दी, जो बड़े प्यार से, उसके ऊपर झुक कर पूछ रही थी, "अब कैसी हो शब्बो जी? क्या खाना चाहोगी शाम को?"

शबनम ने एक बार नर्स की ओर देखा। नर्स मुस्कुराई, लेकिन दिन तो यादों से भरा हुआ था। किसी तरह से वह इतना ही कर सकी, "मुझे कुछ पता नहीं, 'जो भी दोगी खा लूँगी।"

उसको कुछ समझ में नहीं आ रहा था। कभी उसको लगता वह जन्नत में पहुँच गई है, कभी दोजख़ की आग जलाने लगती, कभी चीखती-चिल्लाती आवाजें गूँजन लगतीं, वह घबरा जाती...।

और इसी ऊहापोह में एक महीना बीत गया। हर महीने के तीस दिन और हर दिन के 24 घण्टे, कैसे बिताये उसने। क्या-क्या सोचा उसने? लेकिन जब भी उसे घबराहट होती, तभी उसे डॉ॰ शबाना प्यार से सहलाती मिलती। बीच-बीच मे डॉ॰ नरेन्द्र भी आकर पूछ जाते, "कैसी हो बिटिया? अब तो तुम मुझे पहचान गई ना।"

शब्बो बस मुस्कुरा देती, लेकिन उसके अन्तर में सवाल उठते रहते, सच क्या है? उस दिन मेरे अब्बू-अम्मी का कत्ल हुआ, पड़ोसियों का कत्ल हुआ, इतना हा-हा-कार मचा। आज चारों ओर मुस्कुराहट ही मुस्कुराहट है, प्यार की शहनाई गूँज रही है, पर मेरी अम्मी, मेरे अब्बू...।

और वह धीरे-धीरे सुबक उठती। और इसी तरह दिन बीतता, रात बीतती, सवेरा आता और सांझ होती। अचानक उस दिन उसने फिर देखा कि उसके चारों ओर अजीब शोर मच रहा है, डॉक्टर, नर्सें सब तेजी से आ जा रह। एक के बाद एक स्टैचर वहाँ आते है और उसकी आँखों के आगे से चले जाते हैं। वह घबरा जाती है। नर्स से पूछती है, "क्या बात है, सिस्टर, यह इतने जख्मी कहाँ से आ रहे हैं?"

नर्स ने जाते-जाते जवाब दिया, "तुम चुपचाप लेटी रहो। कुछ मत सोचो। मैं सब कुछ बता दूँगी, पर अब नहीं।"

लेकिन शाम होने पर भी उसे किसी ने कुछ नहीं बताया। सब कुछ रोज की तरह हुआ। अगले दिन उसने देखा कि उसकी बराबर वाले बेड पर, लगभग उसी की उम्र का एक लड़का लेटा हुआ कराह रहा है। उसके बायें पैर में प्लास्टर चढ़ा है। उसका दाहिना हाथ सिलंग में लटका है। उसके सिर में पट्टी बँधी हुई है...।

वह देर तक उसे देखती रही। उसके अंदर एक दूसरे को काटती आवाजें उठती रहीं। वही पुरानी आवाजें...।

वह घबरा गई। धीरे-धीरे सरक कर तकिये के सहारे ऊपर उठ कर बैठ-सी गई। अब वह उस लड़के को साफ देख सकती थी।

उसने डरते-डरते उससे पूछा, "तुम कौन हो? हिन्दू या मुसलमान? तुम्हें किसने मारा है?'

लड़के ने अचरज से शबनम की ओर देखा फिर धीरे-धीरे टुकड़ों-टुकड़ों में उसने बताया, "मैं हिन्दू हूँ मेरा नाम प्रशांत है। मैं दिल्ली में रहता हूँ। मैं अपने मम्मी पापा के साथ यहाँ स्वामी नारायण मंदिर में दर्शन करने आया था। मंदिर बहुत बड़ा है बहुत सुन्दर है। जब हम वहाँ पहुँचे बहुत खुश थे। कुछ लोग स्वामी नारायण देव की पूजा-अर्चना कर रहे थे, कुछ लोग एक ओर बैठे मन्त्र पढ़ रहे थें कहीं संगीत हो रहा था, लोग बराबर आ-जा रहे थे, कि तभी एकाएक जैसे सैकड़ों बम एक साथ फटे हों चारों ओर चीख-पुकार मचने लगी। किसी को किसी का पता नहीं था...।"

यहाँ आकर एकाएक वह लड़का चुप हो गया। उसका गला भर आया था...। शबनम ही बोली, "फिर क्या हुआ? बोली न।"

प्रशांत कुछ देर फिर चुप रहा। कुछ क्षण बाद उसने धीरे-धीरे, टुकड़ों-टुकड़ो में बताया, "अब वहाँ चारों ओर लाशें थी, मेरे मम्मी और पापा भी टुकड़े-टुकड़े होकर उन्हीं के बीच पड़े थे। मुझे कुछ पता नहीं, मैं तो बेहोश होकर गिर पड़ा था। जब होश आया तो लोग लाशों को उठा रहे थे, जख्मियों को उठा रहे थे मुझे भी किसी ने उठा लिया, मुझे होश नहीं था।"

फिर अचानक उसने जोर से रोत-रोते कहा,, "मेरी मम्मी, मेरे पापा...।'

एक क्षण बाद प्रशांत फिर मौन हो गया। उससे बोला नहीं जा रहा था, फिर भी सुबकियों के बीच में वह फिर बोल उठा, "मेरी मम्मी, मेरे पापा... दोनों मर चुके थे, उनकी लाशें चिथड़ी हुई पड़ी थी। मैंने बस एक बार उनकी ओर देखा, फिर बेहोश हो गया। जब मुझे होश आया तो मैंने अपने आप को बस में पाया बस में बहुत-से-आदमी-औरतें चीखते-चिल्लाते खून से सने पड़े थे। बस एक अस्पताल के आगे रूकी, कुछ जख्मियों को वहाँ उतार दिया गया, कुछ को दूसरे अस्पताल, में। मुझे कुछ पता नहीं...। जब...जब मुझे होश आया तो मैं यहाँ बेड पर था, और मेरे एक हाथ, एक पैर में फ्रेक्चर हो गया है, मेरे बदन में जगह-जगह-जगह जख्म है, मैं उठ-बैठ नहीं सकता...।"

शबनम एकाएक घबरा उठी। उसका दिल भर आया। किसी तरह अपने को संभालते हुए उसने पूछा, "तुम पर किसने बम छोड़े थे।"

प्रशांत ने धीरे-धीरे रोते-रोते कहा, "लोग कह रहे थे, वह दो मुसलमान आतंकवादी थे। वह तो मर गये, पर 500 हिन्दुओं को मार गये, और जख्मी कर गये...।"

शबनम कुछ समझी, कुछ नहीं। दो मिनट बाद उसने पूछा, "तुम्हें मुसलमानों ने मारा?"

प्रशांत ने जवाब दिया, "हाँ मुझे मुसलमानों ने मारा।"

शबनम बोली, "और मुझे हिन्दुओं ने मारा" प्रशान्त ने शबनम की ओर देखा, शबनम भी उसे देखे जा रही थी। एकाएक उसने पूछा, "तुम हिन्दू हो ना।"

दोनों ने फिर एक दूसरे की ओर देखा फिर अचानक दोनों की आँखें नम हो आई। आँसू टपकने लगे। दो क्षण बाद शबनम बोली धीरे-धीरे, कल वहाँ सामने की खाटवाला जख्मी दूसरे जख्मी से कह रहा था, "यहाँ गाँधी जी का आश्रम है, वह तो हिन्दू थे। उन्हें भी तो एक हिन्दू ने ही मारा था, लेकिन मुझे लगता है उसने हिन्दू को नहीं इंसान को मारा था...।" तुम जानते हो इन्सान किसे कहते हैं?

प्रशांत बोला, "मुझे कुछ पता नहीं, पर लगता है वह सच कह रहा था। गाँधी जी जरूर इन्सान थे...। एक बार मैंने एक फिल्म में उनकी प्रार्थना सभा का दृश्य देखा था, वहाँ सब गा रहे थे, ईश्वर अल्ला तेरो नाम, सबको सन्मति दे भगवान...।"

शबनम कुछ नहीं बोली, चुपचाप उसने अपना हाथ प्रशांत के माथे पर रखने के लिए आगे बढ़ाया कि सहसा उसने देखा—डॉ॰ नरेन्द्र, डॉ॰ शबाना और नर्स लिज़ा तीनों कुछ दूर खड़े भीगी-भीगी आँखों से उन्हें देख रहे हैं। उनके चेहरे पर एक दिव्य मुस्कान फैली है। न जाने क्या हुआ वह भी मुस्कुराने लगी, उसे देख कर प्रशांत भी मुस्कुराने लगा...।

क्या इसी दिव्य मुस्कान का एक और नाम इन्सानियत नहीं है?

# रक्त-दान

अन्विता को बहुत देर राह कुनहीं देखनी पड़ी। अस्लान उसके सामने, शरद् ऋतु की सुबह की धूप की तरह मुस्कुराता हुआ, आ खड़ा हुआ। अन्विता ने भी मुस्कुराते हुए उठने की चेष्टा की, पर वह...वह तो तब तक बैठकर पानी का गिलास उठा चुका था। बोला, "ऑर्डर दे चुकीं या देना है?"

"अभी तो आइसक्रीम ही मँगवाई है, बाकी...." वह वाक्य पूरा कर पाती कि उनके चिर-परिचत बैरे ने आइसक्रीम के दो कप उनके सामने रख दिए। अस्लान ने गंभीर बनने का नाटक करते हुए कहा, "लगता है, अब हमें किसी और रेस्तराँ में बैठना होगा।"

"क्यों?"

"यहाँ के बैरे हमें पहचान गए हैं।"

"तो क्या हुआ? सुनूँ तो..."

"अरे भई, तुम इतना भी नहीं जानतीं कि अजनबी बने रहने में जो सुख है, वह परिचित हो जाने पर कहाँ रहता है!"

हँस आई अन्विता, "तुम भी बस।'

"बस क्या? बात पूरी करो न।"

"मेरी बात कभी पूरी हुई है, जो आज होगी। तुम अपनी बात करो।"

कहते हुए अन्विता ने दृष्टि उठाकर अस्लान की ओर देखा। ठीक इसी समय अस्लान ने दृष्टि उठाई और दूसरे ही क्षण दोनों चुप हो गए। बहुत देर तक वह चुप्पी उनके अंतर में उमड़ती-घुमड़ती रही सुदूर समुद्र में उठते तूफान की तरह।

फिर सहसा अस्लान ने पूछा, "आज इस वक्त क्यों बुलाया है मुझे? कुछ..."

"न, न-न, न,' एकदम मुँह पर हाथ रख दिया हो जैसे, "कुछ खास नहीं है। बस, दीदी तुमसे कुछ बात करना चाहती हैं।"

"कुछ खास नहीं...कुछ बात करना चाहती हैं दीदी, मुझसे! क्या पहेलियाँ बुझा रही हो? साफ-साफ कहो न।"

"अस्लान, वह सब तो बताएँगी मुझे जरूरी काम से कॉलेज जाना है! दीदी बस अभी आ रही होंगी। अच्छा, टा-टा।"

वह आगे बढ़ी ही थी कि उसे जाते देखता रहा और अंतर में घमासान मचता रहा। बैरा फिर आया। अस्लान ने उसे देखकर भी नहीं देखा। एक क्षण रुका बैरा, फिर पूछा, "कुछ और लाऊँ?"

"अभी नहीं, उन्हें आने दो।"

वे यहाँ अक्सर आते हैं, देर तक बैठते हैं। बैरा खूब परिचित है उनसे। इतना कि बिना पूछे खुद ही बहुत से काम कर देता है। वह एक क्षण रुका, लेकिन आज कुछ और जैसा लगा उसे। वह दूर जा खड़ा हुआ और समय घड़ी की सुइयों की बैसाखियों के सहार से आगे बढ़ता चला गया। लेकिन अस्लान तो उन क्षणों में न जाने कहाँ-कहाँ भटकता रहा। आज उसे अन्विता की सारी बातें बड़ी असहज लग रही थीं। वह जानता है कि अन्विता का आकर्षण उसके प्रति बढ़ता जा रहा है। वह...वह उसे बेहद चाहती है, इतना कि...लेकिन चाहने भर से सबकुछ मिल जाता है क्या? हम रास्ते बनाते है। और उन पर चलते हैं; पर सचमुच क्या हम इतने स्वतंत्र हैं कि उन्हें जिधर चाहें मोड़ दें जब चाहें तोड़ दें।

यह उलझन अचानक कैसे उभर आई उसके अंतर में। इसका कोई कारण, कोई स्रोत है क्या?

सहसा गरदन को जोर से झटका दिया उसने, जैसे कमर पर कोई बिच्छू पंजे गड़ा के चढ़ आ रहा हो। उसने फिर झटका दिया गरदन को। वह अब सात वर्ष पूर्व के उस युग में पहुँच गया, जब उसकी अम्मी राम मनाहर लोहिया अस्पताल में दाखिल थीं। हल्का सा फालिज का आक्रमण उनके चेहरे पर दाहिनी ओर था। बहुत खतरनाक नहीं था। धीरे-धीरे ठीक हो रही थीं। उसी समय उनके बराबर के सूइट में अन्विता दाखिल थी। गंभीर रूप से बीमार थी वह और उसे तुरंत खून चढ़ाने की आवश्यकता थी, पर उसके खून से मेल खाता खून मिल ही नहीं रहा था।

उसने यह सबकुछ देखा नहीं था, बस सुना था अब्बू से। उसके लिए जो अब्बू थे, औरों के लिए वह जस्टिस जाबिर हुसैन थे; जैसे अन्विता के पापा औरों के लिए पुलिस कमिश्नर थे। तभी जैसे किसी ने सहसा उसके कान में जोर से कहा, 'जस्टिस जाबिर हुसैन और कमिश्नर पुलिस मिस्टर नरेन्द्र मोहन...!'

वह एक क्षण को काँपा, अपनी बाईं ओर देखा। जब वह आया था तो कैसी सुहावनी धूप खिली थी और अब बूँदें पड़ने लगी थीं। इसी तरह तो अस्लान के मस्तिष्क में घटनाओं की धूप-छाँव और वर्षा का खेल चल रहा था।

एक दिन सहसा लोहिया अस्पताल से उसके लिए फोन आया। छोटे भाई असलम ने कहा, "अस्लान भैया तेरा फोन है। कमिश्नर पुलिस नरेंद्र मोहन बात करना चाहते हैं।'

वह भागा। कमिश्नर पुलिस उससे क्या बात करना चाहते हैं? वह भी लोहिया अस्पताल से। वहाँ तो उसकी अम्मी हैं। कहीं...। वह  काँपा, सिहरा और फिर चोगा उठाकर बोला, 'जी, मैं अस्लान बोल रहा हूँ।'

उधर से आवाज आई, 'बेटा, मैं नरेंद्र मोहन बोल रहा हूँ। तुम्हारे पापा चाहते हैं कि तुम दोनों भाई तुरंत अस्पताल आ जाओ। न-न, घबराने की कोई बात नहीं। तुम्हारी अम्मी बिल्कुल ठीक हैं।' और उन्होंने फोन रख दिया।

आधे घंटे बाद दोनों भाई अस्पताल में थे और उन्हें घेरे थे उनके अब्बू और कमिश्नर पुलिस, जो सादी वरदी में थे और बेहद गंभीर थे। चेहरे पर जैसे दर्द की कई तहें जम गई हों। बिना किसी भूमिका के उनके अब्बू ने कहा, 'बेटे, कमिश्नर साहब की बेटी को तुरंत खून की जरूरत है। सब जगह देख लिया, उसके मेल का खून कहीं नहीं मिला न ब्लड बैंक में, न घर के किसी मेंबर का खून उसके खून से मेल खाता है। बेचारे नाउम्मीद हो गए हैं। तब...तब एकाएक मुझे ख्याल आया कि क्यों न तुम दोनों भाइयों के खून की भी जाँच करा ली जाए। शायद..'

तब सबको चकित करते हुए वह बोल उठा था, हाँ-हाँ, अब्बू! हमारे खून की जाँच करवा लीजिए न। डॉक्टर साहब कहाँ है?'

वह तो वहीं खड़े थे। दोनों भाइयों को लेकर अंदर चले गए और आधा घंटा भी न बीता होगा कि उनका उत्फुल्ल स्वर गूँज उठा, 'बधाई हो, कमिश्नर साहब! अस्लान साहब का खून मेल खा गया है। आपकी बेटी को जीवन-दान मिल गया।'

...सब कुछ अस्लान के अंतर में उसी तरह अंकित है, जिस तरह घटा था उस दिन। अन्विता के पास के पलंग पर वह लेटा था और अनुभव कर रहा था एक रहस्यमयी सरसराहट, जो कभी तेज होती, कभी धीमी; पर रुकी एक क्षण को भी नहीं थी।

कब डॉक्टर ने सुई निकाली, कब दूसरे कमरे में ले गए, उसे कुछ पता नहीं। अगले दिन ही उसे पता चला कि डॉक्टर ने कहा था बाहर आकर, 'बधाई आप सबको! आपकी बेटी की जान बच गई, अस्लान बेटे के खून ने उन्हें जिंदा कर दिया।'

अस्लान ने अनजाने ही गरदन को जोर से झटका दिया। असलम ने उसे बताया था कि तुरंत कमिश्नर साहब ओर उनकी पत्नी ने भाव-विभोर होकर हाथ जोड़ दिए थे। कहा था, 'जज साहब, आपने बहुत जजमेंट लिखे होंगे, पर आज जो कुछ आपने लिखा है, वह तो...'

कहते-कहते कमिश्नर साहब रो पड़े थे और मेरे अब्बू ने उन्हें बाँहो में बाँध लिया था; लेकिन यह क्या!

असलम ने ही तो बताया था कि कुछ ही क्षणों में वहाँ मिठाइयों के थाल, फलों के टोकरे और नाना रूप मेवाओं से भरे डिब्बे ऐसे सज गए जैसे किसी विवाह के अवसर पर सजते हैं।

अब्बू ने देखा, अंदर-ही-अंदर घुमड़े; पर बाहर उसी सादगी से बोले, 'ये क्या है, कमिश्नर साहब! मेरे बेटे के खून की कीमत दे रहे हैं क्या आप?'

हतप्रभ कमिश्नर साहब जैसे सातवें आसमान से गिर पड़े हों, 'क्या कहते हैं आप? क्या कोई उस खून की कीमत लगा सकता है, क्या कोई...'

‘ठीक कहते हैं आप, लेकिन फिर यह इतना कुछ मेरे सामने क्यों? क्यों यह सब ताम-झाम? बाँट दीजिए इस सबकुछ को मरीजों में। मैं इन्हें छुऊँगा भी नहीं।’

‘भाईजान, आप क्या कह रहे हैं? आप सोचिए तो...’

‘सोचने की जरूरत कहाँ है आपने मुझसे खून माँगा था क्या? मैंने अपनी मरजी से दिया है, और जो अपनी मरजी से दिया जाता है उसकी कीमत चुकानेवाला अभी तो इस दुनिया में पैदा नहीं हुआ। देने में जो सुख है उसे मुझसे मत छीनिए, कमिश्नर साहब।’

यहाँ पर सहसा अस्लान को लगा जैसे कोई उसके बदन को धीरे-धीरे सहला रहा है। वह चौंका। उसके कंधे पर किसी का हाथ था। वह उस स्पर्श को पहचानता है। उसने आँखें खोलकर मुस्कुराते हुए कहा, “अरे दीदी, आप! कब आईं?”

सोनाली दीदी मुस्कुराते हुए बोलीं, “जब तुमने देखा। गहरी नींद में सो रहे थे जनाब, जगा दिया न मैंने। अन्विता कहाँ चली गई?”

“कुछ काम था कॉलेज में। कह गई है कि अभी आ जाएगी। मैं उसकी राह देखते-देखते सो गया था।”

“शायद नहीं, बहुत गहरी नींद में सो रहे थे जनाब। कोई सुनहरा सपना देख रहे थे शायद।’ देखो तो, वह हमारा बैरा कैसे मुस्कुरा रहा है, शैतान कहीं का कु फिर मुड़कर बैरे को इशारा किया, “इधर सुनो रामसिंह।”

रामसिंह तो स्वयं ही उधर आ रहा था। बोला, “जी बीबीजी! अब क्या लाना होगा?”

“एक प्लेट चीज सैंडविच एक प्लेट टमाटो फिश और दो क्रीम कॉफी। और हाँ, जब छोटी मेम साहब आ जाएँ तो...खैर, अभी तो यही लाओ, जब आएँगी तो देखेंगे।”

बैरा चला गया। दीदी ने मुस्कुराते हुए अस्लान की ओर देखा और बोली, “सपना बहुत मधुर था।’

“अरे, नहीं दीदी! सपना जागते हुए आता क्या? कहीं दूर भटक गया था मैं। भटकने की आदत जो पड़ गई है।”

“जानती हूँ...जानती हूँ। अन्विता से बातें कीं। वह भी तो भटक रही है।”

“उससे बातें करने पर भटकन और बढ़ जाती है। मैंने उसे बार-बार समझाया, पर वह...”

बात काट दी सोनाली ने “पर वह है कि समझना ही नहीं चाहती।’

“जी, हाँ”

“तो फिर!”

इस ‘तो फिर’ का उत्तर आपके पास है, पुराने दकियानूसी बंधन तोड़ने का मतलब यह तो नहीं। हम स्वच्छंद हो जाएँ। बंधन हमारी नियति है।

“अच्छी-खासी हिंदी बोल लेते हो।”

एकदम बात काटते हुए अस्लान ने उत्तर दिया, "आप तो जानती ही हैं, मेरी माँ हिंदू हैं। कॉलेज में हिंदी पढ़ाती हैं। उनके पिता बड़े एडवोकेट थे। तब मेरे पिताजी भी नए एडवोकेट बने थे, उनके जूनियर रहे हैं। तभी उनकी भेंट मेरी माँ से हुई।'

बात काट दी सोनाली ने, "मालूम है मुझे, सब मालूम है। बड़े लोगों की बड़ी बातें। मेरी माँ की भी तो यही कहानी है। वह मुसलमान थीं। शायरा थीं। तुम तो जानते ही हो सबकुछ। एक मुशायरे में उनकी गजल सुनकर पिताजी रीझे तो फिर मुड़कर ही नहीं देखा। बेचारी एक साधारण से लेक्चरार की बेटी थीं, पुलिस सुपरिंटेंडेंट की गिरफ्त से कैसे मुक्त हो सकती थीं होना चाहा भी नहीं। तुम सबकुछ जानते हो। वह तो अब इस दुनिया में हैं नहीं। तुम अपनी कहो, किसकी गिरफ्त तेज है?"

"दीदी!" सहसा अस्लान की आवाज तीव्र हो उठी, "आप अन्विता को समझातीं क्यों नहीं? उसकी रगों में मेरा लहू है। उसे जिंदगी देनेवाला मेरा खून..."

सोनाली सहसा सकपका गई। कुछ क्षण लगे अपने को समेटने में। फिर धीरे-धीरे बोली, "तुम समझते हो, मैंने समझाया नहीं या वह समझती नहीं; पर आजकल की ये लड़कियाँ...हमारी दादी-नानी के जमाने में जितनी अपने में कैद थीं, अब उतनी ही रंग-बिरंगी तितलियाँ बनकर इस फूल से उस फूल पर मँडराती रहती हैं और..."

"ऐसा नहीं दीदी, ऐसा नहीं! आप जानते-बूझते उस पर इल्जाम लगा रही हैं। जमाना कहीं एक जगह रुकता है क्या? हाँ, एक बात है, हमें जमाने को अपने ऊपर हावी नहीं होने देना चाहिए। नकेल हमारे हाथों में ही रहे।"

एकदम फिर बात काट दी सोनाली ने "अरे भाई, उसी नकेल की ही तो बात कह रही हूँ मैं! अच्छा छोड़ बता, मैं क्या कहूँ उससे?"

"फिर वही दास्तान। कुछ नया पर...नया कुछ होता है क्या?' वहीं अक्षर, वही मात्राएँ जो हम पहली जमात से पढ़ चुके होते हैं, पर उनके समीकरण बदलते रहते हैं न। उसी बदलने की प्रक्रिया में से क्रांति जन्म लेती है।"

"तो ठीक है, दीदी। मैं वही बात दोहराता रहूँगा। आप उससे कह दीजिए। उसकी नस-नाड़ियों में मेरा खून बह रहा है। वह मेरी..."

"मैं समझ गई। कुछ और?"

"हाँ, एक नई खबर है। मैं शायद जल्दी ही अमेरिका चला जाऊँ। आप तो जानती ही हैं मेरी बड़ी बहन वहाँ हैं। उन्हीं का..."

वह वाक्य पूरा कर पाता कि अन्विता उनकी ओर आती दिखाई दी। एक बड़ा सा पैकेट था उसके हाथों में।

सोनाली बोल उठी, "यह क्या खरीद लाई तू? तेरी यह आदत मुझे कतई पसंद नहीं। जहाँ जाएगी, कुछ-न-कुछ खरीदेगी ही।"

अन्विता मुस्कुरा उठी, "औरत जो ठहरी। वह कितनी ही तरक्की-पसंद क्यों न हो, घर उसका पीछा नहीं छोड़ता।'

पैकेट खोलते-खोलते हँस पड़ी सोनाली "रहने दे। अस्लान के लिए तो मुझे कुछ लाना ही था, इसका जन्मदिन है न अगले हफ्ते।'

चौंक पड़ा अस्लान, "लो, मैं तो भूल ही गया था।"

"मर्द होते ही हैं भुलक्कड़, औरत याद न दिलाए तो..."

"रहने दे, रहने दे।"

ठठाकर हँस पड़ी सोनाली, "तुम्हारी यह आदत कभी नहीं जाएगी।"

बैरा वहीं खड़ा था। वह भी हँस पड़ा। बोला, "मेम साहब यह आदत नहीं है, यह प्यार है। प्यार जाने के लिए नहीं आता।"

तीनों ने सहसा प्लेट उठाकर ले जाते हुए बैरे की ओर देखा। फिर मुस्कुरा पड़े। तीनों की मुस्कुराहट के अलग-अलग अर्थ थे।

अब खुला हुआ पैकेट उनके सामने था। अन्विता ने अपने और दीदी के लिए साड़ी और अस्लान के लिए पैंट और बुशर्ट खरीदी थी—बिल्कुल उसकी पसंद की।

अस्लान ने दृष्टि उठाकर सहसा अन्विता की ओर देखा—अब वह मुस्कुरा नहीं रहा था, बेहद गंभीर था।

एक घंटे बाद तीनों अपनी-अपनी राह चले गए। अन्विता घर चली गई। जाते-जाते उसने बड़े अपनत्व-भाव से अस्लान की ओर देखा था। वह उसी तरह गंभीर था, पर दृष्टि मिली तो बड़े आत्मीय भाव से मुस्कुरा दिया और 'टा-टा' करता हुआ अमेरिका दूतावास की ओर चला गया।

सोनाली को तीन दिन बाद अपने पति के साथ कलकत्ता जाना था। इसलिए वह अपने एक मित्र से मिलने चली गई।

ऊपर से सबकुछ सहज स्वाभाविक, पर सबकुछ हमारी इच्छा के अनुसार थोड़े ही न होता है। मौसम को देखिए न! भविष्यवाणी करने वाले बड़े सधे शब्दों में कहते हैं, 'आज दिन भर बादल छाए रहेंगे। कहीं गरज के साथ छींटे भी पड़ सकते हैं, कहीं तेज वर्षा की संभावना भी है। हल्की-हल्की धूप तो खिली ही रहेगी।"

कुछ भी अर्थ निकाल सकते हैं आप इन शब्दों का। संभावना ही तो है। सो सोनाली जब अपनी सखी के घर पहुँची तो वह जरूरी तार पाकर अपनी ससुराल रवाना हो चुकी थी।

"सब ठीक तो है?" उसने अपनी सखी की माँ से पूछा।

माँ ने मुस्कुराकर कहा, "उसके जेठ के घर तीन लड़कियों के बाद लड़के का आगमन हुआ है। उसकी भाषा में कहें तो आँधी के बाद वर्षा हुई है।"

हँस पड़ी दोनों।

अस्लान जब दूतावास पहुँचा तो उसके सब डॉक्यूमेंट्स तैयार थे। चौथे दिन जाने के लिए टिकट भी मिल गए थे।

अन्विता की कार जब कमिश्नर पुलिस के बँगले के गेट पर पहुँची तो उसी समय दूसरी ओर से आती हुई उसके पिता की कार भी वहाँ रुकी। आश्चर्य, उसमें सोनाली के पति हृदय रोग विशेषज्ञ डॉ. सुधेश पंत भी थे।

अन्विता चहक उठी, "जीजाजी! ह्वाट अ सरप्राइज! आप आज यहाँ!"

डॉ॰ पंत ने कार से उतरकर धीरे से उसे अपने पास खींचते हुए कहा, "इसमें अचरज की क्या बात है? परसों तो उसे मेरे पास आना ही था। संयोग से मुझे एक गंभीर केस को देखने के लिए यहाँ आना पड़ा अच्छा ही हुआ। सोनाली को साथ लेकर रात की गाड़ी से निकल जाऊँगा। तुम अपनी कहो, कब जा रही हो?"

"हमारे जाने के बारे में तो विधाता भी नहीं जानता।"

ड्राइंगरूम में प्रवेश करते हुए डॉ॰ पंत बोले "विधाता की बात विधाता जाने। आप मुझे हुक्म दीजिए कल ही आपके जाने की सीट बुक हो जाएगी। अरे, आप कमिश्नर पुलिस की बेटी हैं।"

अन्विता ने एक दीर्घ निःश्वास खींचा। बोली, "न आप कुछ कर सकते हैं और न पिताजी।" और वाक्य पूरा किए बिना वह तेजी से अंदर चली गई।

तब तक माँ भी वहाँ आ चुकी थी। सबकुछ जानती थी वह। उसने बेटी की जाने की दिशा में देखा तो आँखें भीग आईं। पर तुरंत उन्हें पोंछकर दामाद की ओर बढ़ गई। तब तक सोनाली भी आ चुकी थी। वह डॉ॰ पंत की बातें सुन रही थी और हर्ष से पुलकित हो रही थी।

और वे दोनों उसी रात की गाड़ी से चले गए। जाते समय सोनाली ने अन्विता से इतना ही कहा, "परेशान होने की कोई जरूरत नहीं, अन्वि। जो होगा वह निश्चित रूप से ठीक होगा।"

माँ सुनकर हँस पड़ी थी और उसने अन्विता को छाती में भरते हुए कहा था, "तेरी बहन जो कह रही है वही सच है।"

उस रात अन्विता ने अस्लान से देर तक फोन पर बातें कीं। खूब डाँटा भी। लेकिन जब अस्लान ने कहा, "अच्छा, तो फोन रखूँ।...नहीं-नहीं, अन्विता, मैं एक बात बताना तो भूल ही गया।"

"क्या, बोलो न।"

"वो,वो, ऐसा है...मेरी दीदी ने अमेरिका से हम तीनों के लिए यानी माँ, असलम और मैं—हम तीनों के लिए टिकट भेज दिए हैं। हम कल सवेरे की उड़ान से जा रहे हैं। माताजी को मैंने सबकुछ बता दिया है। अब कैसे कहूँ, तुम हवाई अड्डे पर मत आना। पर आना चाहो तो मैं मना भी नहीं करूँगा। पर हाँ, अमेरिका पहुँचते ही तुम्हें एक लंबा पत्र लिखूँगा। ठीक! तो अन्वि, अलविदा। फिर मिलने तक..."

फिर एकदम फोन कट गया। फिर माँ के पास जाकर गुस्से में अन्विता ने कहा, "तुमने मुझसे यह सब छिपाया क्यों? क्यों, क्यों?"

माँ ने दृष्टि उठाकर अपनी बेटी की ओर देखा। कैसी निरीह, दयनीय दृष्टि थी वह! वह सह न सकी। माँ से लिपटकर जोर से फफक उठी।

माँ ने जरा भी जुंबिश नही की। पर जब वे सब हवाई अड्डे पर गए तब तक अस्लान अपनी माँ और भाई के साथ अंदर जा चुका था। दूर से हाथ हिलाकर अन्विता ने इतना ही कहा, "तुम्हारी यात्रा शुभ हो। पत्र लिखना, मैं राह देखूँगी।"

और वह राह देखती रही।

और ठीक दस दिन बाद पत्र आया अस्लान का। वैसे फोन तो तीसरे दिन ही आ गया था। पत्र लंबा था। लगता था, एक बैठक में नहीं लिखा गया था। प्रारंभिक शिष्टाचार में ही दो पन्ने भर दिए थे उसने। बेहद भावुक हो उठा था, इतना कि अन्विता का मन भी व्याकुल-विचलित हो आया। दो क्षण रुककर ही वह आगे पढ़ सकी। यहीं से शुरू हुए उसके ही घिसे-पिटे तर्क, पर उनमें नए वातावरण की गंध अवश्य थी।

"...तो अन्वि! वह दिन याद है न तुम्हें? जब हम दोनों अस्पताल के एक कमरे में अलग-अलग पलंगों पर लेटे थे, सुइयों से बिंधे। बीच में स्टैंड पर एक बोतल भी थी और उसमें एक नली। उस नली में बहता-बहता मेरा लहू ऊपर चढ़ता, फिर उधर जाकर नीचे की ओर बहने लगता और तुम्हारे शरीर में पहुँच जाता।"

'मुझे कुछ याद नहीं। कहकर तुम मुस्कुरा दी थीं शरारत में, बहुत दिनों बाद। फिर कुछ क्षण मौन छाया रहा था हम दोनों के बीच। "पर मुझे सबकुछ याद है बीच-बीच में डॉक्टर आते और जाँच कर जाते। नर्स एकटक देखती रहती, एक-एक बूँद को ऊपर चढ़ते, पतली धारा में बहते और फिर नीचे गिरते।..."

'तुम्हें अहसास तो होता होगा न।' मैंने एक दिन पूछा था। तुमने शरारत से मुस्कुराकर कहा था, 'शायद हाँ, शायद न, ठीक याद नहीं। पर हँस पड़ी थीं तुम। इसी तरह तो छिपा लेते हैं हम सच को, अगर सच कुछ है तो...'

तुमने पूछा था, 'सच कुछ होता है क्या?'

"मैंने कहा था, 'सबके अपने-अपने सच होते हैं।"

"सच, तुम हँस पड़ी थीं जोर से और मैं भी।"

"कैसे छिपा लेते हैं हम अपने अंतरंग भावो को। पर जाने दो, कितनी बार दोहराई थीं ये बातें पर जो घटा उस दिन, उसने नर्स को, बाहर खड़े हुए हमारे रिश्तेदारों को, सबसे अधिक मेरे अब्बू और तुम्हारी माँ को। कहानी सुनते-सुनते टोक दिया था तुमने, और मेरे पिता को भी तो...।"

"लो, मैं फिर भटक गया। कहानी सुनाते सुनाते लिखने भी लगा। ऐसे ही तो लिख लेते हैं कहानियाँ ये साहित्यकार।"

"...मैं बार-बार भटक जाता हूँ पर जो तुमसे कहना चाहता हूँ उसे तुम जानती हो, फिर मुझे कहते हिचक क्यों होती है? सच तो सच है। मेरा लहू तुम्हारे जिस्म के रोम-रोम मे पैबस्त हो चुका है। तुम 'मैं' हो गई हो और मैं...मुझे क्या मिला बोलो न? क्या हो गया मेरा 'मैं'?'

"उस अहसास को शब्द दे सके, ऐसा साहित्यकार तो अभी तक पैदा हुआ नहीं। शब्द को तुम्हारे ऋषियों ने भले ही ब्रह्म कह दिया हो, पर सत्य को, अनुभूति को शब्दों में बाँधा जा सकता है क्या? वे शब्द तो मनुष्य के मस्तिष्क में अभी तो कौंधे ही नहीं।..."

"लो, मै फिर उलझ गया शब्द-जाल में। जब हम वास्तविकता से मुँह चुराना चाहते हैं तो ऐसे ही उलझ जाते हैं अपने ही बुने ताने बाने में। कोई कबीर ही..."

एकाएक यहाँ आकर न जाने क्या हुआ अन्विता को। उसने चिट्ठी को मोस-तोसकर फेंक देना चाहा, 'क्या कहना चाहता है। अस्लान? क्यों मूर्ख बना रहा है मुझे?'

लेकिन दूसरे ही क्षण वह गहरे पश्चात्ताप से भर उठी। उसने चिट्ठी की तह ठीक की, उसे चूमा और सिर से लगाया और आगे पढ़ना शुरू किया। पढ़ते-पढ़ते वहाँ आ पहुँची कि जहाँ सब परिजन, डॉक्टर, उसकी सहयोगी नर्स, सब खुशियाँ मना रहे थे और तुम्हारे पिताजी ने, जो अब पुलिस कमिश्नर नहीं थे, एक निपट मानव थे, एक पिता...। उस पिता ने ढेरों फल, तरह-तरह की मिठाइयाँ, नाना रूप मेवे, न जाने क्या-क्या हाजिर कर दिया था। वहाँ जैसे जादूगर करते हैं खेल दिखाते हुए।...

"छिह-छिह! मैंने क्या उपमा दी है जादूगर तो पेट भरने के लिए हाथ की सफाई दिखाते हैं। यहाँ तो एक पिता था, जिसकी संतान को यमराज ने अभयदान दिया था, जैसे कभी तुम्हारे सतयुग में सावित्री के पति सत्यवान को दिया था।..."

हम दोनों वहाँ कहाँ थे। सुना था सबकुछ। कहते हैं, मेरे अब्बू तुम्हारे पिताजी के सामने हाथ जोड़कर खड़े हो गए थे। कहा था, 'भाई जान! मेरे बेटे ने 'रक्त दान' किया है बेचा नहीं। माफ कीजिए, मैं यह सब स्वीकार नहीं कर सकता और जो आप सोच रहे हैं...'

"और वे चुप हो गए थे, और फिर कुछ समय के लिए सबकुछ ठहर गया था।'

"यह ब्रह्मांड क्या कभी ठहरता है? कुछ भी तो मंजूर नहीं किया था मेरे अब्बू ने और तुम हो कि अपने को ही...मैं विवश हूँ। पर एक विश्वास दिलाता हूँ। मेरा विश्वास करोगी न? जीवन भर मैं तुम्हारा दोस्त, तुम्हारे मन का मीत बनकर जीऊँगा।..."

सहसा तभी माँ की आवाज सुनाई दी और मैं तीर की तरह बाहर भागी चली गई। तब से भाग ही तो रही हूँ। कहाँ रूकूँगी? कब रूकूँगी?...

पर रुकना तो होगा ही। अस्लान के अब्बू का और स्वयं अस्लान का अपमान कर पाऊँगी क्या मैं?

ऐसे कोणों पर ही आकर इन्सान बेबस हो जाता, है, क्योंकि जिंदगी किसी एक तर्क के सहारे नहीं चलती।

# जननी और माँ

कई दिन से कल्याणी यह अनुभव कर रही थी कि इस बार अमेरिका लौटने के बाद बेटे अंकित और बहुत अनुपमा दोनों कुछ अपने में खोए-खोए से रहते हैं। यही नहीं कि अंकित पहले की तरह हँसता नहीं लेकिन ऐसा लगता है कि वह हँसी सहज नहीं है। उसे रेखांकित करने के लिए उसे प्रयत्न करना पड़ता है। वह जानती है कि अंकित अपनी करुणा से सिक्त मुक्त मुस्कान से सबको अपनी ओर आकर्षित करता रहा है। आज से नहीं बहुत पहले से, उस दिन से जिस दिन कल्याणी और उसके पति करुणेश जी ने पहली बार उसे दिल्ली के एक अनाथालय में देखा था।

तब तक उनके कोई बच्चा नहीं हुआ था, होने की कोई आशा भी नहीं थी। तब उन्होंने यह निश्चय किया था कि हम किसी बच्चे को गोद ले लेंगे पर वह बच्चा हमारे किसी रिश्तेदार का नहीं होगा। वह किसी अनजान व्यक्ति का होगा। और ऐसा बच्चा प्राप्त करने के लिए सबसे अच्छा स्थान तो अनाथालय ही हो सकता था। उन्होंने अपनी पत्नी से कहा था, 'कल्याणी। मैंने इस बारे में बहुत सोचने के बाद यह निश्चय किया है कि क्यों न हम अनाथालय के किसी बच्चे को अपना बच्चा बनाए, तुम समझती हो न। इसके दो लाभ होंगे एक तो यह कि हम रिश्तेदारों की राजनीति से बच जाएँगे और दूसरा यह कि वह बच्चा पूरी तरह से हमारा होगा क्योंकि उसका कोई नाथ नहीं है। तुम समझती हो न!'

कल्याणी ने तब मुस्कुरा कर अपने पति की ओर देखा था और कहा था—'देखो! सब समझती हूँ मैं, कितनी बार बहस कर चुकी हूँ आपसे और अब जब आपने निर्णय कर लिया है तो मैंने भी आपके निर्णय को अपना निर्णय बना लिया है, लेकिन तुम्हें भी मेरी एक बात माननी होगी।'

करुणेश जी ने आश्चर्य से मुस्कुरा अपनी पत्नी की ओर देखा, 'अब तो मैं तुम्हारी एक नहीं दस बात मान सकता हूँ। बोलो तो।'

कल्याणी ने स्थिर दृष्टि से अपने पति की ओर देखते हुए धीरे-धीरे कहा—'हम दिल्ली चलेंगे और वहाँ के किसी प्रसिद्ध अनाथालय में ऐसे किसी बच्चे को तलाश करेंगे।'

करुणेश तुरन्त बोल उठा-'मुझे मंजूर है। शीघ्र ही मुझे किसी सरकारी काम से दिल्ली जाना भी है। तुम्हें भी साथ ले चलूँगा। वैसे प्रायः तुम हर बार ही मेरे साथ जाती हो।'

कल्याणी हँसते हुए चाय का प्रबंध करने के लिए अंदर चली गई और करुणेश जी अपने विचारों के स्वप्न-जाल में खो गए। और फिर वे दोनों साथ-साथ दिल्ली गए।

परंतु आश्चर्य! सबसे पहले वे जिस अनाथालय में गए उसमें घुसते ही, जैसे ही वे मैनेजर के कमरे में मुड़े-एक शिशु घुटनों के बल वहाँ दौड़ता हुआ आया। सहसा उसने उन दोनों की ओर देखा, ठिठका और फिर मुस्कुराकर अंदर की ओर मुड़ गया।

कैसी थी वह दिव्य मुस्कान, एक साथ गहरी करुणा से आप्लावित और निजता की सहजता से मंडित कल्याणी के मुँह से सहसा निकला, 'कैसी करुण, कैसी दिव्य है यह मुस्कान। शैशव जैसे साकार हो उठा हो उस मुस्कान में।'

करुणेश जी बोले- 'हाँ कल्याणी! ऐसी दिव्य मुस्कान मैंने कभी नही देखी, अनाथालय में यह कैसे आ गया। क्या इससे तुम्हें इसकी माँ का कुछ परिचय नहीं मिलता।'

कल्याणी बोली- 'मिलता है सरकार आप आगे बढ़िए तो सही इसे ही अपने घर का प्रकाश बनाएँगे।'

और इसके बाद वह सब कुछ हुआ जो ऐसे प्रसंगों में आवश्यक होता है। सारी कानूनी कार्यवाही उसके बाद वह बच्चा कल्याणी को सौंप दिया गया- अब कल्याणी ही उसकी माँ थी और वह उसका बेटा। लेकिन उसे लेकर जब वे बाहर जा रहे थे तो सहसा वह शिशु, जिसका नाम-अंकित था, एकाएक बड़े जोर से रो पड़ा उसने चारों ओर देखा जब उस नारी की ओर देखा जो उसकी देखभाल करती थी तो वह उसकी ओर लपका, मैनेज़र की ओर देखा, लेकिन दूसरे ही क्षण अनाथालय के सभी लोग अंदर चले गए और कल्याणी बच्चे को थपथपाती हुई कार में जा बैठी। आश्चर्य! उस मासूम की आँखों में आँसू थे, एक साथ खुशी और वियोग के आँसू। वह उस अबोध बच्चे की व्यथा को समझ रही थी, कोई उसे शब्द नहीं दे सकता था, लेकिन आँसू तो शब्दों से कही अधिक प्रभावशाली होते हैं बिना शब्दों के सब कुछ कह जाते हैं। दिल्ली से तीनसुकिया लौटने तक बच्चा कल्याणी की गोद की ऊष्मा से काफी परिचित हो चुका था। कभी-कभी आँसू राह टटोलते थे परंतु उसकी दिव्य मुस्कान सब कुछ को आच्छारदित कर लेती थी। लम्बी कहानी है आँसुओं और उस दिव्य मुस्कान की।

एक दिन अपने नए माता-पिता के लाड़-प्यार में वह सब कुछ भूल गया लेकिन वह निर्दोष और करूण मुसकान उसकी पहचान बनी रही। आज तो वह 26-27 वर्ष का हो चुका है डिब्रूगढ़ के महाविद्यालय में हिन्दी प्राध्यापक के पद पर कार्य करता है। कवि-हृदय पाया है उसने, इसलिए गुनगुना उठता है कभी-कभी, और उस गुनगुनाहट में मुखर हो उठती है उसकी मुस्कान और अव्यक्त वेदना जिसे वह भूलना चाहता है। लेकिन कैसे भूल सकता है। उसे ऐसा प्यार मिला जो शायद उसके अपने माँ-बाप भी उसे न दे पाते, उसे ऐसी जीवन-संगिनी मिली जो उसकी सारी

कहानी सुन  चुकी थी, पर उसने कभी भी उस कहानी की परतें नहीं खोलनी चाहीं। उसने अपने पति से बस यही कहा था, 'मैं तुम्हारी सारी कहानी जानती हूँ। तुम्हारी व्यथा की गहरी से गहरी रेखाओं से मैं परिचित हूँ। तुमने उसे भूलने का निरंतर प्रयत्न किया है, इस माँ का प्यार पाकर तुम सफल भी हुए हो, पर अपनी जननी को क्या कोई आसानी-से भूल सकता है। परत दर परत तुम्हारे अन्तर्मन में वह जननी बार-बार जी उठती है, तब तुम्हारा व्यवहार और मुक्त हो उठता है—जैसे कुछ छिपाना चाहते हो, छिपा भी लेते हो लेकिन छिपाने में जो श्रम तुम्हें करना पड़ता है वह तुम्हारी मुक्त हँसी को और भी करुण बना देता है।'

अंकित कभी-कभी सोचता हैं अगर उसे कल्याणी जैसी माँ और अनुपमा जैसी पत्नी न मिली होती तो उसका क्या हुआ होता। फिर वह स्वयं ही उत्तर देता है—'जो हुआ नहीं उसकी चिन्ता मैं क्यों करुण जो मिला है उसी को क्यों न समेटूँ और सवाँरू।'

यही द्वन्द्व उसके जीवन का आधार बन गया और वह अज्ञात दर्द को छिपाने में सफल भी हुआ। इस सफलता का श्रेय जितना उसकी माँ को  दिया जा सकता है उतना किसी और को नहीं। उस माँ की गोदी में जितना प्यार पाया है उतना उस अनाथ को क्या कहीं मिल सकता था। तभी तो उस घर के वातावरण में कभी ऐसा नहीं हुआ कि किसी ने उसे उदास देखा हो या उसके मस्तिष्क की रेखाएँ अस्त-व्यस्त हुई हों। सब कुछ सहज होता चला गयां। लेकिन...! इस लेकिन का उत्तर शब्दों में नहीं दिया जा सकता, अनुभव ही किया जा सकता है।

कभी-कभी उसके मन में एक प्रश्न उठता था। न जाने कौन उस प्रश्न को उठाता था। जैसे कोई पूछता हो—'क्या तुम्हें अपनी जननी की याद नहीं आती?'

वह चीख पड़ता, —'नहीं आती, क्यों आये, उसने मेरे लिए किया क्या है, अपने देह-सुख के लिए उसने मुझे पाया और उसी सुख के लिए उसने मुझे अनाथालय का निवासी बना दिया। अगर मेरी यह माँ, मुझे वहाँ से न ले आती तो पता नहीं मेरा क्या होता, तब मैं अपनी उस जननी को क्यों याद करूँ।'

उसी समय कहीं दूर बहुत दूर से एक आवाज उठती—'याद तो तुम करते हो, क्योंकि तुम्हारी धमनियों में उसी का रक्त तो बह रहा है। उस अज्ञात पिता का अंश है तू जिसको न अब तेरी जननी जानती है और न तू।'

सहसा अपने को धोखा देता हुआ वह चीख उठा—"हाँ, नहीं जानता, लेकिन जानना तो चाहता हूँ'

यह जानने की चाह ही उसे कभी-कभी उदास कर देती थी। एक दिन यह चाह ही उसे खींचकर दिल्ली ले गई। दिल्ली के उसी अनाथालय में वह गया जहाँ से उसकी माँ ने उसे पाया था, मूल्य देकर पाया था।

कई बार वहाँ जाने पर उसे इतना ही पता चल सका कि वे लोग अब यहाँ नहीं रहते। उसका तथाकथित पिता मुसलमान है और मध्य एशिया में हैं। जननी अमेरिका में रहती है।

कितना रोया था वह उस दिन, हिचकियाँ बँध गई थीं। कितना अभागा है वह...।

तभी सहसा एक आवाज़ अन्तर में उठी—'तू अभागा नहीं हैं, भाग्यशाली है। तूने जननी और जनक को खोया है, लेकिन माँ और बापू को पाया है। भाग्यशाली है तू।'

यह द्वन्द्व उसके दिल्ली प्रवास को एक खोजी का प्रवास बना देता था और इसी प्रक्रिया में किसी एक दिन उसे अपनी जननी का पता मिल ही गया।

आश्चर्य!, उसने इस सबके बारे में अपनी माँ को कभी कुछ नहीं बताया, क्योंकि वह उसे दुखी नहीं करना चाहता था, लेकिन अपनी जीवन-संगिनी को सब कुछ बता दिया था।

अनुपमा सब कुछ समझती थी। उसने उसे बड़े प्यार से जब यह सब समझाया—'देखो अंकित! तुम किस चक्रव्यूह मे फँसते जा रहे हो, माँ को जब यह सब पता चलेगा तो क्या हालत होगी उनकी।'

अंकित ने उसे अपने में समेटते हुए कहा—'जानता हूँ, सब कुछ जानता हूँ। लेकिन मेरे अन्तर में एक आवाज़ उठती है कि मैं एक बार उस जननी को देखना चाहता हूँ, जिसने मुझे पाकर भी खो दिया, सिर्फ देखना। और देखने का यह अवसर मुझे शीघ्र ही मिल जाएगा।'

अनुपमा ने आश्चर्य से उसकी ओर देखा और कहा—'तुम्हारे कितने रूप हैं अंकित। क्या करना चाहते हो तुम।'

अंकित ने धीरे से अनुपमा को खींच लिया, उसे अपने में समेटते हुए बोला—'सुनो। मैंने सब प्रबंध कर लिया है, इस बार 'विश्व हिन्दी सम्मेलन' सूरीनाम में चलोगी मेरे साथ, लौटते हुए हम कुछ दिन न्यूयार्क रूकेंगे और तब...।'

भौचक्क रह गई, यह सुनकर अनुपमा। बोली-'तुम इतनी दूर चले गए अंकित, इतना आगे बढ़ गए।'

अंकित ने, न जाने कहाँ से धीरे-धीरे गूँजती हुई आवाज़ में कहा—'केवल देखना चाहता हूँ केवल देखना। तुम मेरे साथ रहोगी तो डर कैसा।'

और अंततः वही हुआ जो अंकित चाहता था—अनुपमा ने उसकी व्यथा को समझा तो फिर सहज हो गई, 'ठीक है अंकित! हम चलेंगे। मैं हर क्षण तुम्हारे साथ रहूँगी। मुझे छोड़कर तुम कहीं नहीं जा सकोगें। माँ और बापू के चित्र हमारे पास हैं उसे लेकर चलेंगे।'

सहसा अंकित की समझ में कुछ नहीं आया लेकिन जब समझ में आया तो हँस पड़ा—"बहुत गहरे डूबती हो तुम अनुपमा। बहुत खोज-परखकर अम्मा ने तुम्हें ढूंढा है मेरे लिए। मैं तुमसे पूरी तरह सहमत हूँ'

कल्याणी और करुणेश जी सब कुछ जानते थे उसके अमेरिका जाने के बारे में। उन्हे खुशी थी कि उनका बेटा सुरीनाम में होने वाले 'विश्व हिन्दी सम्मेलन' में प्रतिनिधि बनकर जा रहा है। लेकिन कहीं न कहीं—कोई शंका उनके मन में उमड़-घुमड़ रही थी, इसलिए कल्याणी ने अनुपमा को बड़े प्यार से अपने पास बैठाया

और कहा—'एक बात कहती हूँ बेटा, अब अंकित पर मेरा उतना अधिकार नहीं है, जितना तेरा है। मैं उसके अंतर्मन की दशा को समझती हूँ और व्यथा को भी। इसलिए कहती हूँ बेटा, तुम उसे भटकने मत देना-सीधा यहीं लेकर आना।'

अनुपमा ने पूरे विश्वास के साथ कहा—'आप चिंता मत कीजिए माता जी, मैं सब कुछ जानती हूँ उन्होंने मुझसे कुछ नहीं छिपाया है और यह भी जानती हूँ कि वह आपसे कितना प्यार करते है।'

और एक दिन वे दोनों— 'हिन्दी-सम्मेलन' में भाग लेने के लिए सुरीनाम पहुँचे और वहाँ के वातावरण में सहज-भाव से रच बस गए। बड़ी खुशी हुई उन्हें, बड़ा प्रभाव छोड़ा अंकित ने अपने भाषणों से, उस प्रक्रिया में सभी उसको घेर लेते थे उसकी वह मनमोहक मुस्कान यहाँ भी बड़ी असरदार हो रही थी। और वह उन क्षणों में भूल गया था, अपनी जननी को भी। लेकिन सम्मेलन के समाप्त होने के बाद उन्होंने एक हफ्ता न्यूयार्क में रुकने का कार्यक्रम बनाया। उन्हें वहाँ से लंदन होते हुए भारत लौटना था। कोई परेशानी नहीं हुई उन्हें, अनुपमा के रिश्तेदार न्यूयार्क में थे। लेकिन उसने अनुभव किया कि न्यूयार्क में पैर रखते ही अंकित के चेहरे की वह शैशव जैसी मुस्कान कुछ गम्भीर हो चली थी। अकसर वह बातचीत के बीच से गैर-हाजिर हो जाता और वापिस लौटकर क्षमा माँगता हुआ कहता "मैं न जाने कहाँ भटक गया था, यह न्यूयार्क शहर है ही ऐसा कृत्रिम और यान्त्रिक। ओर मैं आदी हूँ उस सहज धारा का जो तन को ही नहीं भिगोती मन को भी अपने में आवृत कर लेती है। मेरा वह मन कही खो गया है।'

वह जानता था और अनुपमा भी जानती थी लेकिन, कोई कुछ नहीं कर सकता था। एक दिन शाम को घर लौटने पर अंकित ने धीरे से अनुपमा से कहा 'मुझे उसके घर का पता चल गया है। मैं एक बार, सिर्फ एक बार उसे देखना चाहता हूँ। वह मुझे पहचान तो सकती ही नहीं। दोनो अजनबियों की तरह दो बातें करेंगे और तुम तो मेरे साथ रहोगी ही।'

अनुपमा न जाने क्यों काँप उठी, अगर अंकित अपनी उस जननी के पास पहुँच गया और उसने उससे बातें करनी चाही, तो क्या वह उसे पहचान नहीं लेगी। अपने उस अबोध शिशु की इस मधुर मुस्कान की उसे याद होगी ही। अवश्य होगी, आखिर वह जननी तो है न। तब क्या होगा? यही सोचकर उसका पूरा अस्तित्व काँप उठा और उसने धीरे से अंकित से कहा—'सुनो अंकित! मैं फिर तुमसे कहती हूँ तुम वहाँ मत जाओ।'

अंकित जैसे एकाएक चीख उठेगा, लेकिन वह चीख उसके अंतर तक ही रही। उसने दृढ़-स्वर में कहा—'डरो मत अनुपमा! तुम मेरे साथ रहोगी।'

अनुपमा ने कोई उत्तर नहीं दिया, वह उसे देखते-देखते अपने में खो गई लेकिन जब जागी तो अंकित जा चुका था। वह रात कैसे बीती, कैसे-कैसे विचार उमड़े-घुमड़े उनके अंदर। उन सबको शब्द देना मुश्किल है, लेकिन ऊपर से वे दोनों शांत थे।

तब भी शांत रहे जब वे कार में बैठकर उस मकान की ओर रवाना हुए जहाँ अंकित की जननी रहती थी। उन लोगों ने पता लगा लिया था। बड़ा सुखी परिवार है उनका एक बेटी और दो बेटे हैं उनके।

लेकिन अनुपमा सोचती हैं क्या होगा अब? क्या कहेंगे हम। अंकित सोचता है–उसको देखकर कितने प्रश्न उठेंगे मेरे मन में, उसी की मांसमज्जा से मेरा शरीर बना है, उसी का रक्त बह रहा है मेरी धमनियों में। लेकिन अब हम अजनबियों की तरह मिलेंगे।

नहीं, नहीं, हम अजनबी कैसे। हम तो एक-दूसरे को पहचानते हैं। इसलिए–अगर उसने मुझे पहचान लिया तो...।'

जैसे जोर का झटका लगा, जैसे कार टकरा गई हो आगे वाली कार से। उसने आँखें खोली, कही कुछ नहीं था वह शहर अपनी गति से घूम रहा था, सब एक-दूसरे के लिए अज़नबी थे भाग जा रहे थे अपने-अपने गन्तव्य की ओर...।

लेकिन अंकित के अन्तर में एक तीखा स्वर गूँज रहा था–'उसने तुम्हें पहचान लिया तो?, पहचान तो वह लेगी ही। तुम्हारी वह मुस्कान, तब क्या होगा? क्या होगा।, जैसे वह चीख उठा हो। अनुपमा भी अपने में खाई थी। चीख सुन उसने अंकित के कंधे पर हाथ रखते हुए कहा–'अंकित, मैं अभी भी कहती हूँ-लौट चलो, लौट चलो।'

अंकित जैसे गहरी नींद से जागा-"क्या कहा तुमने लौट चलों, वह तो मरे सामने आ रही है। वह मुझे पहचान लेगी तब मैं...! लौट चलो अनुपमा लौट चलों। मैं उसकी पीड़ा नहीं सह सकूँगा। मैं एक पापिष्ठा के रूप में नहीं देखना चाहता। इसलिए लौट चलो अनुपमा। लौट चलो।'

और अन्ततः वे लौट पड़े थे। यह लौटना कितनी पीड़ा दे गया था। उन्हें, और कितनी राहत मिली उन्हें उस पीड़ा में। पीड़ा और राहत, इन दोनों के बीच टूटता हुआ अंकित। और उसे सहेजती अनुपमा। किसी को कुछ पता नहीं लगा, वे अपने कार्यक्रमानुसार भारत लौट आए। जननी फिर वहीं रह गई।

अनुपमा ने मुक्ति की साँस ली। उसने बड़ा प्यार किया अंकित को, अंकित भी मुस्कुराया पर यह मुस्कान शैशव की वह भोली-भाली मुस्कान नहीं थी, इसमें गहरा व्यंग्य था। कल्याणी जननी न होकर भी माँ तो थी ही। वह अपने बेटे के इस बदले हुए रूप को देखकर बहुत व्यथित थी। उसे लगा अमेरिका से लौटने के बाद उसका बेटा और बहू खोए-खोए रहते हैं। इसलिए एक दिन साहस करके उसने अनुपमा को अपने पास बुलाया और अपने मन की शंका को उसके सामने रखते हुए पूछा–'सच-सच बताना अनुपमा तुम लोगों को हुआ क्या है।'

अनुपमा कई क्षण। स्थिर भाव से अपनी सासू-माँ की ओर देखती रही। कल्याणी ने फिर उसके सिर पर हाथ रखा और बड़े प्यार से कहा–"निस्संकोच बता न, क्या हुआ? मैं तेरी माँ हूँ।'

अनुपमा की आँखों में आँसू आ गए, लेकिन दो क्षण बाद ही उसने धीरे-धीरे अपने मन की सारी व्यथा उनके सामने उड़ेल दी।

बोली—'आप चिन्ता न करे माँ, आपका बेटा आपका बेटा है आप उनकी माँ हैं। उनके मन पर जो सहज-स्वाभाविक बोझ था वह उतर चुका है अब। लेकिन वे तुम्हारे सामने आते डरते हैं। कहते हैं कैसे मुँह दिखाऊँगा अपनी माँ को, क्या कहूँगा उनसे!'

कल्याणी ने अनुपमा को अपनी ओर खींचते हुए उसके चेहरे पर कई गहरे चुबंन अंकित कर दिए। 'अरी पगली! बस इतनी-सी बात थी। यह सब तो मैं जानती थी, माँ हूँ आखिर...।'

तभी अंकित वहाँ आ गया और बोला—'माँ, तुम्हें कुछ नहीं कहना होगा। मैं भटक गया था। माँ तो मेरे घर में बैठी है अंकित ने माँ के पैर पकड़ लिए।' उसकी आँखों में आँसू थे पर स्वर में दृढ़ता थी।

तब सहसा माँ ने उसे अपनी छाती में समेट लिया और बोली—'बस, अब और यह नाटक नहीं। तू मुझसे कहकर जाता तो क्या मैं तुझे रोक लेती। पगला कहीं का! तुझे मैंने अपना दूध पिलाया है, यह याद रखना समझा!'

यह कहती हुई वह उठी और एक बार फिर उसने अंकित को अपनी छाती में भर लिया। दोनों की आँखों से आँसू छलक रहे थे।...

यह सब दूर से ही देखती हुई अनुपमा अब जैसे मुक्त हो गई थी। वह रसोई में चली गई चाय लाने।

B-151, महाराणाप्रताप एन्कलेव
पीतम पुरा
दिल्ली 110034

23.12.2005